Amor en el 305

SHELLY CRJZ

También por Shelly Cruz

<u>Nueve Años de Ausencia</u>

Dedicatoria

Para todos los balseros cubanos que arriesgaron sus vidas en busca de la libertad

Advertencia de contenido

Este libro trata sobre el maltrato doméstico. Si este tema es un desencadenante para usted, es posible que desee leer con precaución o elegir no seguir leyendo.

Prólogo

Soledad - Hace un año

El viejo reloj digital análogo del mueble del televisor marca las tres treinta y cuatro. Me muevo y miro: está durmiendo boca arriba, con la cabeza colgando sobre la almohada, debajo del cuello. Las sutiles subidas y bajadas de su pecho están sincronizadas con sus ronquidos, son un fuerte retumbar que reverbera en la habitación, por lo demás silenciosa. Oigo el zumbido sordo de las luces exteriores tras la ventana de nuestro dormitorio.

Empujo la manta y las sábanas hacia atrás y echo un vistazo para ver si se movió. Permanece en la misma posición. Me levanto de la cama y me dirijo de puntillas hacia la sala, donde dejé mis zapatillas, el teléfono cargando y el bolso. Después de calzarme, me quedo quieta. Aún oigo sus ronquidos. Agarro mi abrigo, el teléfono, el cargador y el bolso, y abro la puerta principal con facilidad, tirando de ella para cerrarla tras de mí mientras mantengo girado el pomo de la puerta, para cerrar el pestillo en silencio.

Anoche, cuando volví a casa del trabajo, dejé la puerta del conductor sin asegurar para no tener que usar la alarma para abrirla, lo que me permitió entrar silenciosamente en mi carro. Una vez dentro, meto la llave en el contacto, pongo el carro en marcha y salgo hacia casa de mi mejor amiga, dejando atrás todo lo que tenía, excepto mi teléfono y lo que llevo en el bolso.

Capítulo 1

Soledad

Hoy es el último día que tenemos para tomar el sol antes de volar a casa a Boston mañana. Llevamos tres días en Miami para un viaje de chicas muy necesario. Melida, Jestine, Krissa y yo hemos sido amigas de toda la vida y estamos celebrando el vigésimo noveno cumpleaños de Jestine, que es la semana que viene. Además, después del horrible invierno que hemos pasado, estaba deseando sentir el sol calentándome la piel y la arena entre los dedos de los pies.

—¿Me pasas el protector solar? —le pido a Mel.

Melida es hermosa, de piel clara y sedoso cabello castaño oscuro que le llega justo por debajo de los hombros. Sus ojos marrones tienen motas de amarillo dorado que los hacen brillar. Está obsesionada con pintarse los labios y creo que su obsesión se me contagió porque yo también estoy obsesionada. Incluso ahora que está tumbada junto a la piscina, lleva los labios pintados de un naranja intenso que acentúa su volumen, a juego con su bañador de una pieza y su sombrero de ala ancha.

—Cuidado —grita Melida mientras me lanza la crema solar. Jestine duerme la siesta en la tumbona contigua a la mía y Krissa está en la piscina refrescándose, bebiendo un cóctel afrutado y charlando con un tipo.

Nos alojamos en el histórico Hotel Betsy, en el

tranquilo extremo de Ocean Drive, si es que se le puede llamar así. Tal vez menos ruidoso sea una mejor manera de describirlo. De este modo, podemos relajarnos en el hotel y a la vez estar en el centro de toda la acción de Miami Beach. La piscina de la azotea es lo que nos atrajo a alojarnos aquí, eso y porque Krissa es amiga del gerente del hotel, que nos consiguió un buen precio para la suite en la que nos alojamos. Krissa es la gerente de uno de los hoteles frente al mar de Boston y se conocieron en un evento de trabajo al que ella asistió.

El Betsy es un hotel boutique situado en un edificio de estilo georgiano restaurado en la década de los años cuarenta, un edificio clásico caracterizado por una elegancia discreta con sus líneas simétricas, suelos de baldosa, mucha luz natural y un increíble bar en el vestíbulo que ofrece algunas de las mejores bebidas de South Beach. Después de que Krissa se hiciera amiga del director del hotel Betsy, empezamos a planear un viaje a Miami. Ninguno de nosotras había estado aquí anteriormente y es la escapada perfecta para huir del brutal clima.

—Gracias —le digo—. ¿A qué hora nos vamos esta noche?

—Hice reservaciones para cenar a las ocho y media, así podemos llegar al club alrededor de las once y media. El restaurante está a varias cuadras, así que podemos salir a las ocho —responde Melida.

—¿Dónde vamos a cenar? —murmura Jestine al despertarse.

—Prime 112 —respondo.

✳✳✳

—Sol, ¿nos conseguiste un taxi? —pregunta Krissa. Krissa y yo nos hicimos amigas en cuarto año después de que ella y yo nos peleáramos durante el recreo en uno de esos viejos tiovivos metálicos del colegio. Nuestra profesora nos castigó haciéndonos almorzar juntas en la oficina del colegio todos los días durante una semana. Es una historia que compartimos muy seguido y de la que nos reímos, porque si no hubiera sido porque ella quería darme una paliza en el patio, probablemente nunca habríamos sido amigas.

Krissa mide un metro setenta y cinco, aunque siempre se queja de que se siente bajita a mi lado. Lleva el cabello castaño claro hasta los hombros y tiene pecas en las mejillas y la nariz. Su rasgo más llamativo son sus ojos castaño claro, casi verdes, con unas pestañas naturalmente largas que todos envidiamos.

—Sí, acabo de hacerlo. El tiempo estimado de llegada es de doce minutos. Cuando termine de pintarme los labios, podemos irnos.

— Apúrense —dice Melida—. Si llegamos más de quince minutos tarde a nuestra reserva, perderemos la mesa.

—Vamos, ya he terminado —digo.

A medida que nos acercamos al restaurante, me doy cuenta de que no es la típica arquitectura de South Beach. Esta estructura parece más propia de una playa de Nueva Inglaterra que de los edificios de estilo Art Déco de Ocean Drive.

Prime 112 es un restaurante de carnes que el conserje del hotel nos recomendó para cenar. Nos dijo que era uno de los mejores de Miami, un lugar al que la gente va para ser vista y esperar ver a algún famoso. Mientras esperamos en la abarrotada zona del bar a que nos lleven a nuestra mesa, no puedo evitar fijarme en que todos los clientes van vestidos de punta en blanco con lo que parece ser el estilo típico de Miami: faldas cortas, escotes pronunciados y colores vibrantes. Las mujeres llevan preciosos vestidos de tirantes, tanto largos como cortos, y los hombres camisas de vestir con cuellos abiertos y collares brillantes. Todo el mundo tiene el tono justo de piel besada por el sol.

Seguimos a la anfitriona hacia nuestra mesa y no puedo apartar los ojos de ella porque es despampanante y endiabladamente alta, y eso es mucho decir porque yo mido uno ochenta. Tiene las piernas largas y delgadas y, aunque lleva sandalias planas, sigue siendo varios centímetros más alta que yo. Una rareza y algo que me encanta ver.

Mientras atravesamos la entrada principal, echo un vistazo a la pared de la izquierda, llena de recortes de periódico enmarcados sobre las características del restaurante. La elegante banqueta blanca de la derecha está llena de gente reunida en torno a pequeñas mesas cuadradas. Las luces están bajas, casi demasiado bajas, lo que dificulta la navegación por las mesas. Los pilares rústicos de ladrillo que hay por todo el comedor son un bonito acento y contrastan con los suelos de madera oscura. Nos sienta en una mesa junto a la pared del fondo, al lado de la cocina abierta, donde se congregan varios camareros mientras esperan a que la comida se coloque en la línea. El local está lleno y hay mucho ruido, y apenas oímos la música que suena por los parlantes.

Una vez sentadas, el servicio comienza casi de inmediato, con un joven que llena nuestros vasos de agua y un camarero que se presenta y toma nota de nuestro pedido de bebidas. Después de que el camarero nos sirve el vino, levanto mi copa.

—Salud, chicas. Me alegro mucho de haber hecho este viaje y me da rabia que ya haya terminado. Cuatro días han pasado volando. No tengo ganas de volver a las gélidas temperaturas y a los días sombríos.

—Salud —dicen Melida, Jestine y Krissa al unísono y levantan sus copas, nosotras cuatro reunidas en el centro. Desvío la mirada de Melida cuando me mira.

El camarero nos interrumpe y nos pone en la mesa una copa de vino envuelta en una servilleta con crujientes tiras de tocino en su interior, así como una cesta con panecillos y mantequilla.

—Mmm, me encanta el tocino —dice Krissa, sacando una tira de tocino del vaso de tallo.

—Somos dos —añade Jestine, dando un mordisco a la crujiente tira de tocino entre sus dedos.

—¿Qué pasa? —me pregunta Melida después de dejar su bebida en la mesa.

—Um —digo, enroscándome los rizos alrededor del dedo índice con los dedos pulgar y corazón. Estoy nerviosa por lo que estoy a punto de contarles, pero sé que me apoyarán en mi decisión—. He estado pensando seriamente en mudarme. Dejar Boston.

—¿Qué? —exclaman Melida y Krissa al mismo tiempo. Los ojos de Jestine se amplian y se queda boquiabierta.

—No lo entiendo —dice Melida—. ¿Por qué te irías?

—Ya no me siento segura viviendo en Boston. Nunca me deja en paz y no puedo demostrar que sea él quien me acosa, así que la policía no hace nada al respecto. Estoy cansada. Además, me encanta la cultura latina aquí en Miami y es algo en lo que siempre he querido sumergirme. —Me llevo el vaso a los labios.

—Quiero decir, lo entiendo. Creo que es drástico, pero lo entiendo —dice Krissa.

—Lo es. Pero no puedo seguir viviendo con miedo, mirando siempre por encima del hombro. No puedo caminar sola a ninguna parte, siempre necesito asegurarme de que estoy con alguien a todas horas del día. Es agotador. —Suspiro y bebo un sorbo de vino.

—Entonces, ¿te mudas aquí? —Jestine pregunta.

Jestine tiene unos llamativos ojos azules y es la más tranquila del grupo, pero no dejes que eso te engañe. Es enérgica cuando hace falta, sobre todo porque es la más bajita del grupo: mide uno sesenta y cinco. Su personalidad y su vibrante color de pelo compensan su lado introvertido.

—Me gusta mucho Miami. Creo que me gustaría vivir aquí —respondo levantando el hombro.

—Se está bien aquí —dice Krissa.

—No puedo creer que quieras mudarte —dice Melida. Tiene los labios rectos y los ojos fijos en los míos mientras estira la mano para agarrar la mía entre las suyas—. Siempre hemos estado juntas, hemos vivido pegadas la una a la otra. Si te vas, todo cambiará.

Melida y yo nos conocimos en segundo de primaria, cuando su familia se mudó de Connecticut a la casa que había unas puertas más abajo en mi calle. Crecimos en Newton, la primera ciudad fuera de Boston, y desde entonces hemos sido inseparables. Su familia era la única latina de mi barrio. Como crecí con una mamá soltera, pasaba mucho tiempo en casa de Melida. Sus padres me acogieron como una más de la familia a pesar de tener cinco hijos en casa. Su padre era la figura paterna que anhelé durante toda mi infancia, y me encantaba que me tratara como a uno más de sus hijos.

—Siempre puedes mudarte conmigo —le digo, apretándole la mano.

—Nunca dejaré Boston, lo sabes. Me quejo de la ciudad todo el tiempo, pero es mi ciudad, mi hogar.

—Lo sé —confirmo, asintiendo—. La extrañaré. Quizá sólo sea por poco tiempo, un año o dos, hasta que las cosas se calmen y deje de estar obsesionado conmigo.

—Eso es todo entonces, ¿te has decidido? —pregunta Krissa y da un sorbo a su bebida. Krissa es un poco brusca, es asertiva en todo lo que hace y tiene una actitud sin pelos en la lengua, probablemente por eso me daba un poco de miedo cuando éramos niñas, cuando tuvimos el incidente del patio de recreo. Antes de ese incidente nunca habría pensado que llegaríamos a ser amigas.

—Bueno, no, lo he estado pensando desde hace tiempo, pero sólo me decidí por Miami después de estar aquí unos días. Tendré que estudiar la logística y todo eso, pero es la primera vez que me tomo en serio un cambio. Si les soy sincera, me hace ilusión, aunque las extrañaré, zorras—.

Jestine levanta su copa y dice:

—Más motivos aún para festejar esta noche. —Todas levantamos nuestras copas, reuniéndonos en el centro de la mesa. Al típico estilo de Jestine, es la primera en aceptar sin reservas e intenta aplacar la situación.

—Esta conversación no ha terminado. Necesito todos los detalles, Sol —añade Melida, antes de volver a dar un sorbo a su bebida.

—Ya sabes que cuando las tenga, las compartiré —respondo.

—Entonces, ese club al que vamos a ir más tarde, ¿qué tipo de música es? —pregunta Jestine, siempre lista para cambiar de tema cuando más lo necesitamos.

Aunque las cuatro tenemos la misma edad, no me hice amiga de Jestine y Krissa hasta cuarto año, cuando las cuatro estábamos juntas en la misma clase. Krissa y Jestine ya eran amigas y, tras el incidente del patio entre Krissa y yo, ella y Jestine empezaron a sentarse con Melida y conmigo a la hora de comer. Desde entonces formamos un círculo muy unido, aunque yo soy más amiga de Melida, y Jestine y Krissa son inseparables. Restos de cuando éramos niñas, supongo.

—Es música latina. He leído cosas positivas en

Internet, así que espero que sea buena —respondo.

—Sí, porque bailo muy bien —dice Krissa, dando un sorbo a su vino.

—Ninguno de nosotras sabe bailar salsa, pero qué más da. Estamos en Miami y no tenemos muchos clubes como éste en casa. Supuestamente es uno de los mejores clubes de Miami —añado.

—Quizá haya algún latino sexy que nos enseñe a bailar —dice Melida.

—Eso espero —añade Jestine—. En Boston escasean, así que, si no los encontramos en Miami, estamos jodidas.

—Brindaré por eso —digo levantando de nuevo mi copa.

****

El taxi llega al club y la zona está desierta.

—Um, no hay nadie aquí. ¿Estás segura de que estamos en el lugar correcto? —pregunta Melida.

—Esta es la dirección que encontré. —En el edificio aparece el número de la dirección que anoté, pero las luces están apagadas y no hay nadie delante de la puerta ni en los establecimientos vecinos.

Le pregunto al taxista si es el sitio correcto, y me confirma que sí. Antes de bajar del carro, le pido que espere unos minutos mientras le echamos un ojito al club porque no queremos quedarnos atrapadas en esta zona desconocida sin transporte.

Melida y yo nos dirigimos a la dirección que anoté

19

y ambas acercamos los ojos a la ventana intentando asomarnos al interior y echar un vistazo. Está vacío y hay sillas esparcidas por la habitación, mesas inclinadas de lado o apiladas una encima de otra. Debe de ser un anuncio antiguo que aún no se ha actualizado.

—Supongo que la información que encontré no estaba actualizada —digo, y empiezo a caminar de vuelta hacia el taxi. Una vez allí, Melida y yo volvemos a subir al vehículo.

—Vaya, y decían que era uno de los mejores lugares de Miami —dice Krissa, antes de aullar de risa.

—Señor, ¿tiene alguna recomendación de dónde podemos ir a bailar esta noche? —le pregunto al taxista cuando estamos de vuelta dentro del carro.

—Sí —responde, con acento marcado—. Me gusta *Ball & Chain*. Es un restaurante con baile. Te gustará, muchos locales van allí. Es muy típico y con música cubana en vivo —dice.

—Perfecto, llévenos allí, por favor —le pido.

***

El taxi nos deja a dos cuadras de *Ball & Chain* y, mientras caminamos hacia la entrada, me doy cuenta de que la cola se extiende a lo largo de toda la cuadra.

Ball & Chain se encuentra en el barrio de la Pequeña Habana de Miami, o en la Calle Ocho, como se la suele llamar. Conocida por su comunidad de exiliados cubanos, su próspera escena cultural, sus murales de colores brillantes y su música, esta emblemática calle está llena de bodegas, locales de comida y vida nocturna.

—Melida, ve a hacer tu magia y mira a ver si puedes hacernos entrar más rápido para que no tengamos que esperar en esa cola —le digo, haciendo un gesto con la barbilla hacia la entrada del club.

Melida siempre ha sido la que hablaba con dulzura al portero de discoteca para que nos dejara entrar. Cuando éramos más jóvenes, íbamos a los clubes de Boston tres o cuatro noches a la semana, hasta el punto de que nos convertimos en asiduas y nos dejaban entrar siempre que había cola. Pero incluso cuando era la primera vez que íbamos a un club, Melida se acercaba al portero y le susurraba que nos dejara entrar. Funcionaba siempre, no importaba en qué club o ciudad estuviéramos. Era impresionante verla hacerlo, y lo sigue siendo. Cuando alguno de nosotros le pregunta qué dice para que entremos, su respuesta es siempre:

—No revelo mis secretos. Estamos dentro; sólo tienes que darme las gracias. —Y se mantiene firme: nunca nos cuenta lo que les dice a esos tipos que nos dejan entrar como si fuéramos las reinas de la noche.

—Ahí va otra vez —dice Jestine—. La he visto hacerlo un millón de veces y no importa cuántas veces lo vea, siempre me asombra. Nunca sabremos cómo lo hace.

—Tendremos sesenta años y nos lo seguiremos preguntando porque nunca nos lo dirá —añade Krissa. Estamos a varios metros de Melida mientras susurra al oído del portero, y sus palabras provocan que se le dibuje una sonrisa en la cara. Las mujeres que hacen cola para entrar en el club cuchichean entre ellas y la miran mal. Si

Melida las ve, probablemente hará algún comentario sarcástico antes de entrar en el club.

—Vamos, chicas —grita Melida, haciéndonos un gesto con la mano para que la sigamos.

El salón en el que entramos es un gran espacio abierto con una enorme barra de madera en forma de lágrima en el centro. El local está lleno, pero no abarrotado como cabría esperar por la cola de gente que espera para entrar. En el otro extremo de la barra hay una pasarela que lleva a otra zona en la parte de atrás, que está abarrotada porque es donde parece que hay música en vivo y baile. Los eclécticos ritmos de clave de la música salsa me penetran y mis caderas empiezan a agitarse al ritmo.

—¿Qué quieres tomar? —pregunta Jestine.

—Un Cosmo para mí —respondo.

Con los tragos en la mano, nos abrimos paso entre la multitud hacia la zona trasera del club. Una vez allí, me doy cuenta de que la pista de baile está bajo las estrellas: un club al aire libre. La banda toca en un pequeño escenario, cuya parte superior redondeada recuerda a una piña con su tallo, y sus miembros bailan animadamente mientras cantan. He asistido a muchos espectáculos de música en directo, pero nunca había oído salsa en vivo.

La banda es enorme; hay un montón de gente en la plataforma. Hay una trompeta, un trombón, un saxofón, tambores de conga, una guitarra y algunos otros instrumentos que no puedo identificar. Creo que incluso veo un cencerro. Además del cantante principal, hay varios coristas. Es increíble. Lo que más me gusta de los músicos es que la mayoría baila al unísono al ritmo de su música.

El ritmo es rápido y a mi izquierda veo a un grupo de personas bailando en círculo, todos juntos y al unísono. Casi parece coreografiado. Las parejas giran y cuando una de ellas grita algo, pasan a la siguiente persona y siguen bailando, sin perderse ni un compás.

—¿Qué clase de baile es ése? —pregunta Krissa, señalando al grupo de gente que baila.

—No estoy segura, es la primera vez que lo veo, pero es genial. Mira cómo se mueven sus cuerpos, sus movimientos son fluidos mientras las parejas giran y bailan con otros en el círculo.

—Vamos a bailar —dice Melida, agarrando a Jestine de la mano y arrastrándola hacia la multitud.

—Voy a terminar mi copa primero —responde Krissa.

—Me quedaré atrás con ella —digo, dando un sorbo a mi bebida.

Krissa y yo vemos a Melida y Jestine girar al ritmo de la música mientras nos balanceamos. Tres canciones más tarde, Krissa termina su copa y decidimos que es hora de unirnos a las chicas en la pista.

—¿Quieres bailar? —me pregunta el hombre alto de mi izquierda con acento marcado, tendiéndome la mano.

Capítulo 2

El hombre que me invitó a bailar tiene rasgos oscuros: cabello negro y una cicatriz que le atraviesa la ceja izquierda. Tiene los pómulos altos, un rastrojo oscuro que le cubre la mandíbula y ojos claros, aunque no puedo ver su color porque el cielo nocturno es negro y las luces que rodean la pista de baile están apagadas.

—Sí, gracias —respondo. Me agarra de la mano y me guía hacia la zona de baile. Nos detenemos en el borde exterior de la multitud y nos acomodamos. Su mano encuentra mi gruesa cintura, me agarra con firmeza y empezamos a movernos al ritmo de las congas.

—No sé bailar salsa —le digo, con mis labios rondando su oreja.

—No pasa nada. Sígueme —responde, con su aliento haciéndome cosquillas en la oreja mientras habla. Dejo caer los ojos para observar sus pies e intento imitarle para seguirle, pero solo consigo enredarme conmigo misma.

—No te mires los pies, tienes que sentir la música —añade, con voz grave y ronca. Claro, dejar que la música me guíe es fácil para él porque sabe lo que hace.

Al crecer, nunca aprendí a bailar salsa ni ningún otro tipo de música caribeña, lo que significa que tengo dos pies izquierdos cuando se trata de bailar. Mi mamá es argentina, y lo que más escuchaba era tango o viejas canciones folclóricas, ninguna de las cuales requiere mover las caderas como lo hace la salsa. A mi mamá no le gusta mucho bailar y en nuestras fiestas familiares solía haber música de tango en lugar de ritmos caribeños como la salsa y el merengue, de ahí mis dudas.

Nuestros cuerpos se mecen al ritmo de la música, y puede que le haya pisado un par de veces, pero siento la música y mi cuerpo hormiguea mientras estoy cerca de él. Me agarra con fuerza y tira de mí. Lleva colonia, pero aún puedo oler su aroma único, especiado y masculino mezclado con sudor. Me eriza la piel y me revuelve el vientre. El señor Guapo es más alto que yo, pero no mucho si tenemos en cuenta que mido uno ochenta y llevo tacones bajos.

—Tus manos, están hirviendo —dice, mientras camina al ritmo de la música y me guía para que lo siga. No siento calor en las manos, pero sé que cuando alguien me atrae, mi temperatura interna aumenta e irradio calor. Apoyo la mano izquierda en la parte superior de su espalda, justo debajo de su hombro, y la derecha en su cintura, y me dejo llevar, permito que sus suaves empujones junto con la música guíen mis movimientos.

Después de bailar dos canciones, el grupo anuncia un breve descanso y empieza a sonar reggaeton por los altavoces. Los ritmos de la música urbana, junto con las letras aceleradas, hacen que la gente se mueva por la pista de baile y me asombra la fluidez con la que se mueven las parejas. Mientras observo con asombro, siento un tirón y él me dice: —Ven —me agarra de la mano y tira de mí hacia la barra que hay a nuestra izquierda. Miro a mi alrededor en busca de las chicas y veo a Melida en la pista de baile, mientras Jestine y Krissa están a un lado tomando unas copas.

—¿Cómo te llamas? —me pregunta inclinándose hacia mi oído cuando nos detenemos en el abarrotado bar.

—Soledad. Y vos, ¿cómo te llamas?

—Amaury. Nunca te había visto en este club, ¿es tu primera vez?

—Sí, es nuestra primera vez —digo, asintiendo—. Estamos aquí de vacaciones.

—¿Dónde vives?

—Boston.

—Conozco Boston. Hace frío ahí.

Me río entre dientes.

—Sí, hace mucho frío. Incluso ahora en abril.

—¿Quieres tomar algo?

—Sí, por favor. Otro Cosmo. Gracias—. Le hace señas a la cantinera para que se acerque, se inclina hacia ella y pide.

Tras entregarme la copa de martini, entrelaza sus dedos con los míos y dice:

—Vamos al salón de enfrente, allí está tranquilo. Podemos hablar más. —Su mano está ardiendo, el calor me abrasa la piel mientras frota su dedo en mi palma. Noto los callos de su palma, ásperos y desiguales. La sangre me corre por las venas y su contacto enciende algo dentro de mí, lo que me preocupa. No conozco a este hombre y necesito que las chicas sepan lo que estoy tramando.

—Listo, pero primero tengo que avisar a mis amigas de dónde estoy para que no se preocupen por mí —digo, levantando la barbilla en dirección a donde pueda verlas y soltando mi mano de la suya.

—Dale, te acompaño —responde, ofreciéndose. Cuando Krissa se fija en mí, sus ojos se cruzan con los míos y se agrandan.

—Kriss, Jess, este es Amaury. Vamos a ir a la zona del bar de delante, donde está más tranquilo, para que podamos tomar nuestras copas y charlar un poco. —Jestine levanta una ceja y da un sorbo a su bebida.

—Hola —dice a las chicas—. Encantado de conocerlas.

—De acuerdo —responde Krissa—. Cuando Melida termine en la pista de baile, te encontraremos.

Les doy las gracias mientras Amaury tira de mí en dirección contraria.

Hay un cubículo vacío a la derecha y nos acomodamos en ella, él sentado a mi izquierda en lugar de enfrente de mí, porque, aunque es más tranquilo aquí que donde está la pista de baile, sigue siendo bastante ruidoso.

—¿Por cuánto tiempo estás en Miami? —me pregunta, y se lleva el vaso a los labios. Su proximidad me permite verlo mejor. La cicatriz que tiene sobre el ojo es irregular y se ve donde una vez hubo puntos de sutura. Tiene el labio inferior carnoso y el superior no muy atrás, con un arco de cupido perfectamente definido. Parecen suaves, en marcado contraste con el vello que le crece alrededor de la boca. No puedo evitar pensar en lo que sentiría al besar esos labios y que la áspera barba rascara mi piel.

—Volamos a casa mañana. Se acabaron las vacaciones, por desgracia. ¿Y vos? ¿Estás acá solo esta noche o viniste con amigos?

—Mi socio está bailando—. Bebe un sorbo de su vaso.

—¿Vienen mucho a este club?

—A veces. Nos gusta la música y no es el típico club. Quería quedarme en casa esta noche, pero él me arrastró. Me alegro de que lo hiciera porque si no, no nos habríamos conocido. El destino. —Los latidos en mi pecho se intensifican.

Tampoco se suponía que estuviéramos en este club. Tal vez el destino es real.

—Me gusta. Nunca he estado en un club al aire libre. Aunque tiene sentido ya que el clima es increíble aquí en Miami. —Doy un trago a mi copa de martini esperando que el alcohol calme mis nervios.

—Sí, hace siempre calor aquí. Clima tropical. —Se acerca un poco más y se inclina hacia mí, sus labios muy cerca de mi oreja—. Soledad, eres hermosa. —Su dedo se posa en mi sien, recorre los contornos de mi cara y hace que un escalofrío me recorra la columna vertebral.

Mis ojos se cierran como respuesta, mi corazón se acelera y respiro hondo.

—Gracias. —Este hombre es tan asertivo. Me gusta, pero me asusta después de mi historial de citas.

—¿De dónde eres, Soledad? —me pregunta, agarrando uno de mis rizos y haciéndolo girar entre sus dedos.

—Ya te lo dije, Boston.

—Sí, pero tu nombre, Soledad. ¿Eres latina, verdad?

—Sí. Yo soy americana, pero mi mamá es argentina.

—Tu acento te delata.

—Sí, eso me han dicho. —Se habla español en muchos países y, aunque parecido, cada uno tiene sus matices, entonaciones y acentos. A los argentinos les pasa lo mismo. Sus conjugaciones son un poco diferentes, al igual que la pronunciación de muchas palabras, sobre todo las que empiezan por doble L o Y, que se pronuncian con el sonido sh, y no con el familiar sonido y como en muchos otros países hispanohablantes. Como crecí hablando español con mi mamá, mi acento es muy argentino cuando hablo español.

—¿Y tu padre?
—Puerto Rico.

—Por eso eres tan bella. —Sus palabras me calientan las mejillas. Nunca un hombre me había dicho que soy tan bella como esta noche.

—Gracias —digo, llevándome la bebida a los labios, dejando que el frío me refresque.

—¿Has estado, en la isla del encanto?
Sacudo la cabeza antes de contestar.

—No.

—Tu padre, él nunca…

—Sol, ¿estás lista? Todavía tenemos que hacer la maleta —dice Melida, interrumpiendo a Amaury a mitad de la frase mientras se coloca en el extremo de la mesa y le mira fijamente.

—Claro. Vamos. —Le doy un codazo a Amaury para que se mueva y me deje salir. Una vez de pie me giro hacia él y le digo—: Ha sido un placer conocerte. Gracias por la copa y por los bailes.

—¿Dónde está tu hotel? Puedo llevarte en carro —dice, acercándose a mí mientras me acaricia el brazo. El contraste de sus dedos ásperos sobre mi suave piel me eriza la piel.

—Nos alojamos en Miami Beach —respondo.

—Yo te llevo, voy a la playa —dice, volviendo a agarrarme la mano.

Miro a Melida.

—Se ofrece a llevarnos porque se va a Miami Beach —le digo. Ella frunce los labios y asiente.

—¿Y tu amigo, lo vas a dejar aquí? —le pregunto.

—Tiene su carro. Le enviaré un mensaje. Vámonos. —El señor Guapo se vuelve hacia la puerta y me tiende la mano, pero en lugar de eso me agarro a las correas del bolso.

Mientras caminamos por la calle Ocho, me fijo en los gallos de cerámica pintados con colores vibrantes que hay delante de muchos escaparates.

—¿A qué vienen tantos gallos? —pregunta Melida.

—Los gallos forman parte de la cultura cubana, el folklore cubano, y representan la fuerza y el poder —responde Amaury, mirando a Melida.

Unas cuadras más adelante, nos detenemos ante

un Chevy Tahoe negro, que Amaury acaba de abrir. Huele como el ambientador en forma de árbol negro que cuelga del retrovisor, llenando el aire de un aroma almizclado y masculino a maderas y cítricos. Me abre la puerta del acompañante y luego la de atrás a las chicas antes de dar la vuelta para subirse al asiento del conductor. Después de sacar el teléfono del bolsillo, envía un mensaje de texto y lo deja en la consola central. Cuando arranca el motor, suena un riff de guitarra por los altavoces y lo miro con una ceja levantada.

—¿Metallica? No es un grupo que me imaginara escuchando —digo.

—El rock. Es la música que más me gusta —responde, con una sonrisa que se extiende por su bello rostro—. Me hace sentir vivo —traduce, mientras se gira hacia las chicas del asiento trasero.

—Por cierto, nos alojamos en el Hotel Betsy en Ocean Drive. ¿Sabes dónde está? —Le pregunto.

—Claro que sí —responde, y esboza una sonrisa torcida.

***

Amaury estaciona a unas cuadras del Betsy. Tras salir del carro, busca mi mano, ambas enredadas en las correas de mi bolso. Se mete las manos en los bolsillos y marcha silenciosamente a mi lado hacia la entrada del hotel. Una vez allí, me vuelvo hacia él y le digo:

—Gracias por traernos, has sido muy amable.

—Quédate conmigo un rato. Sentémonos en ese

banco. —Señala al otro lado de la calle—. Para seguir conversando.

Miro al banco y vuelvo a mirar a mis amigas.

—Chicas, nos vemos dentro de un rato. Tengo mi llave. Voy a sentarme a charlar con él allí. —Me giro y señalo el banco de enfrente.

—¿Tienes tu teléfono? —me pregunta Melida.

—Sí. —Meto la mano en el bolso y lo saco, mostrándole mi teléfono, y luego lo vuelvo a meter en el bolso.

Melida asiente y se encuentra con la mirada de Amaury.

—Gracias por el aventón. Buenas noches —dice.

—Gracias —dicen Krissa y Jestine.

Con mi mano sujeta firmemente por la de Amaury, cruzamos Ocean Drive y nos sentamos en el banco con vistas al Betsy y a los hoteles vecinos. La noche es cálida y una ligera brisa refresca el ambiente. Después de pasar los últimos días al sol, temo volver a casa mañana al frío.

Ocean Drive se ilumina con sus famosas luces de neón verdes, azules, rosas y naranjas entre las palmeras que ondean al viento. Se oye el sonido sordo de la música que flota en el aire. La noche aún es joven en Miami, ya que todavía no son ni las dos de la madrugada. La gente llena las veredas y el paseo marítimo detrás de nosotros, algunos cargados con sus bebidas, la mayoría mujeres escasamente vestidas para una noche de fiesta.

—Entonces, ¿de dónde eres? —pregunto.

—Cuba.

Frunzo los labios.

—Siempre he querido visitar Cuba. He oído que es precioso.

—Solía ser hermoso. Ahora ya no. No visites ahora que te hace llorar.

—¿Por qué visitar Cuba me haría llorar?

—Porque el gobierno lo arruinó —dice con naturalidad.

No estoy segura de entender.

—¿Qué quieres decir con que el gobierno lo arruinó?

—Todo está viejo y roto. Nada tiene arreglo. Pero basta de Cuba —dice, envolviendo mi mano con las dos suyas—. Hablemos de otra cosa. ¿Te diviertes bailando? —Mueve el cuerpo para mirarme y pasa la pierna derecha por debajo de la izquierda, apoyándola en el banco.

—Sí, aunque no sepa bailar. Me encantaba ver a los demás, sobre todo al grupo de gente que bailaba en círculo.

—¿Qué gente?

—No estoy segura. Había un pequeño grupo de tal vez ocho personas, bailaban en pareja, pero en círculo y parecía sincronizado.

—Ah, sí, eso es una Rueda de Casino.

—Fue impresionante. Nunca había visto nada igual.

—Muy típico cubano. En Cuba mucha gente baila Rueda. Es muy popular —explica sobre el estilo de baile tradicional cubano.

—¿Bailas Rueda? —pregunto.

—Puedo, pero no normalmente.

—¿Por qué? —pregunto, con la esperanza de aprender un poco más sobre el señor Guapo.

—Rock es mi música y sólo escucho música latina cuando estoy en fiestas o discotecas y no controlo la música. No es realmente… ¿cómo se dice, mi onda?

—No es lo tuyo —respondo.

—Sí, eso. —Levanta el hombro—. Me gustan más los solos de guitarra o la batería pesada que los ritmos caribeños.

—Definitivamente me sorprendió escuchar Metallica en tu carro. Supuse que lo tuyo era la música latina. Eso demuestra que no deberíamos asumir cosas sobre la gente. —Sus labios se curvan hacia arriba.

—Amigos míos, todos somos rockeros que amamos la música rock. Somos Los Frikis —me dice.

Levanto los ojos hacia los suyos.

—¿Frikis? ¿Como bichos raros? ¿Por qué?

—Porque en Cuba todo el mundo nos llamaba antisociales por la música que escuchábamos, y la gente nos llamaba Frikis.

—¿Antisocial? ¿Qué quieres decir?

—Contra el gobierno. —Amaury vuelve a moverse en su asiento mientras habla y me suelta la mano. No entiendo muy bien lo que quiere decir, pero no parece que le guste mucho hablar de Cuba, así que no insisto.

—Dime, ¿te gusta Miami? —me pregunta, empujándome los rizos detrás de las orejas, cambiando el tema del que se resiste a seguir hablando.

—Me encanta —respondo con una sonrisa—.

Por supuesto, el clima es perfecto, pero lo que más me gusta es que dondequiera que íbamos, había un toque latino. Es muy diferente a Boston. En la mayoría de los sitios la gente habla español y casi siempre suena música latina o caribeña. Y por supuesto, la playa, podría vivir en la playa escuchando cómo rompen las olas.

Agarra uno de mis rizos con los dedos y empieza a girarlo y enrollarlo alrededor de su dedo.

—Sí. En muchos sentidos, Miami me recuerda a Cuba.

—¿Cómo es eso?

—La ciudad. El mar. Estar tan cerca del agua. Por eso vivo en Miami Beach. —Me dedica una sonrisa ladeada.

—¿Vives cerca?

Mueve la cabeza.

—No muy lejos de aquí.

Siento vibrar mi teléfono en el bolso, meto la mano para agarrarlo y veo un mensaje de texto de Melida.

Melida: ¿Todo bien?

—Lo siento. Melida está asegurándose de que estoy bien.

—Es una buena amiga por cuidarte.

Sol: Sí. Vuelvo pronto.

Vuelvo a meter el móvil en el bolso y miro al señor Guapo.

—Sí, definitivamente lo es. Probablemente debería irme, aún tengo que hacer la maleta.

—Sé que te vas mañana, pero quiero volver a verte. Tú me cuadras. —Extiende la mano y me roza la mandíbula; sus dedos ásperos contrastan con la suavidad de su tacto.

—No estoy segura de lo que eso significa ni de cuándo volveré a Miami —le digo. Su mirada se fija en la mía y trago saliva, con los nervios a flor de piel. Mis manos se agitan sobre el regazo y los dedos se rozan cuando él toma mi mano izquierda entre las suyas, envolviéndola y acariciándola. Me remuevo en el asiento, separándonos un poco.

Amaury se inclina hacia mí; su aroma mezclado con el aire salado del océano es embriagador. —Tú me cuadras significa que me gustas Sol, mucho—. Los latidos de mi pecho se intensifican y deseo que el señor Guapo me bese, aunque no debería porque apenas le conozco. A pesar de ser extraños, me siento extrañamente a gusto con él. En lugar de besarme, apoya su frente en la mía y roza las puntas de nuestras narices. Nos asimilamos mutuamente. El ritmo de nuestras respiraciones se sincroniza.

Entonces sus labios rozan los míos, acariciándolos y saboreándolos, y sus perrilla me hacen cosquillas en la piel de alrededor de la boca. Su lengua se desliza a lo largo de mi labio superior antes de retirarla. Me provoca con sus besos castos, estimula cada centímetro de mi cuerpo, mis terminaciones nerviosas se disparan, mi núcleo se enciende en celo.

Suave.

Sensual.

Sexy.

Cada movimiento de sus labios me hipnotiza, me atrae.

Y entonces se detiene. Mis ojos se posan en su boca y se me corta la respiración. Me está atormentando y no quiero que nuestros besos terminen. Estoy tentada de agarrarle la cara y devorarlo; quiero saborear su lengua, sentir cómo me abre y explora mi boca. En lugar de eso, se separa de mí y arrastra la nariz por mi escote antes de levantar la cabeza y fijar sus ojos en los míos.

—¿Cuándo volveré a verte? —me pregunta, rompiendo el hechizo que me ha lanzado mientras me roza perezosamente la mejilla con el pulgar.

Me trago el nudo en la garganta y me obligo a hablar.

—No estoy segura.

—¿Me das tu número? —me pregunta. Dudo en dárselo. No tengo motivos para dudar de su sinceridad y acabamos de darnos un beso apasionado, pero sigo cansada por todo lo que he pasado.

—¿Por qué no me das tu número y te llamo? —Me mira, contemplando mis palabras.

—Está bien. Te doy mi número, aunque yo sé que hoy es la última vez que te veo.

Probablemente tenga razón. Apenas lo conozco y lo último que necesito ahora es involucrarme en una relación.

—No sabemos si eso es cierto. Puede que vuelva

a Miami y quién sabe lo que podría pasar. —Meto la mano
en el bolso para agarrar mi teléfono y guardar su número.

Capítulo 3

Soledad

Nuestro vuelo de regreso a casa transcurre sin incidentes y, cuando salimos de la terminal, el frío intenso me golpea, una ráfaga de viento me corta las mejillas como una cuchilla afilada. Me aprieto la bufanda y me subo la cremallera de la chaqueta antes de seguir caminando. Una cosa que no extrañaré son los largos días de frío. Estamos en primavera, pero fuera sigue pareciendo invierno con estas temperaturas bajo cero a pesar de ser principios de abril.

Agarramos el autobús hasta el estacionamiento de larga estancia, cargamos el carro y nos vamos. Melida conduce y deja primero a Jestine y Krissa, que son compañeras de piso. Yo había dejado mi coche en casa de Melida, así que la acompaño hasta su casa.

Cuando llegamos al camino de entrada de casa de Melida, lo veo. Las ruedas de mi carro están rajadas. Las cuatro, lo que sólo significa que han sido pinchadas, otra vez. Ya es la cuarta vez que lo hace y por eso dejé mi carro en casa de Melida mientras estábamos en Miami, con la esperanza de que esto no ocurriera. ¡Hijo de puta!

—No puedo creer que lo haya vuelto a hacer —digo, con la derrota dominándome mientras me desplomo en el asiento.

—¡Qué imbécil! Y sabe que no podemos

demostrar que es él, así que sigue saliéndose con la suya —añade Melida.

—No puedo seguir así. Es agotador y caro. Esta es exactamente la razón por la que quiero mudarme. —Suspiro y reclino la cabeza en el asiento, apretando los ojos para contener las lágrimas que amenazan con salir.

—Pasa la noche aquí y nos ocuparemos de esto por la mañana —sugiere Melida.

****

El padre de Melida envió una grúa para buscar mi carro y llevarlo a su taller. Supongo que debería considerarme afortunada de que sea mecánico y tenga su propio taller, al menos así me ahorro algo de dinero en mano de obra. Después de ver cómo se va mi carro en una grúa de plataforma, Melida me deja en casa.

La buena energía y la relajación que había logrado los últimos días en Miami se evaporaron en minutos cuando vi mi carro anoche. Una vez dentro, cierro ambas cerraduras, me quito las botas de una patada y ruedo la maleta hasta el dormitorio. Me dirijo a la cocina y enciendo la tetera para tomar Yerba Mate, o Mate como se conoce más comúnmente, y meto las hojas de té en el mate. La yerba mate es una infusión elaborada con ramas y hojas que se bebe en un mate y una bombilla, una pajita especial para filtrar las hojas. Esta es otra tradición que aprendí con mi mamá, ya que tomar mate es tradicional en Argentina y en toda Sudamérica. Es mi bebida con cafeína preferida y suelo tomarla a lo largo del día para animarme.

Después de colocar el mate, la tetera y el salvamanteles en la mesita, me dejo caer en el sofá. Decido llamar a mi mamá porque tengo que darle la noticia.

—Hola —dice.

—Hola, mami. Estoy en casa.

—¿Por qué suenas así? ¿Qué pasó?

—Ayer, cuando llegamos a casa de Melida, me rajaron las gomas, otra vez —gimo. Estoy tan derrotada por lo que me pasa continuamente que ya ni me enojo.

—¿Otra vez? ¿Llamaste a la policía?

—Sí, otra vez, y no, no lo hice. La última vez que les llamé lo único que hicieron fue redactar un informe. Ya me dijeron que no pueden hacer nada si no tengo pruebas de que es él.

—Entonces, ¿qué vas a hacer?

Respiro hondo, inspirando por la nariz en un intento de tranquilizarme. No le va a gustar lo que tengo que decir.

—Me voy a mudar.

—¿Te mudas? ¿A dónde? —pregunta subiendo el tono.

Muevo el cuerpo, subo las piernas al sofá y las cruzo. Se va a volver loca, por mucho que le diga adónde me voy a mudar. Al mal paso darle prisa.

—Miami.

—¿Qué? —grita—. ¿Pero por qué tan lejos?

Su reacción es exactamente la que esperaba: no está contenta con lo que le dije. Vuelvo a respirar hondo para calmar la voz. Estoy frustrada, pero no quiero desquitarme con ella.

—Mami, Miami no está tan lejos, sólo a tres horas de vuelo. Además, aquí ya no me siento segura. —Parte de la razón por la que mi mamá no entiende mi deseo de mudarme es porque no conoce la verdad sobre Carmine, sólo partes de lo que realmente sucedió. Nunca quise compartir nada con ella, y sigo sin querer hacerlo.

—Nunca puedo caminar sola a ningún sitio, y no importa lo que intente, mis ruedas siguen rajándose. ¿Y si la próxima vez intenta algo peor? Si me mudo a otra ciudad, puedo empezar de nuevo y mantener un perfil bajo. Al final tendrá que seguir adelante, ¿no?

—Pero Soli, ¡qué drástica! —exclama, pero aún puedo detectar el temblor en su voz.

—¿Qué otra opción tengo?

—No se. Podemos pensar en algo, ¡estoy segura!

—No, mami, no podemos, y no hay forma de que puedas estar segura de nada. Ha pasado casi un año y nada ha cambiado. ¿Cuántas veces debemos tener la misma conversación? Estoy harta de esperar a que pase lo siguiente. Tengo que hacer un cambio.

—Si te vas, me quedo sola —susurra, con la voz entrecortada. Así es mi mamá. Quiere lo mejor para mí, pero no le importa echarme la culpa encima con la esperanza de convencerme de que haga lo que ella quiere.

—No estarás sola. Tienes a tus hermanos. Estás con alguno de ellos la mayor parte del tiempo de todos modos.

Mi mamá se mudó a Boston en los años sesenta

después de que uno de sus hermanos visitara a su familia y decidiera quedarse, porque las oportunidades eran mejores en Boston que en Balcarce, el pequeño pueblo en el que creció en la provincia de Buenos Aires. Una vez que mi tío se estableció en los Estados Unidos, con un trabajo y un lugar donde vivir, hizo que mi mamá y mi tía se unieran a él. Mi tío Carlo, mi tía Flora y mi tía Olga viven a pocos minutos de la casa de mi mamá Los cuatro son inseparables. Mi mamá también está muy unida a la mujer del Tío Carlos, y muchas noches se reúnen todos para jugar a la Canasta reunidos en torno a la mesa de alguien hasta altas horas de la madrugada Sus otros hermanos, los ocho, siguen viviendo en Argentina y ella va a visitarlos con frecuencia.

—No es lo mismo, ya lo sabes —dice en un tono más suave.

—Ma, sé que no es lo mismo, pero después de volver a casa y encontrarme cuatro ruedas rajadas, mi decisión está tomada —digo, con la voz cada vez más alta a medida que hablo—. ¡Volver a casa de unas vacaciones relajantes y encontrarme el coche así otra vez arruinó todo. No puedo seguir haciéndolo. Por favor, apóyame. Voy a hacerlo de todos modos; será más fácil si no luchas conmigo por eso. —Mi voz elevada con el tono fuerte de mis palabras es la única manera de llegar a mi mamá. La única forma de conseguir que deje de hacerme sentir culpable y escuche de verdad lo que le digo.

Hay silencio al otro lado del teléfono, pero oigo su respiración agitada mientras contempla mis palabras y se hace a la idea de mi traslado.

—Bueno, hijita mía —susurra, las palabras de cariño apenas audibles—. Sabes que te quiero y te apoyo. No me gusta, pero ¿qué otra opción tengo? —Mis labios se curvan hacia arriba, feliz de que esta vez haya cedido rápidamente.

—Sé que no te gusta, pero verás que es lo mejor para mí. Todo saldrá bien. Gracias, mami. Te quiero.

—Está bien, Soli. Sólo quiero lo mejor para ti, pero también soy egoísta y te extrañaré.

—¿Por qué no vienes más tarde sobre las cinco, para que me cocines? Puedes hacer un pastel de papa. Hace tiempo que no lo como y es un día perfecto para hacerlo. —Lo que más le gusta cocinar a mi mamá es el pastel de papa y con el frío que hace, es la comida perfecta.

***

Cinco meses después

Invité a Melida, Jestine y Krissa para que me ayudaran a hacer las maletas y pasar el rato. Las voy a extrañar mucho. Aunque planearon una fiesta de despedida para mí el próximo fin de semana, ésta será la última vez que estemos solo las cuatro juntas. Será la primera vez en nuestras vidas que estemos separadas durante un periodo prolongado. Pensarlo demasiado me duele en el pecho, pero sé que tengo que hacerlo.

Cuando volvimos de Miami y le di la noticia a mi

44

mamá, empecé a planificar la mudanza buscando apartamentos, barrios y precios. Necesitaba un presupuesto para la mudanza y buscar apartamentos me ayudaría a saber en qué me estaba metiendo. La amiga de Krissa, la gerente del Hotel Betsy, me ha ayudado a resolver dudas sobre los barrios e incluso me puso en contacto con un agente inmobiliario para que me ayude a encontrar un apartamento cuando llegue el momento. Ahora que tengo a alguien en Miami que me ayuda, es más fácil prepararme para mudarme al sur.

—¿Te llevas esto? —pregunta Krissa, sosteniendo un juego de candelabros que había en la repisa de la chimenea. Aún recuerdo el día en que discutimos y me lanzó uno de ellos. Fue la primera vez que decidí hablarles a las chicas del verdadero Carmine.

—No. La hermana de Carmine nos las dio, y no quiero nada que me recuerde a él —respondo—. No puedo creer que todavía los tenga.

Me siento en el suelo y apoyo la espalda contra la pared.

—Chicas, ¿recuerdan la noche que les dije que por fin había decidido dejarlo?

Habíamos asistido a un concierto en la ciudad y luego decidimos quedarnos fuera. Era una noche rara con mis amigas, ya que apenas nos veíamos. Yo no estaba preparada para volver a mi casa y, además, era uno de esos días cálidos de primavera y la tarde estaba demasiado bonita para estar en casa. Con una botella de vino y vasos de plástico, encontramos unos bancos en el Boston Common y descorchamos. Mientras bebíamos, de repente solté:

—He decidido que dejo a Carmine. —Krissa casi se atraganta con el vino.

—¿Qué? ¿Cuándo? ¿Cómo? —preguntó Melida. La sorpresa en sus caras es una imagen grabada en mis recuerdos. Hasta esa noche, sabían muy poco, sólo lo que yo había compartido selectivamente. Siempre me preocupó compartir demasiado, me preocupaba que me juzgaran. Que pensaran que era débil. Pero aquella noche lo conté todo. Una vez que empecé a hablar, no pude parar, y las chicas me demostraron que estaba equivocada. Lloraron conmigo y por mí cuando les conté las historias sobre el comportamiento de Carmine, la forma en que se enorgullecía de menospreciarme y la cara de satisfacción que ponía después de abofetearme. Ojalá se lo hubiera contado antes. Les expliqué que aún no tenía un plan y que lo único que sabía era que me iba.

—Es una noche que nunca olvidaré. Creo que ninguna de nosotras la olvidará —dice Jestine. Alarga la mano y la apoya en mi pierna.

—Definitivamente no. Cuando nos contaste lo de Carmine y cómo te había estado tratando, mi perspectiva cambió. Siempre supe que era un pendejo, pero nunca lo hubiera imaginado lanzándote cosas o poniéndote una mano encima —dice Melida—. Crees que conoces a alguien o no, nunca sabemos lo que pasa a puerta cerrada.

—De todos modos, si no tuvieras una venta de garaje la semana que viene, diría que hagamos una hoguera y quememos toda esta mierda —añade Krissa, una risa malvada llenando el aire.

—Eso sería catártico, pero prefiero conseguir algo de dinero extra por todas estas cosas. A mi mamá le encanta hacer ventas de garaje, así que también está reuniendo cosas para vender —añado.

—¿Ya diste tu aviso? —pregunta Jestine.

—Sí, la semana pasada —respondo, asintiendo.

—¿Qué dijo Mona? —pregunta Jestine.

Estudié en UMass Boston. A pesar de que se me consideraba estudiante a tiempo completo, tardé cinco años en terminar la carrera porque sólo cursaba cuatro asignaturas a la vez, ya que también tenía que trabajar. Me especialicé en lingüística e italiano, con una especialización en español, y me licencié. En el último semestre tuve que hacer prácticas y las hice en *Every Word Counts Translations*, donde Mona es la propietaria. Después de graduarme, me contrató a tiempo completo como intérprete y traductora. Gran parte del trabajo que hacemos está relacionado con procedimientos judiciales o documentos utilizados en pleitos, así que la mayoría de los clientes que tenemos son abogados que necesitan traducciones o interpretaciones para sus clientes. Paso la mayor parte del día traduciendo documentos del español o el italiano al inglés o interpretando para personas durante vistas judiciales. Me gusta mucho estar en la sala del tribunal, pero sólo porque estoy ahí para ayudar y no soy parte del proceso.

—Lloró cuando se lo dije. Llevo trabajando con ella desde mi último año en la UMass. Es el tiempo más largo que he trabajado en ningún sitio.

—Cuando Mona superó el shock inicial de mi

marcha, se ofreció a ayudarme a encontrar trabajo en Miami porque tiene varios contactos. De hecho, incluso me planteó la idea de una oportunidad de negocio: abrir una oficina de *Every Word Counts* en Miami y ser su socia comercial, conmigo dirigiendo la oficina de Miami.

—¿Qué? Es increíble —dice Jestine.

—Es una oportunidad increíble, pero la rechacé. Le dije que por el momento sería demasiado para mí con una nueva ciudad, una nueva mudanza y un nuevo negocio. Decidimos estacionar la idea por el momento y retomarla cuando me instale en Miami.

—Ay, qué dulce. Seguro que te extrañará. Básicamente dirigías ese lugar por ella —añade Krissa.

—Sin embargo, me ayudó a encontrar trabajo. Todavía no estoy contratada oficialmente, y tengo una entrevista cuando esté en Miami. Pero Mona me aseguró que el trabajo es casi mío y la entrevista es una formalidad.

—¿Tienes algo más preparado, por si el trabajo con la amiga de Mona no sale bien? —pregunta Melida, cruzando las piernas.

—Sí. Para asegurarme, también he programado algunas entrevistas en otras empresas. Pero si sale el contacto de Mona, lo acepto porque es el que mejor paga de los cuatro con los que estoy entrevistando.

—Joder, Sol, te voy a extrañar —dice Jestine, inclinándose hacia mí para rodearme el torso con sus brazos.

—¡En serio! Podría matar a ese hijo de puta por hacer que te vayas de la ciudad —añade Krissa.

—Las voy a extrañar en cantidad, chicas —

exclamo, apretando su espalda—. Vengan aquí, vengan a darnos un abrazo de grupo —digo, mirando primero a Krissa y luego a Melida.

Soy hija única y crecí con una mamá soltera, pero estas chicas son mis hermanas, la familia que elegimos. Aparte de mi mamá, son todo lo que tengo. Tengo tías, tíos y algunos primos, pero no estoy tan unida a ellos como a ellas. Hemos pasado por muchos altibajos juntas. Si digo que no me asusta vivir una vida sin ellas en el día a día, estaría mintiendo. A pesar de todos los cambios a los que me enfrento, vivir una vida en la que no veo a estas tres chicas todos los días es lo que más me asusta. Claro que haré nuevas amigas, pero nosotras cuatro somos amigas desde siempre y son insustituibles.

Capítulo 4

Soledad

El viaje de tres días de Boston a Miami fue brutal. Aunque mi mamá me ayudó a manejar, yo hice la mayor parte del trayecto, lo que hizo que los días fueran muy largos. Condujimos unas doce horas cada día, parando para descansar, comer o ir al baño cuando era necesario. Cada noche encontrábamos un hotel en el camino para pasar la noche y descansar bien para prepararnos para el día siguiente en la carretera.

Anoche llegamos a Miami Beach a las seis y cuarto y nos registramos en un hotel. Esta tarde tengo una entrevista con Lily, la amiga de Mona. Tengo un buen presentimiento, sobre todo porque Mona le estaba cantando mis alabanzas.

—¿A qué hora es tu entrevista hoy? —pregunta Mami mientras remueve su café.

—Después del almuerzo. —Vierto un sobre de azúcar en mi café.

Mi mamá y yo desayunamos en el restaurante de la azotea del hotel. Anoche me acosté temprano y dormí diez horas. A pesar de eso, me siento aturdida y cansada por el largo viaje por carretera.

—Tengo que abrir un apartado de correos, ya que aún no tengo dirección —le digo—. Además, así es más seguro. Quiero que mi dirección sea lo más privada posible. Llamaré al agente inmobiliario con el que he estado hablando para ver si podemos ver algunos sitios hoy o mañana. —Mi mamá se queda toda la semana con la esperanza de que encuentre un apartamento antes de que lleguen los de la mudanza.

Tomo un ejemplar del *Miami Herald* del vestíbulo para hojear los anuncios clasificados y consultar las listas de apartamentos. Marco con un círculo algunos que me llaman la atención mientras termino de comerme mis huevos y mi tostada hecha con pan cubano, untada en mantequilla y tostada en la sandwichera.

***

—Hola, vengo a ver a la señora Bermúdez. Me llamo Soledad Caruso —le digo a la mujer que me atiende.

—Hola. Está terminando una llamada y luego puedes pasar. ¿Por qué no te sientas mientras tanto? —Señala el sofá que hay detrás de mí—. Te ha estado esperando; dice que su buena amiga Mona te recomienda encarecidamente.

—Sí, trabajé con Mona varios años en Boston. Ya la extraño.

—Conozco a Mona. Ella y Lily son como gemelas, así que te va a encantar trabajar aquí. Por cierto, soy Dayren, puedes llamarme Dayi —dice, extendiendo la mano mientras se levanta de su asiento.

—Hola, Dayi, encantada de conocerte. —Agarro su mano con la mía y se la estrecho con firmeza—. ¿Trabajas en la recepción?

—Soy la administradora. Nuestra recepcionista ha salido a comer. —Su teléfono zumba y ella levanta el auricular, escucha un breve momento y dice:

—Bueno —antes de colgar—. Lily te está esperando. Por ese pasillo. —Señala a su izquierda—. La última puerta a la derecha es su oficina. Disfruta de la vista.

Avanzo a grandes zancadas por el pasillo, sujetando mi cartera de cuero en el brazo y ajustándome el bolso al hombro. Las paredes están pintadas de amarillo pálido y las puertas son de madera oscura. A lo largo de la pared cuelgan varias obras de arte enmarcadas del artista brasileño Romero Britto. Al entrar en la oficina de Lily, me doy cuenta de a qué se refería Dayren: los amplios ventanales del suelo al techo se extienden por toda la pared del fondo y dan a la bahía de Biscayne. Se puede ver parte del horizonte de Miami, los cruceros atracados y la calzada que se extiende sobre el agua y cruza hasta Miami Beach. ¡Impresionante!

—Hola, Soledad —dice Lily, mientras rodea su escritorio para saludarme—. Mona me ha hablado tanto de ti que siento que ya te conozco.

Lily tiene curvas en todos los sitios adecuados y el vestido rosa intenso que lleva abraza su figura para acentuarlas. Le cae justo por debajo de las rodillas, combinado a la perfección con unos tacones de charol y unos pendientes de araña de plata que cuelgan de sus orejas. Su cabello rubio oscuro, liso y sedoso, le cae por los hombros y la espalda.

Extiendo mi mano hacia la suya y ella me atrae

hacia sí, besándome en la mejilla.

—Hola, señora Bermúdez, es un placer conocerla —le digo, un poco sorprendida por el saludo. Aunque estoy acostumbrada al beso en la mejilla cuando asisto a eventos con amigos o familiares, nunca me lo había dado nadie en un entorno formal. ¿Quizá porque me envía Mona? ¿O es cosa de Miami?

—Por favor, llámame Lily. Mi madre es la señora Bermúdez y todavía me siento como una jovencita —afirma echando la cabeza hacia atrás entre risas.

—Encantada de conocerte, Lily —digo y me coloco junto a la silla, pero sin sentarme.

—Sabes, Mona me dijo que serías un poco seria. No te preocupes, eso cambiará pronto. Aquí en Miami, somos más relajados, tranquilos. Por favor, siéntate, no muerdo. —Se ríe entre dientes.

Lily me ofreció el trabajo a los pocos minutos de estar dentro de su oficina. Aun así, charlamos sobre el trabajo que hice en Boston, sobre Mona y sobre vivir en Miami. Estaba entusiasmada porque no tiene traductores de italiano y tenía que derivar esos trabajos a otra empresa. Ahora que trabajaré con ella, ya no será necesario.

—¿Te parece bien que empiece la semana que viene? Acabo de llegar anoche y todavía no tengo departamento —le digo—. Tengo pensado ver a algunos en los próximos uno o dos días. Con suerte me enamoraré de alguno.

—Por supuesto. Además, aquí tienes mi número de móvil —dice, anotándolo en una nota adhesiva—. Llámame si no encuentras sitio, puedo hacer unas llamadas por ti a ver qué encontramos.

—Gracias, Lily. Te lo agradezco.

—Mona hablaba de ti como si fueras la hija que nunca tuvo. Eso lo dice todo, porque a ella no le gusta nadie —afirma, riendo entre dientes al pronunciar las palabras.

—Tan amable. Quiero a Mona y la voy a extrañar mucho. Hemos trabajado juntas desde que estaba en la universidad y aprendí mucho de ella.

—Mona y yo nos conocimos en la universidad hace muchas lunas y, a pesar de la distancia, hemos seguido siendo amigas íntimas. Me alegro de que te una a nosotros aquí en *Miami Language Solutions*.

Lily y yo caminamos juntas hacia la entrada y vemos a Dayren cuando nos acercamos a la recepción.

—Dayi, Soledad empezará la semana que viene y será una gran incorporación a la familia. Va a encajar perfectamente.

—Genial, bienvenida —dice Dayi.

—Gracias. Hay mucho por lo que estar emocionada. Nuevo trabajo, nueva ciudad. Están pasando tantas cosas buenas —exclamo, emocionada pensando en lo que nos espera.

—Sol, ¿puedo llamarte así? —pregunta Dayi, con una ceja ligeramente levantada.

—Sí, por supuesto.

—Bien —me dice—. Aquí tienes mi número de móvil. —Me entrega una nota adhesiva—. Llámame, podemos quedar para cenar o tomar algo cuando quieras.

—Me encantaría. ¡Mi mamá estará aquí hasta la

próxima semana y luego tenemos una cita!

***

El agente inmobiliario no pudo conseguir ninguna cita para ver apartamentos para después de mi entrevista de ayer, pero programó tres para hoy. Ya hemos visto uno y no me gustó mucho. Era muy pequeño y estaba en un edificio alto. No estaba segura de cómo me sentiría viviendo en un rascacielos, pero después de pasar por la molestia de llegar allí, el estacionamiento y los ascensores ocupados, he decidido que no es para mí. Lo único positivo del piso alto es que tenía una vista parcial del océano desde el balcón, pero estaba en el piso veintidós y la altura me asustó un poco.

Este apartamento que vamos a ver es un pequeño edificio art déco de dos plantas con sólo cuatro unidades, dos en cada planta. Esto es más mi estilo, ya que tendría una entrada privada y sólo tres vecinos. El edificio no tiene estacionamiento, lo que es negativo, pero hay una piscina y lavadora dentro en la unidad. Si quiero vivir en Miami Beach, los apartamentos con estacionamiento son lo más difícil de encontrar, así que puede que tenga que ceder en eso. Con suerte, una vez que consiga una pegatina de residente para mi coche, estacionar no será tan horrible.

Subimos las escaleras hasta el segundo piso, situado en el interior del edificio, pero visible desde la calle a través de una entrada arqueada. La unidad se encuentra en el lado izquierdo de la propiedad con vistas

55

a la zona de la piscina y el patio, ofreciendo cierta privacidad. La puerta es de madera oscura, redondeada y tiene un panel de cristal texturizado con barrotes en la parte superior. Cuando el agente abre la puerta, aparece un gran espacio abierto, una sala, un comedor y una cocina con suelos de madera oscura. A lo largo de la pared izquierda hay dos grandes ventanales que dan a la calle y a varios árboles que rodean el edificio, lo que proporciona la luz natural que tanto se necesita y, al mismo tiempo, suficiente sombra para protegerse del sol. La cocina, en el extremo opuesto, tiene una mesada que separa la zona de estar del salón de la cocina. A lo largo de la pared del fondo hay una estufa eléctrica, con el mostrador a la derecha y envolviendo a lo largo de la pared derecha, con un fregadero en el centro y lavavajillas a la extrema derecha. Una pequeña ventana sobre la mesada a la derecha de los fogones ilumina la cocina haciéndola parecer más grande de lo que es. A la derecha de la entrada es pequeño pasillo con un cuarto de baño a la izquierda inmediata y dos dormitorios justo después. La lavadora y la secadora se apilan dentro de una puerta en el cuarto de baño y hay una bañera donde planeo tomar baños largos agradables. Uno de los dormitorios es grande y tiene un vestidor a lo largo de la pared derecha. La ventana tiene vistas al patio y la piscina. El segundo dormitorio es más pequeño y perfecto para utilizar como una oficina y habitación de invitados.

—Me lo quedo —le digo al agente inmobiliario. Me encanta la distribución, el espacio, la iluminación y la ubicación. Tiene buenas vibraciones.

—¿Te gusta? ¿No quieres ver la última casa? —pregunta el agente inmobiliario.

—No. —Sacudo la cabeza—. Este me gusta. En cuanto abriste la puerta me encantó lo luminoso y abierto que es. Es perfecto. Lo único negativo es que no tiene estacionamiento, pero lo aceptaré. Y el siguiente apartamento que vamos a ver no tiene lavadora en la unidad, este sí. Hagámoslo.

—A mí también me gusta —añade mi mamá, dando su aprobación al apartamento.

***

El nombre de Melida parpadea en la pantalla del teléfono, lo agarro y pulso el botón verde para contestar—. ¿Qué pasa, Mel? —Saco un taburete de debajo de la isla de la cocina.

—¿Cómo te estás adaptando?

—Bien, los de la mudanza llegaron ayer justo a tiempo para mudarme a mi nuevo departamento, del que recibí las llaves el día anterior.

—Bien. Hablando de eso, entregué las llaves de tu apartamento aquí. El propietario fue amable. Dijo que te enviaría un cheque una vez que le dieras una dirección.

—Genial, abrí un apartado postal, así que me pondré en contacto con él para darle la información.

—Cuando estaba dentro del apartamento esperándolo, vi a Carmine por la ventana, pero cuando salí ese cabrón ya se había ido. —Mi columna se endereza.

—¿Crees que sabe que está vacío, que me mudé?

—Pregunto, descruzando las piernas y acercando las rodillas al pecho.

—No lo sé, pero tus cortinas y cosas no están, así que no creo que le cueste mucho darse cuenta, sobre todo si se asoma por las ventanas.

—¡Uf, qué acosador más espeluznante! Ten cuidado, Melida. Asegúrate de estar siempre atenta a tu entorno y procura no caminar sola.

—No me preocupa que me haga nada, está obsesionado contigo y no creo que me haga daño. En fin, no hablemos más de ese imbécil, lo único que hace es arruinarlo todo. Cuéntame más sobre Miami y lo que has hecho.

Mis labios se curvan ante el cambio de conversación de Melida.

—Bueno, conseguí el trabajo con la amiga de Mona, como esperaba, y empiezo la semana que viene. Así tendré tiempo para terminar de desembalar y montar el apartamento. Creo que ya llevamos la mitad de las cajas—.

—¿Dónde está tu mamá?

—Duchándose. Hemos estado desempacando casi todo el día. Nos hará la cena cuando termine.

—Mmm, ¡tu mamá cocina tan bien!

—Lo sé. Voy a extrañarla.

—Ya lo creo. ¿Cuándo vuela a casa?

—Domingo.

—¿Le gusta estar allí?

—Sí, al menos lo poco que ha visto desde que estamos aquí. Aunque no está acostumbrada a que todo el mundo hable español a nuestro alrededor. Yo tampoco. Hoy estábamos en el supermercado y estaba comentando cómo iba vestida la gente, ya sabes que es muy criticona. En fin, tuve que recordarle que aquí la gente entiende cuando habla mal de ellos.

Melida se ríe.

—¡Dios mío! ¿Qué dijo?

—Hizo algún comentario sobre la falda corta de una mujer y dijo que la señora era demasiado mayor para llevar tan poca ropa. La señora miró mal a mi mamá y siguió su camino con la cabeza alta.

La risa de Melida se convierte en una carcajada y me la imagino echando la cabeza hacia atrás como suele hacer—. ¡Que gracioso! Me imagino a tu mamá y la cara que puso.

—Claro, ahora que te cuento lo que hizo sí lo es, pero no fue mientras sucedía, me quería morir —digo, riendo entre dientes—. Cuando te miran mal unos desconocidos porque tu mamá habla mal de ellos, no hay mucho de lo que reírse. Espero que haya aprendido la lección y no lo vuelva a hacer.

—Para ser justos, es Miami Beach. Recuerdo los pocos días que pasamos allí. La gente no llevaba mucha ropa.

—No necesariamente. Quiero decir, aquí en la playa tal vez. Pero cuando estuve en el centro el otro día, la gente iba vestida profesionalmente, así que probablemente sea una buena mezcla.

—Muy bien, Sol. Sólo quería ver cómo estabas. Tengo que ir a casa de mis padres, pero necesito ir a la tienda primero. Hablaremos pronto.

—Listo. Te quiero, Mel —exclamo, con una sonrisa dibujándose en mi cara.

—Te quiero más.

Capítulo 5

Soledad

Siempre he querido tener una Vespa, pero en Boston hace demasiado frío para usarla la mayor parte del año. Ahora que me mudé a Miami Beach, es lo primero que me voy a comprar. Así no tendré que conducir tanto. Será perfecta para moverme por la zona ya que estacionar no es fácil. Además, el clima lo amerita.

El otro día vi un bonito cartel que decía *305 Scoots*, con un sol sonriente con gafas de sol entre el tres y el cinco. Me llamó la atención la singularidad del letrero y del nombre: ¡utilizar el prefijo de Miami en el nombre para crear un logotipo era muy ingenioso! Cuando me asomé por la ventana, vi una sala de exposición llena de scooters.

Esta mañana, después de dejar a mi mamá en el aeropuerto, decido ir caminando a la tienda de scooters, que está a poca distancia de mi apartamento. Aunque estamos en septiembre, todavía hace calor: cielo azul y mucho sol, exactamente el tiempo que buscaba cuando me mudé aquí. Después de agarrar el bolso y las gafas de sol, me dirijo a la tienda de motonetas.

Paseando por la vereda, tomo nota mentalmente de comprarme un sombrero de ala grande; el sol es bastante intenso y me hace daño en los ojos, a pesar de las gafas de sol. Observo los alrededores de mi nuevo vecindario. La mayoría de los edificios son de estilo art déco y las calles están repletas de coches estacionados, lo que me recuerda que tengo que conseguir una pegatina de residente para mi vehículo.

Aquí se respira un ambiente diferente al de Boston. La gente que camina se toma su tiempo para llegar a su destino, a diferencia de lo que ocurre en casa, donde todo el mundo parece ir siempre deprisa por las calles de la ciudad. Por no mencionar que muchos llevan ropa de playa y chanclas. Lo que es interesante y no había notado durante mi última visita con las chicas es que las veredas son rojas en lugar del típico color hormigón.

Sólo he caminado unas cuadras, pero estoy sudando, así que me agarro la goma del cabello de la muñeca y me recojo los rizos en un moño desordenado. Al acercarme a Alton Road, veo el cartel de *305 Scoots* al otro lado de la calle y me emociono. He montado en motoneta varias veces en mi vida y, por fin, comprarme una es una de las cosas que tengo que hacer antes de morir.

Dentro, la tienda es más grande de lo que esperaba, y ante mí se exponen hileras de ciclomotores y scooters, con scooters eléctricos de pie alineados a la derecha de la tienda.

—Hola y bienvenida a *305 Scoots*. Soy Eduardo. ¿Puedo ayudarle? —pregunta un hombre con acento marcado.

Levanto la cabeza y saludo con la mano al hombre alto que está de pie varios metros a mi izquierda.

—Hola. Estoy interesada en comprar una scooter Vespa y quiero ver lo que tienen.

—Claro, sígame —dice, se gira y se dirige a grandes zancadas hacia el extremo izquierdo de la sala de exposición—. Estas son las Vespas que tenemos ahora mismo. Es nuestro scooter más popular, así que no hay demasiados en stock. —Señala tres *scooters* y hay uno en el color exacto que quiero. Rojo vibrante con asiento de cuero negro.

—La roja. Me está llamando por mi nombre— digo con una sonrisa en la cara mientras me acerco a la Vespa roja. Cuando llego, arrastro la mano por el asiento de cuero negro, cuyas costuras son de un rojo intenso, a juego con el color de la Vespa—. Es una belleza. Ahora tengo que decidir cómo la llamaré. Hagámoslo —exclamo, volviéndome hacia Eduardo, con la emoción corriendo por mis venas.

—Es guapa, como tú —dice. El calor sube a mis mejillas—. La trajimos ayer a la sala de ventas.

—¿Quieres salir a probarla? —pregunta enarcando una ceja.

—No. Es exactamente lo que quiero. —Mi sonrisa se extiende por mi cara.

—De acuerdo. Vamos al mostrador y podemos preparar el papeleo. Sólo necesito tu licencia.

Encuentro mi cartera y la saco del bolso. Mientras intento sacar mi carnet de donde está pegado al plástico transparente que tiene detrás, me doy cuenta de que esa es otra cosa que tengo que hacer, sacarme el carnet de Florida.

—Todavía no tengo carnet de conducir de Florida porque me acabo de mudar aquí, ¿eso va a ser un problema? —pregunto.

—No hay problema. Sólo tiene que rellenar esto con sus datos —me dice, deslizando un formulario en blanco por el escritorio hacia mí. Lo relleno, hablamos de los detalles del scooter y le doy mi identificación.

Mientras Eduardo empieza el papeleo, yo me acerco a la zona de accesorios para ver qué tienen y empiezo a ojear los cascos. He visto a gente conducir sin casco, pero creo que yo debería ponérmelo. Aún soy nueva en esto y no puedo confiarme. Hay tantos estilos para elegir. Sé que no quiero un casco integral, hace demasiado calor fuera para llevarlo. Hay dos estilos diferentes de cara abierta, tengo que ver cuál me gusta más y me queda más cómodo. Saco uno negro de la estantería.

—¿Soledad, eres tú? —pregunta un hombre. Cuando levanto los ojos hacia los suyos, Amaury está a mi lado, la barba incipiente le da un aspecto oscuro y peligroso.

—Hola —digo, pasándome los rizos por detrás de las orejas.

—¿Otra vez de vacaciones en Miami? —pregunta, con la confusión dibujándose en sus facciones. O quizá decepción porque no me he puesto en contacto con él. Han pasado meses desde la última vez que lo vi, pero ahora está tan guapo como la noche que lo conocí, quizá más, con la luz natural acentuando sus ojos verdes. La cicatriz que tiene sobre el ojo es mucho más visible, la gruesa línea que va desde el párpado unos dos centímetros por encima de la línea de las cejas.

—En realidad, decidí mudarme aquí. —Vuelvo a

colocar el casco negro que tengo en las manos en la estantería.

—Ahora vives aquí, muy bien —dice, enarcando una ceja y arrugando la frente.

—Llevo aquí una semana, de momento. Me encanta. Ahora que vivo aquí, me voy a comprar un scooter. Y vos, ¿qué haces aquí? —pregunto, agarrando otro casco de la estantería que tengo delante, éste también negro pero con dibujos plateados.

—Esta es mi tienda—. Ahora sonríe, una sonrisa genuina que le llega a los ojos.

—Oh, bueno, aún mejor entonces. Me alegra saber que apoyaré a alguien que conozco.

Se acerca a mí y con el dorso de los dedos me roza la piel del brazo.

—Nunca me llamaste.

Su marcado acento me calienta por dentro, me hace sentir un escalofrío y el casco que llevo en la mano cae al suelo con un fuerte golpe.

—Lo siento.

—Me ocupo yo. —Amaury se inclina para agarrar el casco y lo coloca de nuevo en el estante, luego se vuelve hacia mí. De pie ante mí, sus ojos esmeralda se clavan en los míos y me agarra los dedos entrelazándolos con los suyos, su proximidad hace que se me acelere la respiración—. Estuve pensando en ti casi todos los días desde que te conocí —susurra, me lleva la mano a los labios y me besa los dedos.

—Yo...

—Te extrañé —dice—. Apenas nos conocemos,

pero te extrañe mucho. —Su tacto me quema la piel y enciende un fuego en mi interior.

—Mentiría si dijera que no he pensado en ti —murmuro. No puedo creer que haya dicho eso. Es como si no me conociera a mí misma cuando él está cerca de mí. Pienso y siento cosas que no debería, digo cosas que debería guardarme para mí. Su tacto ardiente mezclado con su voz profunda y sensual de acento marcado me excita, intensificando el cosquilleo entre mis piernas.

—¿Sí? Bien, está decidido entonces. Podemos volver a vernos y salir.

—Um. —Retiro mi mano de la suya y me aparto los rizos de la cara—. Podemos hablar y ver si salimos algún día.

—Está bien. Puedo ser paciente. —Me recompensa con una sonrisa torcida.

—¿Has elegido un casco? —Sacudo la cabeza—. Para ti, me gusta este, rojo con un diseño de remolinos negros. —Agarra un casco del estante inferior y me lo tiende, trazando el diseño con los dedos de la mano izquierda. Es un modelo abierto que cubre las orejas con una visera frontal.

Me quito el elástico del cabello, dejo que mis rizos caigan sobre mi espalda y agarro el casco, empujándolo sobre mi cabeza.

—Me gusta y me queda bien. Sólo tengo que pensar qué hacer con mi pelo cuando conduzca —digo, mirando mi reflejo en el espejo a la derecha del estante del casco.

—¿Ya has elegido un scooter?

—Sí, la Vespa roja de allí —digo señalando el lugar donde está expuesta mi nueva motoneta. Me quito el casco y me despeino un poco—. Eduardo está haciendo el papeleo.

—¡Perfecto! Este casco hará juego con tu nueva motoneta —dice, agarrándome el casco de las manos—. ¿Ya has decidido qué nombre le pondrás?

Lo miro, rezumando una sonrisa.

—Pensaba que era rara por poner nombre a mis vehículos, pero resulta que vos haces lo mismo.

—Ah, sí. Es muy importante ponerle a tu nueva scooter el nombre perfecto y debe ser un nombre de mujer porque la Vespa es clásica. Es bonita y tiene curvas. Arrastra los dedos de su mano derecha por la línea de mi mandíbula, haciendo que la piel se me ponga de gallina—. Como tú —termina.

Necesito controlarme. El señor Guapo apenas me ha hablado ni me ha tocado y yo estoy nerviosa y fuera de mí. Me separo de él.

—Todavía no le he puesto nombre, te lo diré cuando lo haga.

—Ven. Veamos si Eduardo ha terminado. —Se mete el casco bajo el brazo izquierdo y luego apoya la mano en mi cintura, guiándome hacia la zona del escritorio.

—Eduardo, te acuerdas de la mujer de la noche en *Ball & Chain*. Es ella, Soledad.

—¡Ah, la mujer misteriosa! Empezaba a pensar que ella sólo estaba en tu imaginación. Ha hablado de ti todos los días desde aquella noche. Hoy lo has hecho un hombre feliz. —Las palabras de Eduardo me sorprenden. Amaury y yo pasamos menos de dos horas juntos y, sin embargo, lleva meses pensando y hablando de mí.

El timbre de alerta de la puerta principal nos interrumpe y Amaury le dice a Eduardo:

—Yo termino de ayudar a Sol, tú ayúdalo a él. —Señala al hombre que acaba de entrar en la sala de exposición.

—Ya he terminado los formularios, ella sólo tiene que revisarlos y firmarlos —dice Eduardo, y se dirige a grandes zancadas hacia el caballero que examina los *scooters*.

—¿Sabes montar esto, o necesitas lecciones? —Amaury pregunta.

—Estoy segura de que sé hacerlo. Hace años que no monto en una, pero seguro que es como montar en bici —respondo, tirando de un rizo alrededor de mis dedos. Los nervios se agolpan en mi vientre porque, ¿y si no recuerdo cómo hacerlo? Por suerte, mi apartamento está a unas cuadras, así que no me pasará nada.

Los formularios parecen estar en orden, los firmo y pago el casco y la motoneta.

Amaury fue a buscar un casco nuevo atrás. Cuando vuelve, dice:

—Vamos, te lo llevo fuera y te preparo para salir, ¿sí?

Afuera, Amaury estaciona mi nueva belleza roja a la sombra a lo largo de la vereda.

—Entonces Sol, ¿cuándo puedo verte? —pregunta, acercándose a mí y acariciándome la mandíbula.

Levanto los ojos hacia los suyos.

—No lo sé. Mi número de móvil está en los formularios de dentro. Llámame o mándame un mensaje y podemos pensar en algo. —Aún no estoy dispuesta a comprometerme a nada.

—Dale. Hacemos las cosas a tu manera —dice, accediendo a regañadientes a hacer las cosas a mi ritmo—. Quiero que estés lista pa' lo que viene —proclama y me pasa el pulgar por los labios, recorriéndolos de izquierda a derecha. Agradezco que no me presione más. Me gusta, pero estoy nerviosa. Una nueva relación no sería lo peor, pero independientemente de lo que hagamos, tengo que ir despacio. Ni siquiera sé si estoy preparada para una relación de nuevo.

Capítulo 6

Miro a Soledad alejarse en su Vespa nueva, con el corazón palpitándome en el pecho por haber pasado los últimos treinta minutos con ella. Cuando nos conocimos y no me dio su número, estaba seguro de que sería la última vez que la vería. Es nuestro destino que hoy haya entrado en mi tienda. Siempre he creído mucho en el destino, y los acontecimientos de hoy demuestran que es algo bueno. Cuando ya no la veo ni a ella ni a la Vespa, me giro para volver a entrar.

—¡Hermano, tremendo cañón, estás enamorado! —exclama Eduardo en cuanto entro por la puerta.

—¡Lo sé, es tan guapa! No he dejado de pensar en ella desde que nos conocimos.

—En todos los años que te conozco, nunca te he visto actuar así con una mujer —dice Eduardo desde donde está de pie detrás del escritorio.

Eduardo y yo somos amigos desde que éramos niños en Cuba. Soy un año mayor que él, pero crecimos en la misma cuadra, fuimos a la misma escuela y teníamos el mismo círculo de amigos. Él no sabía que yo me iba de Cuba porque es una de esas cosas de las que no se habla, pero tenía los mismos planes que yo y se fue una semana después que yo. Me alegro de que esté aquí—él y varios otros amigos de mi infancia—ya que mi familia sigue en

Cuba y no tienen planes de abandonar la isla. Empezar una nueva vida como adulto en Miami fue duro, especialmente solo, pero con amigos como Eduardo, que es como un hermano para mí, lo hace mucho más fácil.

Después de estar en Miami por unos años, abrí *305 Scoots* con Eduardo. Ambos fuimos mecánicos en Cuba, así que juntos restauramos y arreglamos motonetas antiguas. Decidimos añadir alquileres y ventas a nuestra tienda aquí en Miami Beach. Al ser un destino turístico todo el año, era el negocio ideal. Nuestros primeros años fueron mucho mejor de lo esperado y decidimos abrir un segundo local en Washington Avenue, entre las calles Quinta y Sexta. Aunque ambos locales están muy concurridos, el de Washington Avenue se llena mucho más con los alquileres, ya que está más centrado en la zona turística de South Beach.

—Cuando la conocí, algo pasó dentro de mí. Cuando bailamos la primera noche, nuestra atracción fue… no sé, inexplicable —cuento, recordando la noche que bailé con Sol bajo las estrellas en *Ball & Chain*. No encuentro las palabras adecuadas para explicar lo que ella me hace sentir.

—Pero, ella no es cubana. ¿De dónde es? —pregunta, indagando sobre los orígenes de Sol.

—Es Gringa con padres latinos.

Sol no era buena bailarina y me pisó varias veces, pero me dejó guiarla y llevarnos al ritmo de la música. Sus manos ardían y olía a canela. Cuando la besé, mi cuerpo se encendió por dentro, como fuegos artificiales. Luego se fue a casa y nunca más supe de ella.

—Entonces, ¿cuándo volverás a verla? —Eduardo pregunta, interrumpiendo mis recuerdos.

Me encojo de hombros.

—Me dijo que la llamara o le enviara un mensaje, así que espero que pronto —respondo, buscando su documentación para encontrar y guardar su número en mi teléfono.

***

Estoy en casa y me siento inquieto. He hecho la compra, he recogido el correo, he regado las plantas y me he duchado. A pesar de eso, siento que todavía tengo asuntos pendientes. Ver a Sol fue inesperado y, sin embargo, lo mejor que me ha pasado en toda la semana. Sus ojos castaño claro brillaban y el carmín que llevaba acentuaba sus labios carnosos. Quise besarla, pero tuve que contenerme. Hay algo que la retiene, que le impide abrirse a mí. La noche que nos conocimos no habló mucho y se marchó enseguida. Hoy, mientras hablábamos de motonetas y cascos, pude ver que sus ojos querían decirme algo más. Lo que pensaba o sentía, se lo guardaba para sí. Tendré que trabajar para que se sienta más cómoda conmigo. Conseguir que hable más.

¿La llamo ahora o espero? ¿Pensará que soy demasiado insistente si lo hago? Si no lo hago, ¿pensará que no me gusta? Hace tiempo que no salgo con nadie y ya no sé qué está bien y qué está mal. ¿Hay algo que esté bien o mal?

A la mierda, voy a llamarla. Si no lo hago, me

volveré loco. Agarro el móvil y busco su nombre, pulso enviar antes de cambiar de opinión.

Responde al segundo timbrazo.

—Hola.

—Hola, Sol. Es Amaury —digo, intentando mantener un tono uniforme para no sonar demasiado ansioso.

—Hola. Sabía que oiría de ti esta noche.

—¿Y eso?

—No eres de los que esperan, cuando quieres algo, o en este caso a alguien, no dejas nada al azar. —Su tono es juguetón y ligero, pero da en el clavo. Me tiene calado y hemos pasado un total de tres horas juntos. ¿Soy tan transparente?

—¿Qué puedo decir? Me gustas, desde la noche que te conocí. Te escapaste la última vez y no dejaré que vuelva a pasar. —Ahora que ha abierto la puerta a lo que siento por ella, no dejo pasar la oportunidad. Ella guarda silencio ante mi confesión, su respiración uniforme pero fuerte en mi oído.

Sol finalmente rompe el silencio.

—Entonces, ¿qué tienes en mente?

—Hay un restaurante argentino en North Beach. ¿Cenamos? —Sé que su mamá es argentina, por eso sugiero cenar en un sitio argentino.

—Me gustaría. Pero, si te parece bien, nos vemos más tarde en la semana —me dice. La espera no es lo que yo esperaba, pero ella dijo que sí, así que no tentaré a la suerte. Me espera una larga semana hasta que vuelva a verla—. Todavía estoy instalándome, deshaciendo las maletas y acostumbrándome a un nuevo horario de trabajo.

—Está bien. ¿Algún día en particular? —Pregunto, esperando que diga martes y no viernes.

—Hagámoslo el jueves. No estoy segura de cómo serán las cosas en mi nuevo empleo y si se parece en algo al último lugar donde trabajé, será agitado.

Cuatro días parecerán cuatro semanas, pero hacía tiempo que no estaba tan emocionado por algo.

—Perfecto —le digo—. ¿Qué haces ahora? —pregunto, curioso por saber qué está haciendo.

—Estoy preparando mis cosas para ir a trabajar. Mañana es mi primer día de trabajo y quiero dejarlo todo listo.

—¿Dónde vas a trabajar?

—Soy intérprete y traductora. Trabajaré para una empresa llamada Miami Language Solutions. La oficina está en Brickell.

—Wow. Qué cool. ¿Para español?

—Sí, español e italiano —responde. Recuerdo que hace unos años estuve en el juzgado y vi trabajar a los intérpretes. Es difícil escuchar e interpretar simultáneamente. Estoy impresionado.

—¡Impresionante! —exclamo—. Es un buen trabajo.

—Gracias.

—Te dejo volver a lo que estás haciendo entonces. Deseo que llegue pronto el jueves.

—A mí también. ¿Y Amaury?

—¿Sí?

—Gracias.

—¿Gracias por qué?

—Por saber que quería que llamaras sin que yo lo dijera. —Mi corazón retumba ante su confesión.

—Buenas noches, muñeca —digo, con una sonrisa dibujada en la cara.

—Buenas noches.

***

Hoy el tiempo no pasa. Me he pasado todo el día mirando el reloj y los minutos me han parecido horas. Ahora, fuera del restaurante, me siento ansioso y emocionado por ver a Sol. Cuando le envié un mensaje ayer, me preguntó si podíamos vernos en el restaurante. Supongo que es su forma de mantener su privacidad hasta que se sienta segura conmigo. Comprensible e inteligente.

Estoy apoyado contra la pared, buscando en la zona por si Sol hace acto de presencia. Pasan unos minutos y la veo salir de entre dos coches estacionados en el estacionamiento público de enfrente. La veo pasear hasta la esquina y pulsar el botón para esperar el semáforo. Es tan seguidora de las reglas. Yo habría cruzado sin esperar al semáforo. Mientras espera el semáforo, se mueve inquieta y se revuelve el pelo con los dedos. No se ha dado cuenta de que la estoy mirando.

Sol es alta, no mucho más baja que yo, y yo mido un metro ochenta y cuatro. Es curvilínea, con unas caderas y un culo que me vuelven loco, y unas piernas para días. Espero tener la oportunidad de envolver esas

75

piernas a mi alrededor. *Compórtate, Amaury*, no puedo tener una erección en mi primera cita. Ella ya está reservada, no hay necesidad de darle una razón para huir.

Cuando se acerca a mí, levanta la mano, saludando.

—Hola. ¿Llevas mucho tiempo esperando?

Sacudo la cabeza.

—No, acabo de llegar —respondo, y me inclino para darle un beso en la mejilla. Su piel aceitunada es cálida y suave, y el aroma a canela invade mis sentidos.

—Bien. Odio hacer esperar a la gente.

—Podrías estacionar tu scooter aquí —digo, señalando el estacionamiento de motos que hay a nuestra derecha.

—Yo manejé. No me siento tan cómoda como para montar de noche.

—Pronto serás una profesional. —Le tiendo la mano, pero ella envuelve ambas manos alrededor de las correas de su bolso.

Nos volvemos y caminamos hacia la entrada y la anfitriona nos sienta en una mesa junto al ventanal.

—¿Por qué elegiste este lugar para cenar? —me pregunta.

—Recuerdo que dijiste que tu mamá es de Argentina.

—Es curioso, de pequeña íbamos a Argentina dos meses en diciembre para pasar el verano con la familia de mi mamá en Mar del Plata. Siempre comíamos en el restaurante Manolo. Me encantaba comer allí. Cuando me sugeriste este sitio, me sorprendió porque no sabía que había un Manolo aquí y me trajo buenos recuerdos.

—Acerté —le digo, y ella me regala una sonrisa que le ilumina el rostro. Una suposición afortunada por mi parte de que había estado en uno de estos en Argentina.

—¿Has comido aquí antes? —pregunta.

—Sólo los churros y el café. La cena no —respondo, bajando los ojos al menú—. Hay mucho donde elegir, no sé lo que quiero. ¿Y tú?

—Por lo que recuerdo hay muchos platos similares en el menú. Creo que voy a pedir la milanesa completa. Es lo que solía comer en Mar del Plata, y algo que mi mamá hacía mucho para cenar. —Recorro el menú en busca de lo que dijo que iba a pedir y lo encuentro. Pollo o *bife* empanizado con dos huevos fritos y guarnición. No es algo que yo elegiría, pero suena interesante.

—Curioso, nosotros los cubanos a una milanesa le decimos. —Bajo la mirada y señalo el menú—.Un bistec empanizado.

—Esa es una de las cosas que me encantan de los idiomas. Todos hablamos español, pero cada país tiene formas diferentes de identificar o decir las cosas. A veces, incluso dentro de un mismo país hay distintos dialectos. Me encantó estudiar y aprender sobre la lingüística del lenguaje. —Mientras habla de sus estudios, sus labios se curvan y sus ojos marrones dorados brillan.

—¿Por qué decidiste estudiar eso?

—Crecí hablando español con mi mamá. Cuando empecé la guardería, tuve que aprender inglés y era la única que hablaba español. Luego, en la escuela intermedia, tuvimos que estudiar un idioma y yo elegí el italiano porque ya sabía español. Además, de allí es mi abuelo, y era italiano o francés. Aprendí rápido y estudié durante todo la secundaria. También, solía traducir para mi mamá todo el tiempo. Ella habla inglés, pero necesitaba ayuda para entender las cartas o si mantenía una conversación con un médico o un abogado. Cuando llegué a la universidad, me encantaban los idiomas y formaban parte de mi vida, así que decidí especializarme en lingüística e italiano, con una especialización en español. —Se encoge de hombros como si estudiar idiomas fuera algo fácil.

—¡Increíble! Mucha gente necesita traductores para ayudar. Harás bien aquí en Miami con ese trabajo.

—Eso espero, porque hasta ahora me gusta mucho vivir en Miami.

—Entonces, ¿qué te gusta más, hablar en inglés o hablar en español?

—Ambos me resultan naturales. Supongo que depende de con quién esté. Quiero decir, el inglés es a lo que estoy más acostumbrada, pero a veces también pienso en español —dice, levantando el hombro en señal de incertidumbre—. Y vos, ¿cuál prefieres?

—Bueno, es más fácil hablar español, pero el inglés es mejor para poder practicar. Cuando estoy con alguien que habla los dos, intento hablar inglés. Si no lo hablo, lo olvido y aquí en Miami es fácil hablar sólo español.

—Tiene sentido. Así que, inglés será, o al menos

en su mayor parte, porque seamos honestos, Spanglish va
a suceder. —Se ríe entre dientes.

Llega el mesero a tomarnos la orden.

—Yo quiero el churrasco, bien hecho —le digo
cuando Sol termina de pedir.

—¿Bien hecho? —Sol me interrumpe, frunce el
ceño y deja caer el menú sobre la mesa.

—Sí. ¿Por qué?

—Mi tío te daría un sermón si estuviera aquí
ahora mismo sobre cómo comer carne, cómo comerla, la
forma adecuada, bla, bla. Luego insistiría en que lo
pidieras a término medio, porque ésa es la forma correcta
de comer filete, según él.

—¿De verdad? ¿Y eso por qué? —pregunto
levantando una ceja.

—Él dice que es la mejor temperatura para
obtener el verdadero sabor de la carne, para saborear
realmente sus sabores, sobre todo porque los argentinos
sólo usan sal para sazonarla. Mi tío es EL maestro
parrillero, asa para nosotros todo el año. —Sus manos se
animan mientras me habla de su tío—.
Independientemente de las gélidas temperaturas del
exterior.

—Bueno, confío en ti. Voy a probar el bistec
como sugieres —le digo, y luego me vuelvo hacia el
camarero que está esperando a que decidamos. Espero no
arrepentirme de probarlo como ella me ha sugerido—.
Medio, como dijo la señorita —le digo.

—Estoy de acuerdo con la señora. La temperatura
media es la mejor para el filete —dice el camarero.

—Con papas fritas —añade, levantando los ojos hacia el camarero—. Hay que comer papas fritas con el bife. Es la única manera de comerlo —termina con una sonrisa ladeada.

—Me encantan las papitas, buena elección. —Tiene razón, las papas fritas son mi guarnición favorita cuando como bistec. Quién iba a decir que hablando de comida Sol se abriría, hablaría cómodamente y aliviaría sus nervios al hablar conmigo. Tendremos que comer más juntos para que pueda hablar con más soltura.

Cuando terminamos de pedir, extiendo la mano por la mesa y la acerco a ella para ver si extiende la suya hacia la mía. No lo hace, sino que mete las manos debajo de la mesa, lejos de mí.

—Entonces, ¿el bistec es un asunto serio? —digo, queriendo cambiar la incomodidad que acabo de causar al extender la mano al otro lado de la mesa mientras retiro la mano.

—Oh, no sólo con el bife. Comer en general es algo serio. Diría que comer, y cocinar, encabezan mi lista de cosas favoritas que hacer.

—Entonces, estamos hechos un pal'otro —respondo, riendo entre dientes—. A mí también me encanta cocinar y comer. ¿Ves, destino? No hay nada como la buena comida.

—¿Qué es lo que más te gusta hacer? —pregunta con los ojos abiertos de entusiasmo.

—Potajes. —Frijoles negros, chicharos, frijoles colorados—. Cualquier tipo de frijoles.

—Chicharos. —Creo que no los conozco ni los

he probado nunca. En cuanto a los otros frijoles, probablemente sólo los probé una o dos veces y no me gustaron—. Los frijoles no son algo que mi mamá hacía porque no son una gran parte de la dieta argentina.

—Pero tu padre es puertorriqueño, ¿no? —pregunto, curioso por saber cómo apenas ha probado los frijoles cuando son un alimento básico de la dieta puertorriqueña.

Se revuelve los rizos con la mano derecha y mira por la ventana.

—Recuerdo muy poco de mi padre.

No quiero entrometerme demasiado, porque se remueve en el asiento mientras mira por la ventanilla al oír hablar de su padre. Ya está muy callada, no hace falta que la ayude a guardar silencio.

—Ojalá aprendas a gustarte más los frijoles. Aún no las has comido bien hecho. La forma de hacerlas marca una gran diferencia y muchos restaurantes las hacen con frijoles de lata.

—Bueno, algún día tendrás que cocinar para mí —dice con una sonrisa ladeada y encontrándose con mis ojos.

—Cuando tú quieras cocino para ti. —Quizá acepte mi oferta y me permita cocinar para ella. Aprovecho la oportunidad y vuelvo a extender la mano por encima de la mesa, con la palma hacia arriba, con la esperanza de que me acepte, y lo hace, sacando la mano de debajo de la mesa y poniéndola sobre la mía. Arrastro los dedos por el interior de su palma, dejando que su piel suave y cálida roce mis ásperas yemas.

—Me gustaría. —Tira de su labio inferior entre los dientes y se lame los labios. Dios mío, su boca es sensual y pienso en todas las cosas que me gustaría que me hiciera con su boca.

—Entonces, Amaury. ¿Puedo preguntarte cuántos años tienes?

—Treinta y seis. ¿Y tú?

—Supongo que es justo, ya que yo te lo pregunté primero. —Sonríe—. Cumplí veintinueve en julio.

—¿Qué día?

—El veintiuno. Y vos, ¿cuándo es tu cumpleaños?

—Catorce de julio.

***

Salimos del restaurante y nos detenemos en la esquina. Antes de pulsar el botón de marcha, pregunto:

—¿Quieres ir a la playa, a sentarte y escuchar el mar? Mirar las estrellas. —Sentarse en la playa a escuchar los sonidos del océano es algo que tengo que hacer con regularidad. Ella asiente.

Incluso desde aquí, a dos cuadras de la costa, puedo oír el rugido del océano, oler el aire salado y, como de costumbre, mi mente se traslada a Cuba y a las noches que pasaba en El Malecón, con las olas rompiendo contra la pared y empapando la acera.

El Malecón es un tramo de ocho kilómetros de rompeolas en La Habana, a menudo llamado el alma de La Habana. El paseo atraviesa varios barrios de la ciudad y la protege del mar, que a veces se pone bravo: el fuerte chorro de las olas al golpear el muro. Es como una sala al aire libre de la ciudad y a lo largo de El Malecón encontrará turistas y lugareños, amantes paseando de la mano o amigos pasando el rato en días calurosos con la esperanza de que el rocío del océano les refresque. La mayoría de los días culminan con una puesta de sol sin igual. Aunque la playa de aquí no es la misma que la de Cuba, me conecta con mi antiguo hogar.

El aire de la noche es cálido, pero la brisa constante refresca la piel. Miro a Sol, que se desata su cárdigan de la cintura, pasa los brazos por las mangas y cierra la parte delantera. Tiene frío, aunque fuera no haga frío. Estiro el brazo y la rodeo con él, atrayéndola hacia mí mientras caminamos hacia mi coche.

—¿Así está bien? —le pregunto. Ella asiente y sonríe, apoyándose en mí mientras seguimos caminando por la acera.

—Sólo tengo que coger la sabana de mi camioneta para que nos sentemos —le digo mientras abro el maletero del Tahoe.

—Tampoco trajiste tu scooter —dice.

—No, hoy estuve en *Broward* y vine aquí en mi camino de regreso —le respondo, estrechando mi brazo alrededor de ella mientras seguimos hacia la playa.

Con la manta en una mano y mi otro brazo sobre los hombros de Sol, cruzamos la calle y llegamos a la arena. La luna no está llena del todo, le falta un pequeño trozo en el borde inferior y su reflejo resplandece en el agua oscura del océano, iluminando el cielo nocturno y la franja de agua que hay debajo.

Extiendo la vieja sábana hecha jirones y me siento, apoyándome en los codos mientras espero a que Sol se una a mí.

—Nunca he estado en la playa de noche —me dice Sol, mientras se sienta con las piernas cruzadas a mi izquierda.

—¿Nunca? —Levanto una ceja, sorprendido de que sea la primera vez que visita la playa de noche.

—No. Cuando crecí en Boston iba a la playa tres o cuatro veces por semana durante el verano, pero nos íbamos temprano.

—La playa de noche es preciosa. Vengo en busca de calma. Por la paz. Un lugar para mí y mis pensamientos. No hay nadie en la playa y escuchas de verdad lo que te rodea y lo que llevas dentro. El silencio es pesado, pero siempre me siento mejor. Me gusta más venir de noche que de día. Es mi lugar favorito. También es el único lugar donde me siento conectado a Cuba.

La playa siempre ha sido mi lugar favorito, sobre todo cuando era pequeño en Cuba, porque era el único sitio donde me sentía despreocupado. Luego, de adolescentes, pasábamos allí muchos días y noches. La isla de Cuba está rodeada de prístinas aguas azules y playas de arena blanca. Una belleza que aún no he visto en ningún otro lugar. Después de tanta destrucción de sus ciudades, las playas son lo único bonito que queda en Cuba.

—Es definitivamente diferente. Tan tranquilo, relajante.

—En Cuba pasaba muchas noches en la playa, escuchando las olas, haciendo fogatas, estando con amigos e incluso durmiendo allí. Algunos de mis mejores recuerdos de Cuba son de la playa.

—¿Cuánto tiempo llevas aquí? —pregunta.

—Doce años.

Sol se echa hacia atrás y apoya la cabeza en la mano derecha.

—¿Por qué te fuiste de Cuba?

Capítulo 7

Soledad

Llevaba varios días nerviosa por nuestra cita. Sería la primera vez que tendría una cita desde la noche en que escapé de las garras de Carmine. A pesar de estar emocionada porque Amaury me atrae, también estoy asustada porque tengo que volver a confiar en un hombre. Mi historial de relaciones no es muy bueno y, aunque estoy segura de que tengo parte de culpa, el hecho de que mi padre me abandonara cuando era niña no ayuda a mejorar la situación. Sé que no puedo castigar a Amaury por las acciones de Carmine, pero eso no cambia el hecho de que me angustia. Hay algo en él que me tranquiliza, pero aún no he pasado suficiente tiempo con él para saber qué es. Además, tuve buenas sensaciones con Carmine la primera vez que salimos y mira lo bien que acabó nuestra relación. Ya me prometí que me lo tomaría con calma con él, por eso elegí quedar con él en el restaurante. Así, si tengo alguna vibración rara, puedo darle las gracias y volver a casa.

La semana pasada, cuando lo vi en la tienda de *scooters*, fue una sorpresa, aunque agradable. Había pensado llamarlo una vez que me instalara en mi nuevo apartamento y trabajo, pero el destino se interpuso entre nosotros. Cuando me invitó a salir, quise decirle que sí, pero mi ansiedad por moverme demasiado rápido se apoderó de mí y me lo impidió. Me sirvió de mucho, ya que me llamó esa misma noche y, al final de la conversación, acepté cenar con él.

—Para vivir libre —responde Amaury con naturalidad.

—¿Qué quieres decir?

Amaury extiende las piernas, en busca de una posición cómoda.

—Cuba es un país comunista y los cubanos no podemos vivir libremente. —Aunque soy latina, sé muy poco de Cuba y de su historia. Al crecer en Estados Unidos no aprendimos mucho sobre ella en las clases de historia, y yo nunca me tomé el tiempo de aprender sobre el tema.

—Sé que Cuba tiene un gobierno comunista, pero me avergüenza decir que no sé mucho sobre lo que eso significa o cómo afecta a la vida de la gente. Recuerdo haber oído hablar un poco del tema cuando el presidente Clinton aprobó una ley relativa a los cubanos, pero la verdad es que era joven y no presté atención a nada de eso.

—No eres tú, Sol. La mayoría de la gente no sabe cómo es. La mayoría de la gente ni siquiera puede imaginarlo. Es horrible. —Sé que el hecho de que me diga que la mayoría de la gente no sabe lo que es Cuba o la historia cubana pretende hacerme sentir mejor, pero no es así.

—Cuéntamelo —le digo, acercando mi cuerpo al suyo.

—No temo a la muerte, temo no vivir. Si me

quedaba en Cuba, eso no fuera vida si no supervivencia. Por eso me fui en una balsa. Es mejor morir libre en el océano que vivir en Cuba.

Mis ojos se abren de par en par, la conmoción de las palabras que acabo de oír caer de los labios de Amaury algo que no esperaba.

—¿Dijiste una balsa?

—Sí. Soy balsero. Un balsero cubano.

Eso me hace soltar un grito ahogado.

—Espera, ¿qué? ¿Cómo?

—La desesperación te hace hacer cosas para las que de otro modo no tendrías valor, mi bella Sol. —Me acaricia la mandíbula antes de mirar hacia el agua—. Un día, hace doce años, fui a ver a mi mamá, Mima, para comer en su casa. Mi mejor amigo, Roberto, vivía al lado y le pregunté a Mima si sabía dónde estaba Roberto. Mi mamá me dijo que sí, que lo había visto ese mismo día y que se había ido corriendo a casa de Miguel. Supe enseguida lo que hacían Roberto y Miguel.

—¿Quién es Miguel?

—Un amigo de Cuba que vino en la balsa con nosotros.

Amaury habla, pero su mirada se pierde en algún lugar del mar, como si la historia que está compartiendo lo transportara al momento en que tuvo lugar.

—Enseguida me puse de pie. Mima, vuelvo enseguida, le dije, aun sabiendo que no volvería. Dejé el almuerzo a medio comer y corrí a casa de Miguel, que vivía cerca de la playa. Cuando llegué, Roberto, Miguel y otras cinco personas estaban allí. Estaban construyendo una balsa con cámaras de aire y casi habían terminado. Cuando les pregunté cuándo se iban, me dijeron que después del atardecer. Me fui con ellos; no tenía otra opción. No podía quedarme en Cuba.

—¿Así de fácil? ¿Te despediste de tu mamá, de tu familia o de tus amigos?

—No —dice, sacudiendo la cabeza con firmeza—. No se puede decir nada de esas cosas. Porque si la gente lo sabe, habla, y entonces nos arrestarían.

—¿Cuántos años tenías?

—Veinticuatro.

Se me pone la piel de gallina al oír sus palabras. No puedo imaginar lo que se debe sentir. Sentirse tan desesperado en una situación en la que arriesgarías tu vida en una balsa casera para cruzar el océano. Crecí en la clase trabajadora con una mamá soltera y pensaba que no tenía mucho, pero, después de oírlo contar lo que la desesperación lo llevó a hacer, mi crianza palidece en comparación—. ¿Cómo fue cuando te fuiste? ¿Tuviste miedo?

Asiente.

—Sí, mucho. Pero estaba más desesperado que asustado. —Un escalofrío me recorre la espalda al oír sus palabras y levanto las piernas y me siento, llevando las rodillas al pecho para rodearlas con los brazos.

—Éramos ocho en la balsa. Nos turnábamos remando. —Mueve los brazos hacia delante y hacia atrás en un movimiento de remo—. De dos en dos. La mayoría llevábamos chubasqueros para protegernos del sol. Teníamos agua, comida enlatada y agua azucarada preparada.

—¿Agua azucarada? ¿Para qué es eso?

—Te mata el hambre —responde, mi boca abierta ante la historia que cae de sus labios—. Teníamos comida, pero al estar en una balsa en mar abierto, no es fácil comer porque vomitas. Así que bebes agua azucarada. Es algo que aprendimos viviendo en Cuba los días que no teníamos comida. El azúcar te quita el hambre. —Me mira, sus ojos son suaves y sus labios ligeramente hacia abajo.

—¿Cuánto tardaste en llegar?

—Cuatro días, cuatro noches.

—Mierda —susurro—. ¿Cómo supiste a dónde ir?

Señala el cielo nocturno.

—Las estrellas, la luna y el sol —responde, me mira y me pasa el dorso de la mano por la mejilla, lo que me eriza la piel. Una balsa casera guiada por las estrellas, la luna y el sol… es como una historia sacada de las páginas de un libro, excepto que es su realidad.

—¿Cómo fue estar ahí fuera? —Señalo el océano—. ¿Durante cuatro días y cuatro noches?

—La primera noche, cuando salimos de casa de Miguel, la luna estaba casi llena y el océano estaba, ¿cómo se dice picado? —pregunta, desviando los ojos hacia mí.

—Agitado —respondo.

—Bueno, el océano estaba agitado. Después de dos horas empezó a llover, fuertes lluvias y vientos. Nos peleamos mucho porque ahora estábamos en el océano en medio de una tormenta, estábamos desesperados, como si tal vez hubiera sido un error. —Mientras habla de los sentimientos de desesperación que sintió la noche que se fueron, se lleva las rodillas al pecho y se rodea las piernas con los brazos.

—En ese momento no sabíamos si habíamos tomado la decisión correcta. Al día siguiente hacía sol, ya no había tormenta y el océano estaba en calma. Empezamos a hablar de recuerdos de cuando éramos jovenes, de conciertos que habíamos visto o de cosas que habíamos hecho, todo para intentar que pasara el tiempo. Con el sol hacía mucho calor. Pero por la noche, mucho frio. Nos moríamos de frío y apenas podíamos dormir. — Con la mano derecha agarra el cordón de su zapato entre los dedos y empieza a enrollarlo de un lado a otro.

—A la tercera noche empezamos a ver cosas, pensamos que eran luces, o tierra. Por supuesto, era sólo una alucinación. No sé cómo se dice en inglés.

—Alucinación —añado.

—Sí, eso. Vimos muchas otras balsas también, algunas personas vivas, otras muertas. Era triste. —Su voz se suaviza al recordar la tristeza de ver a cubanos muertos flotando en balsas caseras.

—¿Viste a muchos?

—Sí. —Mueve la cabeza arriba y abajo—. Demasiados. —No puedo ni imaginarme ver las cosas que me está contando, balsas llenas de gente. tanto vivos como muertos en medio del océano abierto.

—¿Qué pasó cuando los viste?

—Nada. No puedes acercarte. Era muy peligroso. Corríamos el riesgo de hundirnos. Acuérdate, todos estábamos muy desesperados por llegar a la Yuma.

—¿La Yuma? ¿Qué es eso?

—Nosotros los cubanos llamamos a Estados Unidos La Yuma.

—Hmm, interesante.

Nunca había oído nada parecido a lo que me está contando. Estoy fascinada y triste y no puedo creer que sea la primera vez que me entero de algo de esto. Y yo que me creía muy culta. Puede que esté en mi área de estudio, pero aún me queda mucho por aprender. Tengo tantas preguntas sobre su viaje a Estados Unidos.

—Cuando llegaste aquí, ¿dónde fueron a parar?

—A dos millas de Miami. La Guardia Costera nos encontró. Nos subieron al barco mientras buscaban a otros balseros para rescatar —dice, describiendo el barco de la Guardia Costera en español—. Lloré cuando estaba en el barco con los americanos. Por fin era libre. Luego, nos llevaron a un barco de guerra que transporta aviones durante dos días antes de llevarnos de vuelta a Cuba.

Me confunde lo que está explicando.

—¿Por qué te llevarían de vuelta a Cuba?

—Campo de refugiados en Guantánamo.

—¿Tenías que quedarte allí?

—Sí. —Asiente—. Viví allí nueve meses hasta que vine a Miami.

—¿Has visto a tu mamá o a tu familia desde que te fuiste?

Menea la cabeza.

—¿Los volverás a ver?

—No lo creo. No es fácil viajar a Cuba, sobre

todo para alguien como yo. El gobierno dice que deserté de mi país, y en Cuba eso es un delito.

Todavía estoy impactada. Todo lo que he escuchado me resulta chocante porque nunca podría haber imaginado, o habría imaginado, que existiera algo como lo que ha compartido.

—¿Volverás alguna vez a Cuba?

—No. No quiero volver allí. Estados Unidos es mi hogar. Este país me dio la vida.

—¿Hablas con tu familia?

—Sí. Podemos hablar por teléfono, pero muy poco. No todo el mundo en Cuba tiene teléfono, y es caro llamar allí. Tengo que llamar a un vecino en Cuba que luego deja que mi familia use el teléfono.

—¡Wow, Amaury! —Alargo la mano hacia su brazo, trazo mis dedos a lo largo de su muñeca hasta su antebrazo y vuelvo a bajar—. Nunca había oído nada como lo que me has contado. Todo parece tan surrealista, como algo que leería en los libros o vería en las películas.

—Porque naciste y creciste en un país que te deja vivir libre. Cosas así no pasan aquí —me dice, y me pasa los rizos por detrás de la oreja. Esas cosas que no pasan en este país son precisamente por lo que nunca imaginé que pudiera pasar en ningún sitio. Escuchar la desgarradora historia de Amaury sobre cómo arriesgaron sus vidas en alta mar me hace darme cuenta de que tuve suerte de haber crecido como lo hice.

—Tu historia es increíble.

Se encoge de hombros.

—Realmente no lo veo así. Era lo que teníamos

que hacer. —Vuelve a juguetear con los cordones de los zapatos, con el ceño fruncido y la mirada sombría. Probablemente está ensimismado pensando en su familia en Cuba. No debería haber hecho tantas preguntas.

—Gracias por compartirlo —digo, extendiendo la mano para dejar que mis dedos rocen la barba incipiente que crece a lo largo de su mandíbula—. No puedo imaginar por lo que has pasado, ni lo duro que es estar aquí sin tu familia.

—Algunos días no son tan malos, otros días me siento solo sin mi familia. Los amigos de Cuba son como mi familia, pero no es lo mismo. —Le agarro la mano, entrelazo mis dedos con los suyos y aprieto. Él me corresponde.

—Lo pasé muy bien esta noche —continúo—. Me alegro de haber decidido salir.

—¿No querías venir?

—No es que no quisiera, dudaba.

—¿Por qué?

¿Por qué? ¡Qué pregunta tan cargada! Nuestra noche ya ha sido pesada, no hay necesidad de cargarle con mi equipaje también. ¿No hay alguna regla sobre no hablar de los ex cuando estás en una cita? Bueno, yo definitivamente no quiero hablar del mío, principalmente porque intento olvidar todo el daño que me causó y cómo me dejé manipular. Pero también porque no quiero que Amaury se apiade de mí.

Levanto el hombro en señal de incertidumbre.

—Soy un poco tímida.

—¿Tímida? —Menea la cabeza—. No eres

tímida.

—Tal vez tímida no sea la palabra correcta —digo—. Una vez que te conozco, no soy tímida. Tal vez introvertida sea una mejor manera de describirme.

—Bueno, espero que te abras conmigo. Podemos empezar haciendo lo que llevo meses soñando. —Se inclina, sus labios se ciernen sobre los míos. Vacila, esperando a que le dé luz verde. Levanto la mano, la apoyo en su nuca y tiro de él hacia mí, dejando que nuestros labios choquen. La barba incipiente de su mandíbula me araña la piel, intensificando nuestra sesión de besos.

Nuestros besos son lentos e intensos, y yo me recuesto, Amaury sigue mi ejemplo y se extiende para tumbarse a mi lado, sin dejar que nuestros labios se separen. Su mano me agarra la cadera y me aprieta, provocándome un cosquilleo en todo el cuerpo.

Me agarra el labio inferior entre los dientes y empieza a chuparlo suavemente, saboreándolo mientras explora. Su mano baja hasta mi pierna y sus dedos recorren la costura lateral del pantalón, subiendo y bajando lentamente.

El corazón me late en el pecho y el calor emana de mis entrañas. Tengo ganas de arrancarme la ropa, pero sé que no puedo. Para empezar, estamos en una playa pública. Además, es nuestra primera cita y me prometí a mí misma que iría despacio, una promesa que voy a cumplir. Oímos voces a lo lejos y pienso en Carmine, lo que me obliga a separarnos. Levanta la cabeza para escrutar la zona antes de volver a clavar su penetrante mirada en la mía, avivando el fuego en lo más profundo de mi vientre.

—Eres única —susurra, antes de dejar caer besos a lo largo de mi cuello. De repente, un teléfono empieza a vibrar y Amaury se mete la mano en el bolsillo y lo silencia antes de dejarlo caer sobre la sábana vieja.

—¿Qué hora es? —le pregunto.

—Casi las once —responde con su marcado acento cubano mientras mira el reloj.

—Creo que deberíamos dejarlo por hoy. Tengo que madrugar para ir a trabajar —le digo de mala gana. Es mi forma de separarme de él y cumplir la promesa que me hice a mí misma. De repente ya no estoy en el mismo estado de ánimo después de que Carmine se colara en mis recuerdos.

—Está bien, muñeca. —Sus labios cubren los míos y luego me roza la mejilla antes de ponerse en pie de un salto.

Caminamos de la mano hasta mi carro, con el dedo de Amaury dibujando círculos en mi palma, algo que hace cada vez que nuestras manos están unidas. Me pregunto si es algo que hace sin pensar.

—¿Por qué haces eso, dibujar círculos en mi palma? —pregunto.

—Tu piel se siente tan suave en mis manos ásperas —dice—. Y porque quiero devorarte.

Mentiría si dijera que no quiero que me devore, que es exactamente por lo que necesito irme.

—Ése soy yo, el de ahí —digo, cambiando de tema y señalando mi carro, un MINI Cooper rojo con capota blanca. Tengo a Anja desde hace tres años. La quiero, pero estoy pensando en comprarme otro carro. Es uno de los últimos lazos con mi antigua vida y, si voy a empezar de nuevo, tiene sentido deshacerme también del carro. Necesito hacer todo lo posible para asegurarme de que Carmine nunca me encuentre. Pronto, voy a hacer que suceda.

—Carro rojo. Scooter rojo. Zapatillas rojas. Imagino que también tienes fuego en el corazón —me dice, antes de acercarme a él y apretar nuestros labios. Yo no diría que tengo fuego en el corazón, pero cuando estoy cerca de él, se siente como si estuviera ardiendo .

Apoyo las manos en el pecho de Amaury, nos separo y subo la mirada para encontrarme con la suya. Sus ojos verdes son oscuros esta noche, puedo ver la lujuria que arde en sus bordes.

—Lo pasé muy bien esta noche, Amaury. Gracias por la cena y por contarme tanto sobre ti.

—Sí, la próxima vez te toca a ti. —Me acaricia la barbilla—. Tienes que hablarme de ti. Esta noche no me contaste nada. —Sonríe satisfecho.

—Veré lo que puedo hacer —le digo, relamiéndome los labios y enrollando un rizo alrededor de mis dedos. Se inclina hacia mí y roza suavemente sus labios con los míos.

—Dices que no te sientes cómoda conduciendo el scooter, ¿quieres que te ayude a aprender más? —La punta de su nariz roza la mía mientras la mueve con un movimiento de vaivén.

Mi corazón se acelera.

—Me gustaría, sí.

—Perfecto. Te llamaré mañana —dice, inclinándose hacia mí.

Me muevo para evitarle, abro la puerta del conductor y subo.

—Buenas noches. —Me abrocho el cinturón y salgo. Amaury se queda mirando cómo me alejo. Cuando llego al semáforo en rojo, meto la mano en el bolso y agarro el móvil. Tres llamadas perdidas. Introduzco el código de desbloqueo y las llamadas perdidas son de un número desconocido, lo que hace que un escalofrío me recorra la espalda.

Capítulo 8

Cuando conduzco suelo poner la música a todo volumen, dejo que los acordes de guitarra me recorran mientras llenan el aire a mi alrededor. Pero esta noche no. Esta noche son los sonidos de la carretera y mis pensamientos.

Hacía años que no hablaba de mi viaje desde Cuba y que Sol me hiciera tantas preguntas me inundó de viejos recuerdos y abrió viejas heridas. No es que no me guste compartir mi historia, pero también es algo de lo que no hablo demasiado a menudo. Algunos días me siento mejor que otros. Es pesado y la reacción de Sol fue la reacción a la que estoy acostumbrado, conmoción y asombro. A menos que la persona que recibe mi historia sea cubana o esté familiarizada con la historia y la política de Cuba, siempre se queda atónita al saber que arriesgué mi vida en el océano para vivir libre. Lo que más les choca es que dejé a mi familia, mis amigos y toda mi vida, y nunca dije una palabra del viaje que estábamos a punto de emprender.

No me malinterpretes, que Sol haga preguntas significa que está interesada en conocerme mejor, que es lo que quiero. Lo que sea para que hable más. Sabía que tendríamos esta conversación, pero no esperaba que fuera en nuestra primera cita. Aunque no debería sorprenderme. Soy un balsero cubano y es una parte integral del hombre que soy.

Cuando Sol preguntó por mi partida, me vi transportado doce años atrás, sentado a la mesa de mi mamá comiendo un plato de arroz blanco, frijoles negros y tostones. Aún puedo ver el plato blanco opaco, con varios desconchones en los bordes exteriores, el tenedor desgastado que era demasiado pequeño para comer con él, pero el único que tenía mi mamá. El estampado floral descolorido del mantel de plástico que adornaba la mesa desde que yo era niño. Había empezado como cualquier otro día, pero cuando mi mamá mencionó dónde estaba Roberto, supe sus planes. Sabía que el día acabaría como ningún otro.

Roberto vivió al lado mío toda mi vida y éramos como hermanos, lo hacíamos todo juntos: íbamos a la escuela, perseguíamos chicas, íbamos a conciertos de rock, estuvimos juntos durante el servicio militar e incluso nos encarcelaron juntos por ser antisociales. Mis hermanos en Cuba son todos más jóvenes, así que tener a alguien de mi edad con quien hacer travesuras lo era todo para mí.

Ambos escuchábamos toda la música rock que podíamos conseguir de los turistas que encontrábamos en la playa. A menudo nos hacíamos amigos de los turistas en las playas, y cuando se enteraban de que no teníamos acceso a mucha música en Cuba, nos ofrecían sus cintas de casete, probablemente porque sentían lástima por nosotros. La playa era el único lugar donde nos encontrábamos con turistas y teníamos la oportunidad de hablar con ellos largo y tendido, e incluso eso era escaso, ya que había pocos lugares donde pudieran encontrarse cubanos nativos y turistas mezclados. Era la única manera de conseguir la música de los grupos de rock americanos que queríamos escuchar.

Durante nuestra gira militar, Roberto y yo hablábamos a menudo de venir a Estados Unidos para empezar una nueva vida. Roberto fue dado de baja del servicio militar meses antes que yo y, en cuanto salió, empezó a construir balsas y a intentar escapar con unos cuantos amigos comunes. Las primeras veces que lo intentaron los atraparon, porque o le contaron a demasiada gente sus planes o salieron en el momento equivocado y fueron atrapados por la Guardia Costera cubana. Cada vez iban a la cárcel hasta que alguien de la familia conseguía liberarlos, normalmente el padre de Roberto, que tenía buenos contactos con el gobierno cubano.

Con cada balsa que construía, Roberto mejoraba, cada vez más sólida y fiable. Cuando construyó la balsa en la que partimos, ya era sólida. La construyó con cámaras de aire de bicicletas y neumáticos, lonas robadas de los astilleros locales, sacos de arroz vacíos y mucha cuerda. La balsa no sufrió ningún daño en los cuatro días de viaje, y todos estuvimos agradecidos por ello.

Cuando llegué a casa de Roberto, él y los demás chicos estaban dando los últimos retoques a la balsa: apretando nudos, fortificando las cámaras de aire, llenando jarras con agua azucarada y asegurando los remos. Cuando estuvimos listos, nos dirigimos a casa de otro amigo que vivía cerca del punto de partida.

Permanecimos escondidos dentro de la casa hasta que oscureció, buscando el amparo de la noche para protegernos de ser atrapados. Durante unas semanas antes de partir, Roberto había vigilado a los guardacostas cubanos y las horas a las que patrullaban en esa zona. Sabíamos que teníamos un margen de cincuenta y siete minutos para poner la balsa en el agua, remar lejos de la costa y perder de vista su próxima ronda de patrullas. Sería difícil, pero no teníamos más remedio que intentarlo.

Mientras esperábamos a que pasara el tiempo, yo estaba nervioso, ansioso y emocionado. Cada ruido a mi alrededor aumentaba los nudos apretados de mi estómago. Aquella noche no sabía que los demás chicos sentían lo mismo. Todos nos guardamos esos sentimientos, demasiado temerosos de expresar lo asustados que estábamos de verdad por miedo a que, si uno se echaba atrás, los demás le siguieran. No fue hasta meses después, mientras vivíamos en el campo de refugiados de Guantánamo, cuando todos confesamos nuestros verdaderos sentimientos. Resultó que cada uno de nosotros estaba más asustado que el otro, temerosos de morir en el océano, pero dispuestos a arriesgarnos por la libertad, por la oportunidad de vivir una vida sin opresión ni hambre.

Un bocinazo del auto atrás del mío me devuelve al aquí y ahora. Mientras conduzco por Alton Road, me doy cuenta de que voy a treinta kilómetros por hora, y el zumbido del motor me recuerda dónde estoy. Me perdí en un aturdimiento y no recuerdo haber conducido desde donde estaba estacionado hasta mi ubicación actual. No giré en la calle Cuarenta y siete y tengo que hacer un cambio de sentido para volver a mi casa.

Al llegar a casa, me quito los zapatos junto a la puerta, me quito los calcetines y los dejo caer al suelo. Dejo las llaves y la cartera en la mesada y me dirijo directamente al jardín para tumbarme junto a la piscina a la luz de la luna, que ilumina todo el cielo. Este es mi lugar favorito de la casa, mi oasis. Es donde paso la mayor parte del tiempo mientras estoy aquí. Un patio rodeado de vegetación alta y frondosa, la privacidad de mis vecinos era algo que anhelaba después de criarme en un lugar donde todo el mundo se metía en tus asuntos.

Busco una lista de reproducción en mi teléfono, música de los años sesenta que recuerda a la que escuchaba con mi papá en Cuba en el programa *El Nocturno*: los Beatles, Rita Pavone, Fórmula V y Boney M, entre otros. Cuando éramos pequeños no teníamos televisión, así que la radio siempre estaba encendida en casa. Por la noche, mi papá ponía el programa El Nocturno, donde la música sonaba durante dos horas. Me tumbaba en la cama escuchando la música de mi papá y soñaba con una vida mejor que la que estaba viviendo. Fue el amor que mi papá tenía por la música que me llevó al rock. Género similar, pero épocas diferentes, sonidos diferentes.

Mis primeros años en Miami alquilé apartamentos, pero me mudé a esta casa hace unos años, cuando la ahora ex novia de Eduardo me animó a comprar una casa en lugar de alquilar y pagar la hipoteca de otra persona. Al principio estaba reacio, no estaba seguro de poder pagar la hipoteca y aun así afrontar los gastos que conlleva ser propietario, pero el negocio iba bien y quería un lugar al que pudiera llamar hogar.

Extraño muchísimo Cuba, no porque extrañe vivir bajo la opresión del gobierno o las horribles condiciones, sino porque extraño a mi familia. Estaba muy unido a mis padres y hermanos, pero desde el día en que hui, la distancia entre nosotros no es sólo física, sino también emocional. Comunicarme regularmente con ellos es difícil porque las llamadas tienen un coste desorbitado y mi familia no tenía, ni tiene, teléfono en casa. Tenemos que coordinarnos para hablar llamando a casa de un vecino. Aunque aquí tenemos teléfonos móviles, en Cuba escasean y hay muy poco servicio.

Mi mamá estuvo enojada conmigo durante años después de irme.

Enojada porque me fui tan de repente.

Enojada porque nunca supo de mis planes.

Enojada porque no la traje conmigo.

Mis hermanos estaban menos disgustados y comprendían mi deseo de una vida mejor. Pero fue mi papá quien más me sorprendió. Fue militar toda su vida. Luchó junto a Fidel Castro durante la Revolución hace tantos años. Mi papá creía de verdad que la Revolución era para una Cuba mejor. Pero no fue hasta mis primeros años de adolescencia cuando mi papá finalmente aceptó que había sido engañado, él y todo un país.

La primera vez que hablé con mi papá, un año después de salir de Cuba, oí alivio en su voz. Me dijo que, aunque toda la familia estaba preocupada de que me hubiera pasado algo porque nadie conocía mi paradero, él sabía que había huido en una balsa. Me dijo que siempre había sabido que yo no duraría mucho en Cuba porque era demasiado rebelde para vivir bajo la vigilancia del gobierno cubano. Con la salida de decenas de miles de cubanos en balsa, mi padre estaba seguro de que había arriesgado mi vida en mar abierto.

Durante nuestra llamada lloramos por toda la división que se había forzado entre nosotros a causa de creencias ideológicas. Hacía más de un año que no hablaba con mi padre ni con mi familia, pero ellos sabían que estaba a salvo. En algún momento de mi estancia en Guantánamo, el Miami Herald había publicado una lista exhaustiva con los nombres de todos los refugiados alojados en Guantánamo. De algún modo, esa lista llegó a Cuba y mi papá se enteró de que yo estaba a salvo. Su mayor temor no se había hecho realidad.

Mi teléfono suena, indicando un mensaje de texto entrante, y me devuelve a la tranquila noche que tengo ante mí. Ahora no hace tanto viento como antes, cuando estábamos sentados en la playa. Alargo la mano para coger el teléfono que tengo junto a los pies y deslizo la función de desbloqueo. Una sonrisa se dibuja en mi rostro cuando veo el nombre de Sol en la pantalla.

Sol: Gracias por esta noche. Lo pasé muy bien.

Los latidos de mi corazón se aceleran al leer las palabras del mensaje. Está al caer y me extasío pensándolo. Llevo aquí doce años y, aunque apenas la conozco, Sol es la primera mujer que me hace sentir que quiero más. La noche que la conocí me sentí atraído por ella, como si tuviera una cuerda atada a mí y tirara de mí hacia ella. Cuando se fue, pensé que no la volvería a ver, pero no podía dejar de pensar en ella. Volví loco a Eduardo con tanto hablar de la mujer misteriosa, como él empezó a llamarla.

Que me mande un mensaje esta noche es un gran paso para ella, teniendo en cuenta que ha sido tan reservada y reacia a dejarme entrar. Sé que puedo ser imponente y no tener filtro cuando hablo, lo que podría asustarla. Tengo que ser cauteloso con la forma en que me acerco a ella y cómo consigo que se abra conmigo, para que sienta que puede confiar en mí.

Nuestra cita de esta noche fue demasiado rápida, pero estoy tan feliz de que dijera que sí. Resulta que el restaurante argentino fue una buena decisión. Se relajó en cuanto nos sentamos y se tomó la libertad de insistir en que me comiera el bistec de una determinada manera. Resulta que me gustó el bistec tal y como me lo recomendaron. ¿Quién lo iba a decir?

Disfruté mucho viendo a Sol comer. Saboreaba su comida mientras la consumía. Me gustó que comiera y que no fuera tímida al respecto. No he tenido muchas citas, pero la mayoría de las veces las chicas con las que salí no comían mucho. No sé si es porque no tenían hambre o porque no querían comer en una cita, pero en cualquier caso me resultaba extraño, sobre todo porque me encanta comer.

Hay tantas cosas que me gustaría contestarle a Sol, pero en vez de eso me limito a decirle que espero que tengamos una segunda cita pronto.

Amaury: Gracias a ti. Que se repita pronto. =)

Capítulo 9

Melida contesta al tercer timbrazo, cosa que agradezco. Quiero contarle lo de mi cita de anoche con Amaury. Me aterra lo que siento y sé que ella tendrá buenos consejos para mí.

—Qué pasa Sol, estaba pensando en ti. Te habrán pitado los oídos.

—Sí, ¿en qué estás pensando? —pregunto, mientras echo un poco de agua en la tetera.

—Cuánto te extraño. Definitivamente no es lo mismo sin ti. El otro día quería ir a tu casa a relajarme y no pude. Me sentí tan rara.

—Yo también te extraño, sobre todo porque aún no tengo amigos aquí. La jefa de la oficina del trabajo me invitó a salir y parece simpática. Probablemente por fin almorzaré con ella esta semana, una vez que las cosas se hayan acomodado en el trabajo y haya terminado de desempacar.

—¿Qué te parece Miami hasta ahora?

—Me está gustando mucho, y fuera siempre hace calor, ¡cosa que me encanta!

—A mí también me gusta el calor, pero adoro mis cuatro estaciones, aunque me queje la mitad del invierno. —Resopla antes de reír.

—¿Cómo están las chicas? No he hablado con

ellas. —Han pasado un par de semanas desde que me fui y sólo he hablado una vez con Jestine, y sólo me he mandado mensajes con Krissa. Acabo de salir de Boston y ya las comunicaciones están disminuyendo.

—Están bien. Hace más de una semana que no veo a ninguna de las dos. Krissa ha estado trabajando mucho horas extra y Jestine conoció a un chico justo después de que te fueras, así que ha salido con él un par de veces. Probablemente no vea a ninguna de las dos hasta la semana que viene.

—Guau. Tendré que contactarlas y enterarme de todos los detalles. Si hablas con ellas, diles que les extraño.

—Lo haré.

—Entonces, ¿recuerdas al tipo del club en abril, el que nos llevó a casa? Bueno, me encontré con él la semana pasada y salimos anoche.

—¡En serio! ¿Cuáles son las probabilidades? ¿Cómo te fue? Cuéntamelo todo.

La pongo al corriente del encuentro con Amaury y de todo lo que ocurrió en nuestra cita.

—Cuando estoy con él me siento cómoda, y eso me asusta. He tenido muy mala suerte con los chicos en el pasado, pero eso ya lo sabes. —Todos han sido los que han roto conmigo, excepto Carmine, que es un gilipollas agresivo y un acosador. Me remuevo en el asiento con sólo pensar en su nombre.

—Hablando de tu pasado, vi a Carmine el otro día y no sé si fue una coincidencia o si me estaba acechando para encontrarte.

—Conociéndole   y   conociendo   su

comportamiento en el pasado, es lo segundo. Probablemente esté enloquecido ahora que mi apartamento está vacío y no sabe dónde estoy. ¿Te dijo algo?

—Sí, se acercó y dijo hola, tenía esa sonrisa en su cara. Ya sabes cuál. —La sonrisa de Carmine era sexy y tentadora. Sus labios carnosos se estiraban a través de su hermosa cara en una media sonrisa. Fue lo primero que noté en él cuando nos conocimos, su sonrisa que derretía los pantis. Durante los primeros meses de nuestra relación fue amable y ocultó su verdadera naturaleza. No fue hasta que me envolvió alrededor de su dedo que sus verdaderos colores comenzaron a filtrarse—. Le dije que se fuera a la mierda, que no tenía nada que decirle y me fui —cuenta.

—¿Eso es todo? ¿No dijo nada más? —pregunto, moviéndome en el taburete. Al principio se enojaba porque salía con mis amigas, decía que pasaba demasiado tiempo con ellas y no con él. Empezó a desconfiar de mí, a vigilar mi teléfono y a tener ataques de celos en lugares públicos. Le ponía excusas, me disculpaba por su comportamiento, lo que no hacía más que empeorarlo. Era una locura.

—Mientras me alejaba, me dijo que volvería a verme pronto —responde, provocándome un escalofrío. Cuando no le bastaba con controlarme, empezó a intimidarme con insultos y amenazas de hacerse daño a sí mismo y a mí. Después de darme un susto de muerte, se disculpaba profusamente y me profesaba su amor, prometiéndome que sería la última vez que actuaría así. Todo eran mentiras. Estaba cegada y era incapaz de ver lo que estaba a simple vista.

—Mel, te está siguiendo porque me está buscando. Me estoy volviendo loca sólo de pensarlo. —Al final mis amigas se dieron cuenta de su comportamiento, pero yo le cubrí.

Negué sus comportamientos.

Lo defendí.

Mentí por él.

—Tendré cuidado, Sol, lo prometo. Sé quién es Carmine desde hace mucho tiempo. No te preocupes por mí, ¿ok?

—¿Cómo podría no hacerlo? Me aterrorizó durante más de un año de nuestra relación, más un año después de dejarlo, y al final me tuve que ir de Boston. El tipo tiene problemas. —Me levanto, me acerco a la ventana y descorro la cortina para contemplar el cielo azul. Me preocupa la seguridad de Melida.

—Definitivamente sí, pero ya sabes que llevo años tomando clases de defensa personal. No puedo estar segura, pero creo que me está siguiendo porque quiere encontrarte, no hacerme daño. Puede que tenga problemas, pero también es listo. Sabe que no debe joderme.

—Tienes razón, pero eso no me hace sentir mejor.

—En fin, basta de hablar de ese imbécil, cuéntame más de este tipo. ¿Qué te asusta de él?

—Yo no diría que es él, per se. Creo que me da miedo una relación en general. Es simpático, extrovertido, atento, aunque quizá demasiado. Y como viste la noche en el club, no es tímido. —Cruzo la sala y vuelvo a sentarme en el sofá, cruzando las piernas.

—Bueno, eso no le convierte necesariamente en un mal tipo. ¿Su comportamiento te extraña o te hace sentir incómoda?

—No, nada de eso. Me hace sentir tranquila, por extraño que parezca. Me sentía segura con él, pero el hecho de sentirme segura con él me asusta porque no lo conozco lo suficiente como para sentirme segura. ¿Tiene sentido?

—Sé lo que estás diciendo. Mira, tómatelo con calma con él. Sal, sé prudente, pero no dejes que tu pasado se interponga en tu futuro. De lo contrario, podrías arruinar algo bueno. Recuerda, este tipo no es Carmine. Por suerte para ti, Carmine es un fracasado único.

—Cierto. Definitivamente necesito salir de mi propia cabeza y empezar a confiar en mí mismo otra vez.

—Sol, lo que pasó con Carmine no es culpa tuya. No hiciste nada malo. Tienes que recordar que el gilipollas es él. Él es quien te lastimó y causó toda esa mierda.

Tiro de un rizo entre los dedos y le doy vueltas.

—Lo sé. Hice la vista gorda y le excusé. Vos lo viste tal como era y no dejabas de decírmelo, pero yo no te escuchaba. No fue hasta que me fui que todo lo que me había hecho quedó claro.

—Pero eso pasa en la vida. Después de todo, la retrospectiva es de veinte. Cuando estás dentro de una situación, quieres ver lo mejor de ella. No creo que sea porque lo ignores o no lo veas, sino porque realmente te importa y quieres que las cosas salgan bien. Al fin y al cabo, todos somos humanos y ninguno de nosotros es perfecto. A veces, esas imperfecciones son cosas que podemos pasar por alto y aceptar. A veces, en el caso de Carmine, no lo son. Lo importante es que saliste, viste su verdadera cara y te fuiste.

—Supongo. Carmine me jodió la cabeza y toda la mierda que pasó me hizo no confiar en mí misma. Ya tengo problemas de confianza con los chicos, no necesito tener problemas de confianza conmigo misma.

—Hagas lo que hagas, no castigues al nuevo. Eso no significa que no debas ser precavida, pero diviértete. Te lo mereces.

—Gracias, Mel. Siempre me siento mejor después de hablar con vos. Ya sabes cómo me pongo, dudando y cuestionándome a mí misma y mis habilidades.

—Es porque te quiero, que voy a ver en unas semanas. He decidido que iré a visitarte por mi cumpleaños. No estoy segura si Jestine o Krissa pueden ir pero iré yo sola si no pueden.

—¡¡¡Oh, Dios mío!!! ¡Estoy endiabladamente emocionada! —Chillo—. ¡Ahora tengo algo en el horizonte!

***

—Hola Dayi, ¿quieres ir a comer? —le pregunto al volver del juzgado, donde pasé las últimas horas interpretando en una audiencia.

Desde que empecé a trabajar, casi todos los días me mandan a hacer un trabajo, y la mayoría de los días los

113

paso en uno de los distintos tribunales de Miami. Sólo esta semana he estado en el juzgado civil, el juzgado de familia y el juzgado federal. Estoy muy agradecida a Mona y Lily por haberme brindado esta oportunidad. Me ha facilitado mucho la transición a Miami porque me mantiene ocupada haciendo algo que me encanta.

—Ya era hora. —Pone los ojos en blanco antes de estallar en carcajadas.

—No puedo creer lo ocupada que he estado en mis primeras semanas aquí —le digo, dejando caer el bolso en la silla de mi derecha.

—Siempre estamos así de ocupados, así que acostúmbrate, chica.

—Entonces, ¿dónde deberíamos almorzar? ¿Algún buen sitio de marisco?

—Vamos a *García's*. Está en el río Miami y la comida es deliciosa —exclama.

Tengo antojo de mariscos desde que estoy en Miami y espero que la comida en Garcia's sea tan buena como Dayi cree que es. No hay nada peor que tener antojo de una buena comida y decepcionarse.

Atravesamos la puerta y el olor a pescado frito invade mis sentidos. La sala delantera tiene un mostrador de comida frente a la cocina abierta, que está a la izquierda del mercado de marisco fresco.

—Sentémonos en el patio trasero, si no oleremos a pescado frito cuando nos vayamos —dice Dayi, caminando hacia la parte trasera del restaurante.

Después de sentarnos y pedir nuestras bebidas, Dayi empieza a hacerme un millón de preguntas sobre mi pasado y la razón por la que me mudé a Miami. Me salto lo de Carmine y le digo que me mudé aquí por el clima y el ambiente latino, lo cual es cierto.

Dayi es miamense hasta la médula. Nacida en Cuba, llegó a Miami a los dos años, hija de exiliados cubanos, como tantos otros que viven en el sur de Florida. Sus rizos le caen por la espalda y contrastan con su piel pálida y sus ojos verdes. Es bajita, en torno al metro sesenta y cinco, pero voluptuosa, gruesa, con curvas, y lleva vestidos que la abrazan en todos los sitios adecuados. Dayi es guapa y lo sabe.

—Háblame de ti Dayi, ¿cuál es tu historia?

—Estoy soltera desde hace poco y busco apartamento. Por fin me mudo de casa de mis padres, que no están muy contentos. Tengo veintiséis años y me están echando la bronca por irme.

—En serio, ¿por qué?

—Es habitual que los niños cubanos vivan con su familia durante años hasta la edad adulta. Prefieren que esté en casa, cerca de ellos.

—Si mi mamá pudiera elegir, yo también viviría con ella. En algún momento tenemos que hacer lo nuestro.

Mi teléfono vibra y cuando lo miro, veo una alerta de mensaje de Amaury.

Amaury: Te extraño, ¿cuándo podré volver a verte?

Una sonrisa se dibuja en mi rostro al leer sus palabras.

Sol: En realidad, quiero una de esos compartimentos
para la parte trasera de mi Vespa.
¿Puedo pasarme luego por la tienda?

Amaury: Dale, hasta luego.

Vuelvo a dejar el teléfono sobre la mesa y levanto la mirada para encontrarme con la de Dayi.
—¿Con quién te envías mensajes que te iluminan? —me pregunta.
—Un tipo que conocí.
—Chica, suelta. Necesito algo jugoso en mi vida.

***

Estaciono el scooter a la sombra fuera de *305 Scoots* y entro en la tienda esperando encontrar a Amaury en la sala de exposición, pero no hay nadie. Se oye música en la parte de atrás, así que cruzo la sala de exposición hasta la puerta que da al garaje y me asomo por la esquina.
Amaury me da la espalda y decido observarlo. Tiene una Vespa color menta sobre un elevador y está inclinado mientras hace algo con el motor. Sus vaqueros están sujetos por un cinturón, pero asoma la parte baja de la espalda. La camiseta blanca le ciñe los bíceps, acentuando los músculos de sus brazos dorados. Estoy deseando sentir la fuerza de sus brazos a mi alrededor, la sensación de su piel contra la mía. Mierda, qué sexy es este hombre. Simplemente mirarlo me produce un cosquilleo.

Mueve el cuerpo, pero sigue sin verme. Su nariz larga y recta gotea sudor y se muerde el labio concentrado. Me pongo muy cachonda con solo mirarlo. Las mariposas de mi estómago revolotean sin cesar. Sé que cuando por fin nos acostemos, me voy a deshacer.

—¡Coño! —grita, deja caer la llave inglesa que sostenía y empieza a sacudir la mano derecha.

—¿Te lastimaste? —pregunto, corriendo por el suelo del garaje para acercarme a él.

Su cabeza se vuelve rápidamente hacia mí.

—¿Cuánto tiempo llevas aquí? —Agarra un trapo que cuelga de su bolsillo trasero y se limpia la cara con él.

—Unos minutos. Estaba junto a la puerta. —Hago un gesto con la cabeza hacia la puerta que tengo detrás.

—¿Haciendo qué? —Él da los últimos pasos, cerrando la brecha entre nosotros.

—Perdona, debería haberte dicho que estaba aquí. —Me pongo un rizo en la mano derecha y empiezo a darle vueltas.

—No tienes que pedir perdón. Puedes sorprenderme cuando quieras. Ahora dime, ¿qué estabas haciendo?

—Mirándote. —Me lamo los labios.

—¿Qué viste? —pregunta sonriendo. ¿Qué vi? Más bien, ¿qué estaba soñando? No puedo decirle que estaba imaginando sus brazos rodeándome, mientras ambos yacíamos desnudos.

—El blanco te queda bien, deberías ponértelo más seguido.

—¿Eso es todo? —dice frunciendo los labios y entrecerrando los ojos.

Asiento y sonrío al mismo tiempo.

—No te creo —me susurra al oído antes de escabullirse por el suelo y desaparecer por la puerta por la que acabo de entrar. Yo tampoco me creería, miento fatal y no tengo dotes de mentirosa.

Cuando Amaury vuelve, cruza el garaje hasta el otro extremo, donde hay una oficina.

—¿Vienes? —me grita. Cruzo a grandes zancadas el espacio abierto y veo a Amaury lavándose las manos en un pequeño baño.

—¿Esta es tu oficina? —En la pequeña habitación no hay mucho. Hay un escritorio de madera en el centro y un portátil cerrado a un lado con papeles esparcidos a su lado. A mi izquierda hay una estantería apilada con catálogos de diferentes proveedores. En la pared cuelga un gran cuadro de una playa, ligeramente torcido. Una península de arena blanca bordeada de palmeras y aguas turquesas cristalinas.

—Sí, pero no lo usamos mucho desde que tenemos las computadoras adelante.

—¿Qué playa es ésta? —pregunto, señalando el cuadro enmarcado en negro y enderezándolo.

—Varadero. Era mi playa favorita en Cuba.

—Se ve increíble.

—La foto no le hace justicia —dice mirando fijamente la imagen. Las fotos rara vez hacen justicia a algo, así que me imagino lo increíble que debe ser la playa en la vida real si es así de bonita en una foto.

—¡Debe ser precioso en persona!

—No hay nada más precioso que tú. —Sus labios presionan los míos, sus brazos me rodean y nuestros cuerpos se funden en uno. Me levanta para sentarme en el escritorio mientras sus besos se intensifican y nuestras lenguas se enredan.

El calor entre mis piernas me quema y busco el dobladillo de mi camisa. Me separo de Amaury para quitarme la camisa y busco rápidamente sus labios. Enredo los dedos en sus gruesos mechones, masajeándole el cuero cabelludo mientras le chupo el labio inferior.

Los besos de Amaury pasan de mi boca a mi cuello y se dirigen hacia mis pechos. Me retira el sujetador y se lleva el pecho a la boca, haciéndome retorcer el pezón entre los dientes. Alargo la mano hacia su cinturón y empiezo a desabrochármelo cuando, de repente, se detiene y se separa de mí.

—No, muñeca, para. No podemos. —La lujuria que arde en sus ojos contradice sus palabras.

—¿Qué quieres decir con que no podemos, por qué no? —Mi respiración se acelera al mismo ritmo que mi corazón. La vergüenza se apodera de mí y busco mi camisa para ponérmela de nuevo, ajustándome y saltando del escritorio. ¿Qué pensará de mí si soy yo la que estuvo dispuesta a hacer esto en su oficina?

—Es nuestra primera vez. Quiero hacerte el amor y no podemos hacerlo aquí. —El dorso de su mano acaricia mi mejilla, sus verdes ojos escrutan los míos.

Me trago el nudo que tengo en la garganta. Me está diciendo que quiere hacer el amor conmigo, y este no

es el lugar adecuado, pero aun así lo siento como un
rechazo. Debería sentirme feliz, pero en lugar de eso me
arden las mejillas y desvío la mirada.

—Debería irme —digo, saliendo de la oficina y
corriendo por el garaje.

Capítulo 10

Amaury

Hace unos días, después de que nos detuviera a mitad de la sesión de besuqueo en la tienda y Sol se marchara, no estaba seguro de que estuviéramos bien. He intentado llamarla, pero me saltaba el buzón de voz. Las pocas veces que nos hemos mandado mensajes y le he pedido verla me ha dicho que está ocupada con el trabajo o ignora mi pedido. Ha pasado casi una semana y estoy empezando a preocuparme. No me había dado cuenta de que estaba tan molesta. Decido intentar llamarla de nuevo ahora porque debería estar en casa después del trabajo.

—Hola —me dice, contestando después de cuatro timbres. Cuando vio que era yo, probablemente dudó entre contestar o no. Además, no es su forma habitual de contestar cuando llamo.

—Hola, muñeca, ¿cómo estás? —pregunto. Estoy sentado en el sofá e inclinado hacia delante, me froto la nuca con la mano libre.

—Bien. Un poco cansada después de otro largo día de trabajo, pero no me puedo quejar.

—Es bueno escuchar tu voz. —Después del otro día, no sé dónde estamos. No estoy seguro de lo mucho o poco que decir.

—Sí, también me da gusto escucharte. —El silencio se cierne entre nosotros y no quiero decir algo equivocado, así que opto por no decir nada en absoluto, lo que lo hace incómodo—. Mira —dice, seguido de un largo suspiro—. Sé que has intentado ponerte en contacto conmigo. He estado ocupada en el trabajo y necesitaba unos días para ordenar las cosas en mi cabeza, lo siento.

Me levanto y empiezo a pasearme por la sala.

—Lo entiendo —digo, aunque no la comprenda del todo a ella ni lo que pasa por su cabeza. El silencio continúa en ambos lados y oigo su respiración.

—Mira…

—Muñeca…

Hablamos simultáneamente.

—Tú primero —le digo.

—Siento haberme ido como lo hice el otro día.

—No tienes que pedir perdón. Pero deberíamos hablarlo.

—Estoy de acuerdo, pero preferiría hablarlo cuando nos veamos y no por teléfono. —Siento alivio y me tiemblan las piernas. Si quiere verme, entonces hay esperanza.

—De acuerdo. —Acepto, es mejor que tengamos esta conversación cara a cara y no por teléfono.

—¿Quieres venir mañana? Puedo hacernos la cena, o podemos pedir comida. —Su oferta de hacer la cena es otra señal de que estaremos bien, de lo contrario no me invitaría a cenar a su casa, sobre todo porque será mi primera vez allí.

—Sí. ¿A qué hora? —Una lenta sonrisa se extiende por mi cara.

—Mañana trabajaré desde casa, así que cuando

termines de trabajar. —Si fuera por mí, me presentaría a primera hora de la mañana, pero eso probablemente la asustaría.

***

Cuando Sol abre la puerta, lleva un vestido de color burdeos que abraza sus curvas y cae a la altura de las rodillas, con un delantal de lunares rojos y blancos por encima. Lleva chancletas rojas en los pies. Tiene los labios pintados de rojo intenso y los rizos recogidos y sueltos alrededor de la cara. Dios mío, se ve preciosa y sólo de verla se me pone tiesa la polla.

—Hola —dice abriendo la puerta. Una sonrisa se dibuja en su hermoso rostro, el color de sus labios complementa su piel aceitunada.

—Hola, muñeca. —Tiene los labios carnosos, el arco de cupido definido por el labial rojo que los tiñe. Es como una capa agitándose y me atrae hacia ella como un toro a un torero. La beso sin importarme que vaya a estropear su pintalabios y quede cubierto de él cuando acabe. Sol me deja explorar su boca y, mientras le chupo el labio inferior, imagino las maravillas que su boca puede hacer explorando mi cuerpo. Los vaqueros me aprietan y decido separarme de ella.

—Qué bonito saludo. —Me dedica una sonrisa torcida y se frota la piel alrededor de los labios, intentando eliminar parte del color transferido.

—El rojo. —Mis dedos se detienen en su escote—. Me vuelve loco como un toro.

123

—A mí también me gusta el rojo —dice, guiñando un ojo—. Pero no soy torero.

—Te traje estas —digo, extendiendo la mano que sostiene un ramo de flores variadas.

—Son preciosas, me encantan las flores, gracias. —Lo coge y gira para cruzar la sala en dirección a la cocina. Me quedo mirándole el culo mientras cruza la habitación.

Su apartamento es bonito, una amplia sala de estar abierta con la cocina al fondo. Tiene un cuadro enmarcado entre las dos ventanas de la pared izquierda. Es una pareja bailando bajo la lluvia mientras una criada y un mayordomo sostienen paraguas; la mujer lleva un vestido rojo y guantes. A ambos lados de las ventanas cuelgan otros cuadros: uno es un boceto de la silueta de una mujer, y el otro, un dibujo del rostro de una mujer, medio cubierto por sus rizos de color oscuro.

La sigo a la cocina y me acerco a Sol, que está picando algo. Cuando me acerco, veo que es tocino.

—Tocino, ¿qué estás haciendo?

—Cerca, en realidad es *guanciale*. Es parecido al tocino, pero mil veces mejor. Estoy haciendo *Bucatini all'Amatriciana*, que es mi plato de pasta favorito, y una ensalada.

—¿Necesitas ayuda?

—Estoy bien por ahora, gracias.

Cojo un taburete y me siento en la barra para mirar a Sol haciendo sus cosas en la cocina cuando suena su teléfono. Lo mira y lo silencia, colocándolo boca abajo. No quiero sacar el tema de lo que pasó en mi tienda hasta que ella lo haga, porque prefiero hablarlo en sus términos.

—Amaury… —Se gira y se apoya en la mesada junto a los fogones, clavando sus ojos en los míos—. Sobre la otra noche.

—¿Puedo decir algo primero? —Me siento mal por interrumpirla, pero es importante que escuche lo que tengo que decir. Asiente—. No te rechacé, te respeto. Es muy diferente. —Hay una gran diferencia y espero que me entienda.

—Lo comprendo, pero en ese momento no lo sentí así y me avergoncé.

—No te avergüences, muñeca. Eres especial para mí.

De repente, se da la vuelta, abre un armario y saca dos copas de vino.

—¿Se te antoja una copa? Acabo de abrir una botella de Pinot Noir. —Me pasa una copa por el mostrador.

—No, gracias. No bebo.

Sus ojos se abren de par en par.

—Oh. Lo siento. Supuse que lo hacías porque nos pediste unas copas en el club la noche que nos conocimos.

—Agua, por favor —le digo, con una sonrisa dibujándose en mi cara.

—También tengo agua mineral o *ginger ale*.

—Agua está bien. Con hielo, por favor. —Gira, coge otro vaso del mueble y lo acerca a la máquina de hacer hielo de la puerta del frigorífico.

—Un agua con hielo para el caballero —bromea, deslizando el vaso alto por el mostrador.

—Gracias, muñeca. —Me llevo el vaso a los labios.

Sol se apoya en la mesada y atisbo la turgencia de sus pechos asomando por encima del vestido. Levanto la vista para que no se dé cuenta.

—¿Por qué no bebes, si no te importa que te pregunte? —me pregunta.

Me relamo los labios y me encuentro con sus ojos castaño claro. Tienen un anillo dorado alrededor de la pupila y los bordes son suaves. Una de las cosas que me gustaron de ella la primera noche es que no llevaba todo ese maquillaje alrededor de los ojos que llevan muchas mujeres. Parece que tal vez no lo use en lo absoluto porque tampoco se lo he visto las pocas veces que nos hemos visto desde entonces.

—Yo no bebía en Cuba porque el alcohol era casero, y no me gustaba su sabor. Cuando llegué a Miami, ya no me interesaba. —No me interesaba beber cuando todavía estaba en Cuba porque el alcohol casero sabía a gasolina, y quemaba todo el tiempo que lo bebía. Después de probarlo una vez, no volví a tocarlo.

—¿Hecho en casa? —Levanta una ceja mientras me pregunta.

—Sí. Sabe muy fuerte, terrible. Pero era lo único que había. —Los labios de Sol se entreabren, como si quisiera decir algo, pero no encontrara las palabras. Una reacción común a las historias de mi vida en Cuba.

—¿No hay cerveza? ¿Vino?

Sacudo la cabeza.

—Esas cosas sólo estaban disponibles para los

turistas, no para los cubanos. Desde entonces, sólo bebo agua cuando beben mis amigos. —Asiente en un gesto de silenciosa contemplación y da un sorbo a su vino.

Otra de las injusticias que viví en Cuba. Era difícil no tener acceso a productos de primera necesidad como el papel higiénico o la pasta de dientes y a lujos como el alcohol o la carne de res. Sin embargo, los turistas que visitaban Cuba tenían acceso a todo sin preguntar. El gobierno hace esto para que los turistas piensen que los cubanos viven bien. Como todo lo demás, es una farsa.

—¿Cómo que sólo está disponible para turistas? —pregunta levantando la ceja derecha.

—En Cuba los turistas experimentarían una vida falsa. Hoteles bonitos, buenas comidas elegidas de grandes menús. Pero a nosotros los cubanos no se nos permite tener esas cosas ni entrar en la Cuba turística. —Los ojos de Sol se abren de par en par, la incredulidad se extiende por su rostro mientras me escucha hablar de la disparidad y de cómo se trata a los cubanos.

—Es una locura. Cada vez que compartes sobre tu vida en Cuba me sorprende lo que me cuentas.

—Lo sé. —Reconozco que cuando la gente oye hablar de la vida en la isla, no se lo cree. La mayoría de la gente nunca oye o lee sobre cómo viven realmente los cubanos. En lugar de eso, la gente es alimentada con mentiras para hacerles creer la narrativa que el gobierno cubano está vendiendo. Propaganda en estado puro—. Basta de hablar de Cuba, háblame del otro día cuando viniste a verme.

Sonríe, tirando de un mechón de pelo y

enroscándolo en su dedo.

—No estoy segura de lo que me pasó, no suelo ser tan atrevida. Lo siento. —Vuelve a dar un sorbo a su vino y sus ojos buscan los míos. Su mirada es hipnótica.

—No tienes que disculparte por lo que sientes, Sol. —Mis dedos acarician su muñeca apoyada en la mesada.

—Me siento diferente a tu lado y no sé cómo explicarlo.

Su confesión me hace estallar el corazón. Deslizo el taburete hacia atrás y rodeo la mesada para rodearla con mis brazos.

—Me gusta. —Mis labios se encuentran con su escote y dejo caer besos, uno sobre otro, mientras me acerco a sus labios.

—¿En serio? —Levanta la barbilla, dándome acceso a su mandíbula—. Llévame a la cama —susurra. Sus palabras me producen un escalofrío. No esperaba que me pidiera que la llevara a la cama, al menos no tan temprano. Pero sería un tonto si la rechazara ahora, sobre todo después de cómo acabaron las cosas en mi tienda el otro día.

—¿Segura? —pregunto, apartándome de ella para buscar en sus ojos cualquier indicio de reticencia.

Ella asiente, me agarra de la mano y yo la sigo por la sala.

Sol enciende la lámpara de la mesilla y se apoya en la cama. Ya ha desatado el delantal y lo tiró al suelo. Su mirada se cruza con la mía y me quedo sin palabras, lo que no es habitual. Sus movimientos son lentos y deliberados.

Se quita las chanclas de encima, se levanta y se gira. Desde la parte superior del vestido se asoma tinta negra, lo que parece ser un tatuaje.

Le pongo las manos en las caderas, la atraigo hacia mí y le susurro al oído.

—¿Tienes un tatuaje?

Gira la cabeza y se muerde el labio inferior.

—Tal vez. ¿Por qué no me quitas el vestido y lo ves por ti mismo? —Dios mío, esta mujer me va a volver loco. Mi mano derecha se dirige a la cremallera de arriba y empiezo a bajarla, dejando al descubierto las letras grabadas en su piel y su sujetador negro. Le quito un hombro, luego el siguiente, y el vestido cae al suelo, dejándola sólo en sujetador y panti morado.

Empiezo a trazar las letras negras, escritas en caligrafía. *Alis volat propriis*, con alas que sobresalen a izquierda y derecha entre las palabras *Alis* y *volat*.

—¿Qué significa esto? —pregunto mientras sigo trazando la tinta con los dedos.

—Vuela con sus propias alas —responde bajando la cabeza. Mis labios encuentran la tinta y mi lengua dibuja lentos círculos a lo largo de las líneas del tatuaje mientras mis manos aprietan sus curvilíneas caderas. Mis vaqueros se aprietan mientras saboreo la piel de Sol, el aroma a canela de su cuello invadiendo mis sentidos, su piel suave bajo mis labios. Me quito la camiseta, busco la cartera, cojo un preservativo y coloco ambos en la mesilla.

Aprovecho la oportunidad y le arranco la pinza del pelo, cuyos rizos caen en cascada por su espalda. Se sube a la cama y se arrastra por ella, antes de girarse y clavar sus ojos en los míos. Se le ven los pezones bajo el sujetador. Llevo las manos al cinturón para desabrochármelo y me desabrocho los vaqueros dejándolos caer al suelo, con la punta de mi erección asomando por la parte superior de mis calzoncillos blancos. Los ojos de Sol se posan en mi cintura y se lame los labios mirando el bulto que sobresale.

—Dime, Sol. ¿Qué quieres? —Quiero que me diga lo que desea. Que tome la iniciativa. Que sienta que tiene el control. Tiene los ojos desorbitados y puedo ver la vacilación en sus pensamientos mientras se debate entre lo que siente y lo que debe decir.

—Yo… —Se traga las palabras en lugar de dejarlas libres.

—¿Puedo unirme a ti en la cama? —Ella asiente y se echa hacia atrás. Tiro el condón a su izquierda y me quito los calzoncillos, acariciándome mientras subo a la cama. Sol me observa, con la lujuria ardiendo en los bordes de su mirada leonada.

Sol coge sus pantis y empieza a quitárselos.

—Déjalos —le digo—. Quiero que las lleves puestas mientras estoy dentro de ti. —Vuelve a tragar saliva y coge el condón de la cama y me lo da.

—¿Estás lista para mí? —le pregunto, abriendo el envoltorio y mirándola, fijando mis ojos en los suyos. De nuevo, Sol asiente y se relame los labios mientras me observa. No tiene palabras, pero me habla con cada gesto, movimiento y mirada. Después de envolverme, me agarro a sus curvilíneas caderas y la atraigo hacia mí. Se apoya en los codos y abre las alas para mí, invitándome a su lugar

sagrado. Deslizo los pantis a un lado y la lleno, dejando
que me acoja hasta que se me olvide mi propio nombre.

Capítulo 11

Soledad

Me despierto y, cuando estiro el brazo sobre la cama para buscar a Amaury, noto las sábanas frías bajo mis dedos, lo que me hace sentarme rápidamente. Miro hacia el suelo, donde dejó la ropa anoche, y ya no está.

Se ha ido.

Debería haber sabido que se acostaría conmigo y luego desaparecería. Me meto la cara en la almohada y suelto un grito ahogado. *Qué estúpida soy.*

Después de ponerme la bata, me dirijo al cuarto de baño y me miro en el espejo. *¿Qué te pasa?* me susurro. ¿Por qué atraigo a hombres así, que sólo se interesan por sí mismos? Se me saltan las lágrimas y me permito sentirme sombría. Al menos he aprendido pronto qué tipo de hombre es y me he ahorrado disgustos.

Después de unos minutos, me lavo los dientes, me echo agua en la cara y me dirijo a la cocina. Cuando me acerco a la cafetera, veo una nota escrita a mano.

Salí a correr - nos vemos luego.

Besos,

—A

Supongo que mi crisis no sirvió para nada. Pensé

que había soportado ser humillada y abandonada por otro hombre. Pero, por una vez, me equivoqué. Sonrío, pensando en él y en lo bien que me hizo sentir. Cuando me siento a tomar el café y agarro el móvil, veo un mensaje suyo.

Amaury: Muñeca, te veías hermosa durmiendo esta mañana y no quise molestarte.
¿Nos vemos luego?

Sus palabras hacen revolotear a las mariposas en mi estómago. Al principio me resultaba raro que me llamara muñeca, y no estaba segura de cómo me sentaría, pero me ha ido gustando. Claro que quiero verlo.

***

Amaury me llamó antes para preguntarme si quería acompañarlo a casa de su amigo. Van a tener una reunión, algo que me dijo que hacen al menos una vez al mes. Inicialmente no estaba segura, pero oía la voz de Melida diciéndome que no me lo pensara demasiado. Mientras conducimos hacia el sur por la autopista Palmetto, Amaury apoya la mano en mi pierna y frota los dedos pulgar e índice con un movimiento de vaivén

—Te advierto que mi amigo Alain está siempre jodiendo, es el gracioso del grupo. Tú eres nueva, así que hará bromas sobre mí, y puede que sobre ti también. Pero sólo está jugando, no le hagas caso.

Genial. Ya estoy super nerviosa por conocer al

círculo de Amaury. Su familia no vive aquí, así que sus amigos son lo más parecido. Seguro que me pondré roja cuando Alain empiece con las bromas. No se me da bien estar en el punto de mira, y no me gusta que me presten atención, como ocurrirá esta noche, ya que soy la chica nueva infiltrada en el grupo. Recuerda respirar, Sol.

—Listo. Lo tendré en cuenta cuando esté nerviosa. Suelo ponerme nerviosa en situaciones nuevas con gente que no conozco —digo, revolviéndome el pelo mientras miro por la ventana.

—Recuerdo que cuando nos conocimos eras callada. Ahora te conozco, y no tanto —añade, con una sonrisa que se extiende por su rostro.

—¿Es tu forma de decirme que hablo demasiado? —pregunto, golpeándole la mano.

Sacude la cabeza.

—Me encanta oírte hablar, tu acento… me excita —confiesa, tirando de su labio inferior bajo los dientes. Saber que se excita cuando le hablo hace que mi vientre se revuelva de deseo.

—Eres hermosa cuando te sonrojas. Es la misma cara que tenías cuando tuviste un orgasmo anoche. —El corazón me late en el pecho y se me acelera la respiración al pensar en los recuerdos de anoche: él llevándome al orgasmo con sus manos, su boca y su cuerpo. Lo miro brevemente y sonrío antes de girarme para mirar por la ventana, retorciéndome los rizos entre los dedos.

Estacionamos frente a la casa y agarramos las cervezas y otros víveres del baúl.

—¿Estás lista? —pregunto.

—Tan lista como se puede estar —respondo, forzando una sonrisa. Tengo la barriga tensa por los nervios.

En lugar de entrar por la puerta principal, damos la vuelta por el lateral de la casa y el patio trasero está lleno. Tiene que haber al menos veinte personas aquí detrás. La música rock suena a todo volumen por los altavoces. Aún no me acostumbro a que a Amaury y a sus amigos les guste el heavy metal y el rock. No sé por qué, pero no es algo que me imaginara, por muy equivocado que esté. Asumí que, porque son latinos, les gusta la música latina como la salsa o el reggaeton. Qué equivocada estaba.

Al entrar en el patio, veo una cocina completa debajo de un saliente y dejamos la cerveza y la compra en el mostrador.

—Oye, mi hermano, qué vuelta —dice Alain. Es un saludo que nunca había oído hasta que me mudé a Miami y que usan sobre todo los cubanos. Es curioso que, a pesar de hablar el mismo idioma, tengamos tantas diferencias.

—Esta es la jeva, Sol —dice Amaury. ¿Jeva? Creo que significa novia, pero no estoy segura, tendré que preguntarle.

—Hola. Encantada de conocerte —le digo tendiéndole la mano.

—Sólo está contigo porque no la conocí primero. Todos sabemos que yo sería su primera opción —dice Alain riéndose mientras me abraza. No me esperaba un abrazo, pero intento que sea lo menos incómodo posible y le devuelvo el apretón. Cuando me separo de él, una mujer rubia y bajita está a su lado.

—Por fin, Amaury tiene novia. Pensábamos que estaría solo para siempre —grita—. Me llamo Zamira pero llámame Rubi. —Se agarra un puño de pelo rubio, diciéndome esencialmente que ese es su apodo porque es rubia—: La mujer de Alain —dice, presentándose como la chica de Alain mientras hace un gesto hacia su derecha antes de tirar de mí para abrazarme.

—Encantada de conocerte —respondo, apretándole la espalda. Me siento tan bienvenida, y acabamos de llegar, lo que me tranquiliza un poco. Amaury me había dicho que sus amigos serían así, y que enseguida me harían sentir parte de la familia. Con cada saludo que pasa, el manojo de nervios de mi barriga se afloja.

—Hola, Sol, me alegro de volver a verte —dice Eduardo, y me deja un beso en la mejilla.

—Yo también me alegro de verte, Eduardo. Es bueno ver una cara conocida —le digo.

—Quien sabe lo que Sol ve en este tipo, por algo lleva soltero toda la vida —dice Alain echando la cabeza hacia atrás entre risas mientras le da una palmada en el hombro a Amaury. Amaury no mentía cuando decía que su amigo es un bromista.

—Mala hoja —grita otro tipo sentado detrás de mí. Cuando me doy la vuelta, se está riendo mientras se alza el pelo en una coleta. ¿Qué diablos significa eso? No entiendo toda la jerga cubana. Tendré que preguntárselo también a Amaury.

—Pregúntale a la socia si soy mala hoja —dice Amaury, y luego se inclina hacia mí. ¿Por qué les dice que me pregunten? Ni siquiera sé de qué están hablando—. Diles muñeca. Roberto parece creer que soy mala hoja… —me dice, mientras me besa en la sien y me abraza de lado mientras señala a Roberto, que ahora lleva el pelo en una coleta baja.

—Umm. No entiendo lo que dijo. ¿Qué significa mala hoja?

Amaury se ríe antes de susurrarme al oído:

—Significa que soy malísimo en la cama. Pero después de lo de anoche, creo que ya sabes que no es verdad. —Siento las mejillas encendidas mientras las risas llenan el espacio que nos rodea. Voy a tener que tener la piel más gruesa para estar con esta pandilla—. Si tienes dudas, puedo refrescarte la memoria un poco más tarde. —Termina y me pellizca la mejilla con los dientes.

No me cabe duda de que anoche me hizo vibrar. Sacudo la cabeza y miro a Amaury, con la barriga revuelta por la emoción de pensar en lo increíble que me hizo sentir. Desde el momento en que nos conocimos he sentido esa conexión con él, pero la he mantenido a raya debido a mis propias inseguridades sobre mi pasado. Me sentía bien y sabía que pedirle que me llevara a la cama era la decisión correcta.

Fue suave y adoró mi cuerpo mientras me desnudaba lentamente. Las palabras y los movimientos de Amaury eran asertivos, pero se aseguraba de que fuera yo quien tomara las decisiones. Sus caricias y susurros calmaron el tren de carga de pensamientos que corrían por mi mente, permitiéndome apreciar plenamente las emociones y sensaciones de tener a Amaury dentro de mí. Mientras él entraba y salía de mí, mi mente se despejaba y la sensación desinhibida de disfrutar el uno del otro era algo que nunca había sentido. Ver cómo se le ponía la piel de gallina a Amaury mientras se deshacía fue muy satisfactorio. Apenas dormimos anoche mientras Amaury me hacía el amor una y otra vez. Es como si no pudiéramos saciarnos el uno del otro.

—Dejen de molestar —grita Rubi—. No les hagas caso a estos tipos; nunca hablan en serio. —Sus palabras se inmiscuyen en mis recuerdos y agradezco que les haya pedido que la lleven suave conmigo.

—¿Y jeva? ¿Por qué me llamaste así? —le susurro a Amaury.

—Novia, mi hermosa muñeca —responde, acercándome a él y posando sus labios sobre los míos. Sonrío bajo sus besos.

—Me gusta —digo, besándole castamente antes de separar nuestros cuerpos. Él se va a reunirse con sus amigos y yo me apoyo en la pared, observando a todo el mundo.

A la derecha hay una mesa cuadrada en la que cuatro personas juegan al dominó, golpeando sus fichas y mostrando una interacción bulliciosa. He visto a gente jugar, pero no sé cómo. Sé que jugar al dominó es popular en las islas del Caribe, así que no me sorprende ver un partido.

—¿Tienes hambre? —pregunta Rubi. Se vuelve hacia el mostrador y yo me alejo de la pared para seguirla—. Hay arroz moro y yuca. El Puerco todavía está en la caja china —dice. La mezcla de arroz y frijoles negros hechos todos juntos tienen un aspecto delicioso. La yuca es algo que probé por primera vez en Miami, pero cada vez me gusta más. Es parecida a la papa, pero sabe diferente, mejor. En el restaurante cubano donde comí la preparan con mojo, un adobo a base de aceite que se vierte sobre la yuca después de hervirla.

—¿Qué es la caja china? —le pregunto. Sé que dijo cerdo, pero no sé qué es la caja que mencionó. Me agarra de la mano y me arrastra hacia la caja. En la parte delantera dice:

—Caja para asar La Caja China.

—Eso. —Señala la caja—. Es donde cocinamos el cerdo. Está delicioso y casi listo. Cuando Alain lo saque, lo pondrá en esta mesa. —Señala la mesa a la izquierda de la caja de asar—. Y todo el mundo acudirá aquí, como las moscas. —Se ríe al hacer la referencia.

***

Después de comer, la mayoría nos sentamos alrededor de la mesa mientras unos pocos siguen jugando al dominó. Me he desconectado un poco de la conversación porque hablan entre ellos en jerga cubana y muy rápido, hasta el punto de que no entiendo la mayor parte de lo que dicen. Saco el móvil del bolsillo trasero y veo varias llamadas perdidas de un número desconocido. Cada vez son más frecuentes y empiezo a ponerme nerviosa.

—¿Qué te parece, Sol? —me pregunta Alain,

interrumpiendo mis pensamientos.

—Uhh… —Deslizo mi teléfono en mi bolsillo trasero—. No estoy segura —respondo, encogiéndome de hombros mientras desvío la mirada de Alain y miro a Amaury—. No entiendo de qué están hablando.

—¿No hablas español? —pregunta Alain, con los ojos muy abiertos.

—Sí, lo hablo, pero no estoy familiarizada con la jerga cubana y ustedes hablan muy rápido, así que no entiendo lo que dicen. —Mis dedos empiezan a revolver los rizos que cuelgan de mi hombro. Me siento como una idiota diciéndoles que no tengo ni idea de lo que están hablando. Las pocas veces que Amaury y yo hemos hablado en español, no lo hace tan rápido conmigo como con sus amigos. Debe ser la familiaridad que tienen entre ellos.

Siento que todas las miradas están puestas en mí desde que llegamos, sobre todo después de confesar que no entiendo su conversación. En un intento de cambiar esos sentimientos, le pregunto a Amaury:

—Y, ¿desde cuándo son amigos? —Señalo de izquierda a derecha a sus amigos sentados alrededor de la mesa.

—Toda la vida —responde Amaury con una sonrisa de oreja a oreja mientras cuenta de su amistad—. Todos nos criamos en el mismo barrio en Cuba. Roberto era uno de los que iban conmigo en la balsa. Eduardo y Alain también vinieron en balsa, pero se fueron unos días después que nosotros. Nos encontramos todos en Guantánamo.

—Es increíble que sean amigos desde hace tanto tiempo.

—Alain estaba muy unido a mi hermano menor, pero éramos un piquete —dice Amaury.

—¿Piquete? —pregunto, confundida por el uso de otra palabra.

—Grupo de amigos —añade Alain.

Empiezan a contar historias de su estancia en Guantánamo y aprovecho para ir al baño.

—¿Dónde está el baño? —le pregunto a Amaury en voz baja.

Señala la puerta a nuestra derecha.

—Por ahí, primera puerta a la izquierda.

—¡No tupas el inodoro! —grita Alain cuando me levanto de mi asiento, con los ojos desorbitados, provocando que todos estallen en carcajadas. Estoy tan avergonzada por su insinuación de que voy a atascar el inodoro después de ir al baño. Ni siquiera puedo girarme para mirar a todos. Mi corazón late rápidamente en mi pecho mientras corro hacia la puerta y me encierro en el baño.

Una vez dentro, me apoyo en el tocador y miro mi reflejo: tengo las mejillas sonrojadas, de un rojo intenso. Amaury no bromeaba cuando dijo que sus amigos son muy sarcásticos y chistosos. ¡Dios mío! No estoy acostumbrada a nada así, pero si nuestra relación continúa, tendré que aprender a llevarlo mejor. Espero que cuando conozca mejor a todo el mundo sea más fácil.

Después de ir rápidamente al baño, oigo que tocan a la puerta mientras me lavo las manos.

—Sol, soy yo. ¿Estás bien? —Uso la toalla para secarme las manos y abro la puerta. Él empuja la puerta, entra y cierra tras de sí.

—Hola. Sí, ¿por qué no lo estaría?

—Mis amigos son… pesados. Demasiado a veces con sus bromas. Quiero asegurarme de que no te molesten demasiado. —Me pasa el cabello por detrás de las orejas y me levanta la barbilla para que le mire a los ojos. Tiene las comisuras suaves y los labios ligeramente fruncidos.

—Me caen bien, son agradables. Pero sí, no estoy acostumbrada. Ya cambiaré de opinion.

Amaury me besa, sus labios suaves y cálidos, su barba insipiente rasposa arañándome la piel.

—¿Nos vamos? —pregunta, sus labios se ciernen sobre los míos—. Podemos ir a mi casa.

Asiento, contenta de que me haya preguntado si quiero irme, mientras le mordisqueo y chupo el regordete labio inferior.

—Vámonos —dice, abriendo la puerta y agarrándome de la mano al salir.

＊＊＊

Una hora más tarde, entramos en la entrada para coches de la casa de Amaury en la avenida Royal Palm. Los dos vivimos en Miami Beach, pero la zona en la que yo vivo está llena de edificios pequeños, mientras que esta zona es un barrio tradicional con casas independientes. Es una zona preciosa.

142

Una vez que Amaury abre la puerta principal, ésta se abre a un vestíbulo, con unas escaleras inmediatamente a mi derecha y tres habitaciones separadas por vigas arqueadas. La primera es una sala con sofás blancos, seguida de un comedor con una mesa de madera que se extiende a lo largo de la habitación. Más allá hay una sala Florida con más sofás que dan al patio trasero. La sala Florida es amplia, con claraboyas y más ventanas que paredes. A la derecha del comedor y la sala Florida hay una cocina con una gran isla en el centro.

—Tu casa es preciosa —le digo mientras observo su hogar. Las paredes están adornadas con obras de arte que representan diferentes playas, con una pared marcadamente diferente de las demás con sus imágenes de edificios y coches antiguos.

—Me gusta, pero me siento solo en esta casa tan grande —dice con una sombría sonrisa en su hermoso rostro.

—¿Vives solo?

—Sí, con todas mis plantas y flores. —Señala las plantas colocadas alrededor de las habitaciones que acabamos de recorrer. Plantas al pie de los escalones, colocadas en las esquinas y debajo de las ventanas. Sorprendente, aunque no sé por qué. Sólo son plantas.

—Me encantan. Yo mato todo así que estoy impresionada, sobre todo teniendo en cuenta que soy conocida por matar hasta un cactus—. Me encojo de hombros, mientras rozo las hojas de la planta que tengo delante.

—Eso es una mentira. Sólo necesitas aprender,

muñeca. Ven, te enseño el patio.

Lo sigo a través de las puertas francesas de la sala Florida y veo el patio, largo y ancho, con una brillante piscina iluminada de azul en el centro, dos tumbonas en cada una de las esquinas de la piscina más cercanas a nosotros. A lo largo del perímetro del patio rectangular hay varias palmeras con arbustos Ficus que cubren todo el patio detrás de ellas. Las hojas de las palmeras al frente del cielo nocturno iluminado por el sol poniente, algunos remolinos de nubes en el cielo iluminado por el fuego.

—Mis orquídeas —dice mientras nos acercamos a las palmeras de la izquierda. Señala una orquídea de color rosa intenso que crece en el lateral de la palmera y, a continuación, la orquídea morada que crece en la palmera de al lado. Entonces me doy cuenta de que cada palmera del jardín tiene una orquídea: roja, amarilla, azul, blanca y naranja.

—¿Cómo consigues que crezcan así? —Me fascinan las flores de colores vibrantes que crecen en los troncos de los árboles.

—Los amarro en el tronco con un trapo viejo. Eso ayuda a la orquídea a echar raíces y al final la orquídea vive sola. —Nunca se me habría ocurrido atar una orquídea a un árbol para que creciera. Qué interesante.

—Me gusta que eres amante de las plantas.

—Sí, ¿por qué? —pregunta, volviéndose hacia mí, con una sonrisa ladeada. Debería haber sabido que querría saber por qué.

—Porque demuestra que te preocupas por las cosas, que eres cariñoso, afectuoso y tienes paciencia.

—Bueno, no soy bueno con la paciencia, pero sí me gusta cuidar las cosas que amo —proclama, sus palabras casi un susurro mientras se acerca a mí, arrastrando el dorso de su mano por mi mejilla. Me trago el nudo que se me hace en la garganta, intento disimular mi sorpresa al verle mostrar un lado más suave con su confesión de que le gusta cuidar las cosas que ama. Cuando creo que Amaury va a besarme, da un paso atrás y se sube y se quita la camisa.

—¿Qué haces? —pregunto mirando a mi alrededor. No responde a mi pregunta. Se acerca a la piscina, se quita los zapatos, empieza a desabrocharse los jeans, se los baja y se los quita. Me arden las mejillas al verle quitarse los calcetines y, por último, los calzoncillos. Aprieto las piernas, el cosquilleo se extiende desde mi interior. Su piel marrón dorada resplandece, incluso con el cielo casi oscuro.

Amaury salta a la piscina, sale con el agua goteando de sus mechones oscuros y se coloca junto a la pared opuesta a la mía. Estira los brazos a lo largo de la pared, con el pecho reluciente por el agua. —Ven —me dice.

Trago saliva.

—¿Quieres que nade desnuda?

Capítulo 12

—¿Y si alguien me ve? ¿Nos ve? —pregunta, escudriñando el patio. Se rodea el torso con los brazos, como si ya estuviera desnuda.

—Nadie te verá —le digo, relamiéndome los labios a medida que aumenta mi deseo por ella. Señalo los setos de Ficus que rodean el patio y ella levanta la vista hacia los arbustos que rodean mi propiedad, espesos y altos, protegiendo el patio de miradas indiscretas.

—En Cuba, todo el mundo sabe todo lo que haces. No hay privacidad —le explico.

—¿No hay privacidad? —pregunta arrugando la nariz.

acudo la cabeza.

—Cada barrio tenía un chivatón, alguien que contaba al gobierno todo lo que hacíamos. El chivatón recibía mejor trato por ser agente del gobierno. Otro método de control del gobierno cubano —le digo. Sus ojos se abren de par en par, como cada vez que le cuento algo de mi vida en Cuba. Su rostro refleja incredulidad. Habiendo crecido aquí, en Estados Unidos, con las comodidades que ofrece este país, le resulta difícil entender, para cualquiera que no sea cubano, cómo sufríamos y vivíamos—. Fue el chivatón del barrio el que nos delató cuando intentamos irnos en una balsa antes de la vez en que realmente salimos. Pasamos unos días en la cárcel hasta que el padre de Roberto nos sacó. —Era la miseria en su máxima expresión.

—Guau. —La palabra es apenas audible.

—Cuando me mudé aquí, después de la libertad lo único que quería era privacidad. —Lo primero que hice tras comprar esta casa fue colocar árboles alrededor del perímetro de la propiedad. Ahora los Ficus miden más de tres metros y es lo que más me gusta de mi jardín: estoy protegido del mundo exterior.

—Eso tiene sentido —susurra mientras sus ojos escudriñan el patio.

—Dale, el agua está caliente. Te estoy esperando. —Salpico la superficie del agua con las manos, llamándola para que se una a mí.

Sol busca de nuevo en el patio y frunce los labios. Se acerca a la tumbona y deja caer la bolsa sobre ella. Cuando sus ojos se cruzan con los míos, se quita las sandalias y se desabrocha los vaqueros, dejándolos caer al suelo. Lleva pantis rojos ajustadas a sus curvilíneas caderas. Veo cómo sus manos cogen el dobladillo de la blusa y tiran de ella hacia arriba, por encima de sus largos rizos. Se quita un tirante y luego el siguiente, desabrochando el sujetador beige de la parte delantera.

Sus pechos caen por el peso, la piel rosa oscura que rodea sus pezones se eriza y ella se menea la ropa interior sobre sus gruesos muslos. Trago saliva y noto cómo crece mi erección. Quiero devorar a esta mujer; sus curvas me vuelven loco. Mientras se acerca lentamente al agua, recuerdo el peso de su cuerpo sobre mí la noche anterior mientras me cabalgaba, arrancándome el orgasmo. No hay sensación que me guste más que el peso de una mujer sobre mí mientras la lleno. Nunca me había sentido tan vivo como con ella anoche. Su lado tímido desapareció cuando nos quedamos solos y desnudos en su cama.

Entre mis recuerdos de anoche y la hermosa mujer que se sumerge en el agua, estoy duro como una roca y siento que estoy a punto de explotar. Me arden las entrañas y necesito que ella apague las llamas. Cuando está en el segundo escalón y el agua le llega a la mitad de las pantorrillas, se detiene en seco. Oigo la vibración de su teléfono y veo cómo sus hombros se tensan sutilmente. ¿Por qué el sonido de su teléfono la haría paralizarse así? Sus hombros se suavizan cuando el teléfono deja de vibrar. Da los últimos pasos hacia el agua y se detiene en el fondo, con el agua en el vértice de los muslos. Tiene los pezones duros y la piel que aún no está en el agua está erizada por el frío que siente después de sumergirse.

Cruzo la piscina hasta donde están mis jeans y saco un condón del bolsillo. Tras vadear las escaleras, me siento en el último escalón. Sol se vuelve para mirarme mientras abro el pequeño paquete de aluminio. Se queda boquiabierta mientras me pongo el condón.

—Ven —le digo, llamándola hacia mí. Con las piernas a horcajadas sobre mí, baja hasta que la lleno. Una vez dentro, la agarro por las nalgas para sujetarla mientras nuestros cuerpos se mueven al unísono.

∗∗∗

Estamos acostados en las tumbonas, con la música sonando por los altavoces. Puse música antes y Sol ofreció su lista de reproducción aleatoria. Ahora mismo suena *She Will Be Loved* de Maroon 5.

—Me encanta este disco —dice, girándose hacia mí y enredando sus piernas con las mías.

Sol lleva mi camiseta, que le llega a la altura de los muslos. Ella entró antes por un vaso de agua y me la comía con los ojos mientras cruzaba el patio porque he visto un poco de sus pantis rojos y me dieron ganas de arrancárselas y follármela otra vez. Después de hacerle el amor, me dijo que no tenía por qué volver a vestirse. No hubo ninguna objeción por mi parte cuando se puso mi camiseta gris oscura por encima de la cabeza. No me malinterpretes, me encanta cómo sus vaqueros le abrazan el culo, pero disfruto más cuando su piel cálida y radiante está expuesta y lista para mí.

—Es un buen disco —le digo. Sus pies rozan los míos y me mira con una sonrisa pícara.

—¿Te divertiste esta noche? —pregunta, antes de dar un sorbo a su agua.

Asiento. Estaba nervioso por llevarla a casa de mi amigo, aunque más por ella que por mí. Sé lo intensos que pueden ser cuando bromean y no estaba segura de cómo lo llevaría Sol. Lo hizo bien para ser la primera vez y estoy orgullosa de ella. Además, mis amigos la adoraron, como esperaba.

—¡Sí, mucho! ¿Y tú?

—Me gustan mucho tus amigos —me dice. Su

dedo roza la planta de mi pie con un lento movimiento de arriba abajo—. Pero hablan demasiado rápido cuando están todos juntos. Entre eso y vuestra jerga cubana, no entendía mucho de lo que conversaban.

—Pronto te acostumbrarás. — Sonrío, luego beso la punta de su nariz y tiro de su labio inferior entre los míos.

Se aparta.

—Tengo hambre —dice—. ¿Tienes algo que podamos comer?

—Tal vez, no sé. —No estoy seguro de lo que hay en mi cocina. No he ido a comprar comida en más de una semana.

Se levanta de un salto y corre hacia la cocina, y yo la sigo, observando cómo le rebota el culo. Encuentro chips de plátano, abro la bolsa y los echo en un cuenco. Sol coge un puñado y empieza a crujir.

—Nunca los había comido hasta que me mudé a Miami —me dice.

—Las mariquitas son mis favoritas. En Cuba, las hacía mucho en mi casa porque los plátanos son algo que comíamos mucho.

—Mientras tanto, apenas los he comido, bueno al menos hasta que me mudé aquí. Ahora los como mucho —proclama, y se levanta para sentarse en la mesada. La miro, con sus rizos cayendo en cascada alrededor de su mandíbula cuadrada.

—Muñeca, me tienes loco —murmuro, agarrándome a sus curvilíneas caderas y atrayéndola hacia mí, dejándole caer besos por el cuello. Debe de saber que me está volviendo loco, porque me rodea con las piernas prácticamente desnuda.

Es curioso, en ese momento empieza a sonar *Brujería* de El Gran Combo de Puerto Rico porque la letra coincide con mis pensamientos. ¿Qué me ha hecho esta mujer? Parece brujería. Me tiene loco y enamorado.

—¿Tienes música salsa en tu lista de reproducción? —pregunto, intentando calmar mis erráticos pensamientos.

Ella asiente y salta del mostrador.

—Me encanta. Ojalá pudiera bailar mejor. —Extiende la mano—. Vamos, bailemos ahora y me enseñas algunos de tus movimientos. —Echa la cabeza hacia atrás riendo.

—No soy un buen profesor. Tienes que sentir la música, escuchar los ritmos. Cuenta mientras pisas. Uno, dos, tres, y luego repite. —Me agarro a su cadera tirando de ella hacia mí y envuelvo su mano derecha en la mía—. Escucha, cuenta y sigue.

Mientras nos movemos al ritmo de la música, los ojos de Sol observan sus pies con concentración, sin dejarse llevar por la música, lo que la desconcierta.

—Sol, deja que la música te lleve —le digo. Si dejara que la música la guiara, los ritmos le dirían a su cuerpo cómo debe moverse—. Piensas demasiado. Deja que la música te lleve, tu cuerpo te seguirá.

—Para vos es fácil decirlo. Tienes talento natural para esto —resopla, frustrada.

—Empieza otra vez la canción, pero esta vez, déjame ver tus ojos mientras bailamos. —Sol hace lo indicado y, cuando no está pensando en cómo bailar, se mueve bien y me deja guiarla en los giros y vueltas.

—Deja que cambie la lista de reproducción y ponga sólo música salsa para que podamos bailar un poco más —dice, corriendo por la habitación para coger su teléfono.

Tras unas cuantas canciones en las que nuestros cuerpos se rozan y sus pezones se hacen visibles bajo la suave camiseta de algodón, ya no puedo controlar la opresión de mis vaqueros. Si estoy leyendo correctamente el lenguaje corporal de Sol, ella también está lista para mí otra vez.

Sol se acerca a grandes zancadas al sofá y se tira sobre los cojines blancos, tirando de mi camisa gris hacia arriba y quitándosela, dejándola desnuda salvo por la ropa interior roja de encaje que se extiende sobre su piel.

—Amaury —dice, mientras levanta las piernas dejando que sus manos se arrastren por el interior de sus muslos.

—Dime, muñeca —necesito que me diga lo que quiere de mí, pero mis palabras apenas son un susurro cuando salen de mis labios. Con cada movimiento que hace, con cada palabra que sale de sus labios, caigo más bajo su hechizo.

Capítulo 13

Soledad - Dos meses después

Hoy es mi primer día en la oficina después de terminar un juicio con jurado de dos semanas en el que fui la intérprete principal de la defensa. El jurado emitió su veredicto y el cliente fue declarado inocente. El caso se centraba en el tráfico de drogas y la persona juzgada se enfrentaba a cadena perpetua. Es un gran acontecimiento aquí en Miami, ya que había cámaras de noticias por todas partes, incluso dentro de la sala del tribunal.

Estoy sentada en mi oficina cuando el nombre de Melida aparece en mi teléfono.

—Hola Mel, ¿qué tal?

—¡Te acabo de ver en la tele! —Mi espalda se pone rígida.

—¿Qué? ¿Dónde?

—En la CNN. Estabas en el tribunal y hablaban del caso en el que el tipo fue declarado inocente. No paraban de mostrar el vídeo en el que aparecías junto a él.

—El pánico se apodera de mí cuando Melida me dice que me vio en la CNN.

—Esto no puede estar pasando. No puedo estar en televisión nacional. —Me desplomo en mi silla. Había muchas cadenas de noticias allí, pero todas eran locales. Nunca imaginé que sería noticia nacional.

—No pasa nada. Es un clip como de cinco

segundos.

—Sí, un clip de cinco segundos que dijiste que la cadena seguía mostrando. —Mi respiración se acelera cuando empiezo a pensar en quién podría haberlo visto, principalmente Carmine.

—Oye, Sol, ¿estás bien?

—Estoy flipando, Mel. No voy a mentir. ¿Y si Carmine lo ve?

—Estás enloqueciendo sin razón. Estás a salvo, ya no estás en Boston y sólo porque tu cara salió en la televisión en un tribunal, no significa que él pueda encontrarte. Respira. —Tiene razón, pero no me hace sentir mejor.

—Sol. Para. Ya sé lo que estás haciendo. No lo pienses demasiado. Cambiemos de tema. El viernes no puede llegar lo suficientemente pronto. Los próximos dos días se me van a hacer eternos.

—Estoy muy emocionada de verte —digo, intentando convencerme—. Aunque he hecho una amiga, no es lo mismo sin ti.

—No importa cuántos amigos hagas, siempre me extrañarás porque soy yo. — Se ríe entre dientes.

—Definitivamente eres única, Mel.

—De todos modos, mi vuelo llega el viernes por la tarde, a las cinco cuarenta y cinco. ¿Adónde iremos después de que me recojas? —Sé que Mel tiene buenas intenciones, intentando cambiar de tema, pero va a hacer falta algo más que el encanto habitual de Mel para que mi ansiedad por Carmine se silencie.

—No estoy segura, pero tendré algunas ideas para

nosotras cuando te recoja.

Cuando Mel y yo terminamos la conversación, decido que tengo que hablar con Lily. Quiero averiguar sobre la posibilidad de hacer menos trabajo de juzgado durante las próximas semanas, si es posible. Cuando llego a la oficina de Lily, su puerta está abierta, así que toco dos veces antes de entrar.

—Hola, Sol. Nuestros teléfonos han estado sonando toda la mañana después de que nuestra empresa fuera identificada en el periódico. —Genial, ahora el nombre del lugar en el que trabajo también se dio a conocer.

—Precisamente de eso quería hablarte —digo, mis palabras no son tan firmes como quisiera. Estoy nerviosa. Aún soy nueva aquí y no estoy segura de cómo debo abordar este tema con ella. Por un lado, sé que es buena amiga de mi última jefa y probablemente la razón principal por la que he conseguido tanto trabajo. Pero, por otro lado, Lily no me conoce, así que no estoy seguro de cómo recibirá la petición de que trabaje menos en el tribunal debido a un drama personal. Me detengo detrás de la silla y me apoyo en ella.

—La clienta dijo que hiciste un trabajo de interpretación increíble en ese juicio. Ya me ha dicho que le gustaría utilizarte en exclusiva para todas sus audiencias y casos futuros. —Genial, ahora no puedo decir nada. Tendré que aguantarme y ver cómo manejar esto. Estar alerta.

—Vaya, es muy amable la clienta. Me alegro mucho de que esté contenta con mi trabajo. —Le doy una sonrisa que sé que no es sincera.

—Sol, eres excelente en lo que haces, por supuesto que está encantada contigo. Todos los encargos que te he hecho han vuelto con comentarios increíbles sobre tus habilidades como intérprete. Eres fácilmente uno de las mejores empleadas que he tenido. —Mi sonrisa se ensancha.

—Gracias, Lily. Viniendo de ti, significa mucho.

—¿De qué querías hablar? —pregunta, reclinándose en su silla.

Me trago las palabras que tengo en la lengua.

—Quería asegurarme de que sabías que la CNN transmitió la cobertura y mostró un clip mío junto al acusado. No estoy segura de sí dieron el nombre de la empresa, pero mi amiga de Boston llamó para decirme que me había visto. —Mi sonrisa se va apagando, espero que Lily no se dé cuenta.

—Excelente. Más exposición para nosotros nos asegura un negocio continuado.

—De todos modos, casi he terminado de traducir los contratos para el caso Neville. Debería tenerlos al final del día. —Giro para volver a mi oficina y me trago el nudo que tengo en la garganta.

—Gracias, Soledad —dice Lily.

***

El resto del día en la oficina se me hizo interminable, a pesar de que me mantuve ocupada con las traducciones de los contratos. Lo único en lo que podía pensar era en la llamada de Melida y en que me viera en las noticias. Busqué un rato en Internet a ver qué encontraba. Algunos de los periódicos locales de Miami me identificaban como una intérprete de *Miami Language Solutions* pero no he visto ninguno con mi nombre. No es que haya diferencia, se ve claramente mi cara y ahora todo el mundo sabe dónde trabajo. Todo esto empezaba a darme dolor de cabeza, así que me fui temprano en busca de sol y aire fresco.

Ayer Amaury y yo hicimos planes para que viniera después del trabajo. Si estoy siendo sincera, no me apetece tener compañía porque se va a dar cuenta de mi estado de ánimo, notará que no soy yo misma. Desde que colgué con Melida he estado temblorosa y nerviosa. Tampoco estoy lista para hablar de Carmine con Amaury, pero si lo cancelo, él sabrá que algo pasa. Es perspicaz y me lee como un libro abierto. Necesito sacudirme esto. Espero que un buen vaso de vino me ayude a relajarme.

De camino a casa pasé por la licorería para comprar un par de botellas de vino, aunque Amaury no bebe, aunque me gustaría que lo hiciera. Beber sola cuando él está conmigo no es tan agradable y me he dado cuenta de que bebo menos. Una vez me lo hizo notar y lo achaqué a que no me apetecía beber más esa noche, pero no era del todo cierto. La única razón por la que no me apetecía beber más era porque él estaba conmigo. De todos modos, tal vez sea algo bueno.

Decidimos pedir sushi para cenar, algo que él nunca ha probado. No estoy segura de cómo puede ser, pero aquí estamos. Espero que le guste. Hay un sitio de sushi a unas cuadras de mi apartamento que se ha convertido rápidamente en uno de mis favoritos. Probablemente les pido una vez a la semana porque cuando llamo para hacer un pedido la mujer que contesta al teléfono me reconoce y conoce mis favoritos.

Lo primero que hago al llegar a casa es servirme una copa de vino, un buen Riesling recomendado por la mujer que trabaja en la tienda. Pongo una de mis listas de reproducción en modo aleatorio y estiro las piernas para apoyarme en la mesita. Pienso en Carmine y en el vídeo de la CNN. Es imposible que no se entere. Conoce a todo el mundo en Boston y seguro que alguien le dirá algo. Sé que es él quien me hace todas esas llamadas desconocidas y cuando se entere de que estoy aquí, no sé qué hará. No estoy segura de cómo afrontarlo, sobre todo porque estoy aquí sola.

La llamada a mi puerta me devuelve al aquí y ahora. Antes de abrir, me miro en el espejo situado a la derecha de la puerta principal y respiro hondo. Tengo que sacudirme esta sensación.

—¿Quién es? —pregunto, aunque sé que es él. Lo único que no me gusta de este apartamento es que no hay mirilla en mi puerta.

—Amaury —responde, y yo abro rápidamente la puerta. Tiene el cabello largo y el flequillo le cuelga sobre el ojo derecho.

—Hola —digo, abriendo la puerta.

—Hola, muñeca. —Me abraza y cierra la puerta de una patada mientras nuestros labios chocan.

Profundamente.

Apasionadamente.

Con fervor.

Le correspondo, cada caricia de su lengua aumenta el calor y enciende mi deseo por él. Estira el brazo para cerrar la puerta con seguro mientras continúa su avalancha de besos. Antes de que me dé cuenta, estamos en mi habitación y me levanta sobre la cama.

Cuando ya no me besa la boca, sus labios se arrastran por mi cuello, por mis pechos, por la piel que ha dejado al descubierto al levantarme el vestido, hasta que tira del elástico de mi ropa interior entre sus dientes. Amaury cae de rodillas ante mí, y yo me ajusto apoyándome en los codos. Estoy a punto de levantarme para quitarme la ropa interior cuando él me la arranca y la tira a un lado. Sus dientes me pellizcan el interior de los muslos, la barba incipiente que le crece en la cara me araña la piel y me retuerzo bajo sus caricias. Mientras explora, enredo los dedos en su espesa y sedosa melena.

Su lengua hace círculos mientras se acerca a mi vértice y mi corazón se acelera. Amaury chupa, remueve y lame. Sus dedos y su lengua chocan entre sí, ambos con el mismo objetivo. Se me escapa un gemido y tiro de sus mechones al mismo ritmo que él.

✻✻✻

—Bueno, es un bonito saludo. ¿Me extrañaste? —Me burlo. Estoy tumbada en la cama, sumida en una bruma de pasión.

—Siempre te extraño, muñeca—. Me dedica una sonrisa ladeada.

159

—Una chica puede acostumbrarse a saludos así.

—Te lo doy todos los días, si me dejas —exclama antes de subirse a la cama. Su boca reluce, pero antes de que pueda decir nada, sus labios están sobre los míos. Me retuerzo para separarme de él.

—¡Qué asco!

—Nada de asco —responde—. Me encanta tu sabor. —Su mirada esmeralda es intensa mientras una sonrisa se extiende por su bello rostro.

Encuentro su camiseta, me la pongo, me pongo unos pantis limpios y me dirijo a la cocina.

—Vamos a comer, me muero de hambre —digo al salir.

Estamos en la mesada de la cocina comiendo sushi y la mirada de Amaury me dice que no le gusta.

—¿Te gusta?

Se encoge de hombros.

—No sé. Es nuevo para mí. Me gusta el marisco, pero nunca lo he comido así. No está mal. —Se mete otro rollo en la boca, comiendo con las manos porque le frustraba intentar usar palillos—. Me gusta más el frito.

—Claro que sí, todo sabe mejor frito—. Me río entre dientes.

—¿Qué tal tu día, muñeca?

Levanto el hombro.

—Estuvo bien. Nada emocionante —respondo, desviando la mirada en busca de mi siguiente trozo de sushi, pero noto sus ojos clavados en mí.

Siguiendo.

Mirando.

Analizando.

—No te creo —suelta. Soy transparente, sé que lo soy. Siempre he sido una mentirosa terrible.

—Bueno, pero mi respuesta no va a cambiar. Solo fue un día más —bromeo, y bebo un sorbo de vino.

—Bueno, si tú lo dices. —Su mano se extiende sobre el mostrador y nuestros dedos se entrelazan. Nuestros ojos se contemplan mutuamente.

—¿Qué tal tu día? —le pregunto.

—Un día más —me dice, y luego me dedica una sonrisa falsa, enseñándome todos los dientes.

—Ja, ja. —Le doy una palmada en el brazo.

—¿No quieres hablar hoy?

—Estoy hablando.

—Sí, hablas, pero no me dices nada. —Moja un rollito dragón en la salsa de soja y le da un mordisco.

Frunzo los labios y me remuevo en el asiento.

—¿Qué quieres saber?

—Háblame de tu padre. —Se me cae el corazón. Sabía que esta pregunta llegaría tarde o temprano, pero hoy no me lo esperaba. O hablo de mi padre o hablo de Carmine. Mi padre es el más fácil de los dos, así que será mi padre. Antes de responder, agarro la botella de vino, me sirvo y bebo.

—No hay mucho que contar. —Me encojo de hombros y vuelvo a dar un sorbo a mi copa de vino—. Se fue cuando yo tenía cinco años. Aún recuerdo ese día. Llevaba una camisa amarilla pálida, jeans azul oscuro y zapatos negros. Lo vi salir por la puerta principal hacia su carro rojo y no volver la vista atrás mientras yo lo llamaba a gritos. Mi mamá me abrazó y no me dejó salir corriendo. Fue la última vez que lo vi. Me dejó, dejó a mi mamá y desapareció.

Vuelvo a dar un sorbo a mi vino intentando calmar los nervios que revolotean en mi vientre y que aparecen cada vez que sale el tema de mi padre. Han pasado años y por mucho que quiera creer que lo he superado, no es así. Me duele que me dejara y que no quisiera formar parte de mi vida. Me duele que mi mamá se niegue a hablar de él conmigo. Es una espina permanente en mi costado.

—Perdóname, Sol, no es mi intención molestarte. —Extiende la mano una vez más, con la palma hacia arriba, esperando a que yo extienda también la mía.

—No pasa nada. Estoy acostumbrada después de todos estos años.

—¿Lo estás? Cuando mencioné a tu padre en nuestra primera cita y de nuevo ahora, cambias. Te pones seria. —Es perspicaz, no se le escapa nada. Mi comportamiento cambia definitivamente cuando sale el tema. No puedo ocultarlo.

—Supongo que lo que quiero decir es que he aceptado que mi padre no me quiere y no quiere saber nada de mí. Me dejó a los cinco años y ni una sola vez se preocupó lo suficiente como para llamarme o visitarme—. Tiro de mi copa una vez más—. Siempre me dolerá pensar que mi padre es la clase de hombre capaz de abandonar a su hija cuando lo único que yo quería era que me quisiera. Lo peor es que nunca podré preguntárselo. Ni siquiera sé su nombre. —Una lágrima se escapa y se desliza por mi mejilla.

—Y tu mamá, ¿qué dice? —pregunta. Me pasa el pulgar por la mejilla y me limpia una lágrima.

—Mi mamá tampoco habla del tema. Hace mucho que no le pregunto, pero antes intentaba hacer preguntas y ella se enojaba, acababa gritándome que dejara de preguntar. Al final dejé de hacerlo. —Lágrimas empiezan a correr por mis mejillas y mi mirada se desvía hacia un lado—. Lo que no le he dicho a mi mamá es que su falta de voluntad para decirme por qué se fue me duele casi tanto como la marcha de mi padre.

Amaury se levanta de un salto y rodea el mostrador para abrazarme. Sus manos recorren la parte baja de mi espalda para consolarme. Intento disimular los gemidos, pero hace mucho tiempo que no hablo de esto con nadie y me siento bien desahogándome. Amaury me separa un poco y me agarra la cara con las manos, secándome las lágrimas con las yemas de los pulgares.

—No me gusta ver esos ojos tan lindos tristes —me dice, besándome las mejillas entre palabra y palabra. Me dan ganas de decirle, créeme, Amaury, a mí tampoco me gusta ver esos ojos tan tristes, pero ya no me aguanto más.

—Lo siento, no debería haberte preguntado por tu padre. Te hice enojar. —Sacudo la cabeza y coloco mis brazos sobre sus hombros, haciéndole cosquillas con los dedos en la nuca. Mis labios rozan los suyos y exploro su boca con la lengua. Quiero perderme en él, intentar olvidar la melancolía que me produce hablar de mi padre y el día que he tenido.

Le susurro al oído:
—Hazme olvidar.

164

Capítulo 14

Esta noche llevaré a Soledad a un concierto de Carlos Varela. Varela es un artista cubano que canta sobre la situación política de Cuba, pero sus canciones son metáforas inquietantemente bellas de lo que le está ocurriendo a nuestro país, a nuestra gente y a nuestras libertades. Alcanzó la popularidad cuando yo aún vivía allí, y su música representa una parte de mi vida en la que luché con mi identidad y cómo chocaba con la política que nos rodeaba, con lo que yo quería y con aprender a ser yo mismo mientras vivía bajo un régimen tiránico. Cuando salió su primer álbum, yo tenía diecinueve años, estaba en el ejército y odiaba mi vida oprimida, pero era incapaz de hacer ningún cambio. Me sentía atrapado y su música resonó en mí. Y resonó en muchos cubanos, por eso se hizo tan popular.

Con una comunidad de exiliados cubanos tan grande en Miami, es normal que ahora toque en concierto aquí. Es la primera vez que lo veré en vivo en concierto y estoy emocionado. Estoy aún más emocionado de que Sol vaya a vivir esto conmigo. Espero que disfrute del espectáculo. Le he puesto algunas de sus canciones para que se familiarice con la música y me dijo que le gusta, incluso se aprendió la letra de algunas de mis canciones favoritas.

"

Recojo a Sol en su casa y, mientras camina hacia mi coche, no puedo evitar quedarme mirándola. Lleva un vestido rojo con mangas cortas y escote en pico. Sus pechos se desbordan por encima y el vestido abraza todas sus curvas, pero es demasiado largo y le cae por debajo de las rodillas. Me he dado cuenta de que todos los vestidos que lleva son más largos. No me malinterpretes, está increíble, pero me encantaría ver un poco más de esos muslos gruesos.

—Hola, muñeca —le digo mientras sube al Tahoe.

Cierra la puerta, se inclina y sus labios rozan los míos.

—¿Eso es todo? ¿Ese es mi beso? —pregunto frunciendo los labios y fingiendo incredulidad.

—No quiero estropear mi pintalabios, así que sí. Sobre todo, sabiendo cómo me besas—. Me saca la lengua y se abrocha el cinturón.

∗∗∗

Antes de ir al espectáculo, decidimos cenar temprano en *La Locanda*, aquí en la playa. El espectáculo empieza a las ocho y media, que es mi hora habitual de cenar, así que cenar a las seis y cuarto no es algo a lo que esté acostumbrado. Probablemente también tendré hambre después del espectáculo. Sol eligió este sitio para cenar porque vino a comer con algunas personas de la oficina y dijo que la pasta estaba deliciosa. Dijo que estaba tan buena que le recordaba a los restaurantes de Boston.

Tenemos una mesa dentro porque hace demasiado calor para comer fuera. Estamos sentados en la banqueta de la esquina del fondo, la pared decorada con obras de arte, espejos y flores. Es temprano, así que somos los únicos que estamos aquí, lo cual es agradable. Parece que cenar tarde es cosa de Miami. Casi todos los restaurantes del barrio tienen muy pocos comensales a esta hora.

Sol pide una copa de vino blanco y yo bebo agua con gas. A ella le gusta el agua con gas y ha conseguido que yo también la beba. Yo pido pollo *marsala* y Sol *unos Spaghetti alla Carbonara*. Creo que nunca he conocido a alguien a quien le guste tanto la pasta como a ella. Antes de conocerla, casi nunca comía pasta, soy más de arroz y frijoles con bistec. Cada vez me gusta más, aunque no puedo comerla más de una vez a la semana.

—Quería preguntarte algo —dice Sol mientras se pasa el pelo por detrás de las orejas.

—Puedes preguntarme lo que quieras. —Agarro su mano entre las mías, dibujo círculos en su palma.

—¿Cómo te hiciste esa cicatriz en la ceja? —Estira la mano sobre la mesa, sus dedos acarician suavemente la cicatriz sobre mi ojo izquierdo.

—En el naranjal.

Tras beber un sorbo de vino, pregunta:

—¿Qué quieres decir?

—Trabajaba con mi padre todas las mañanas cuando no tenía escuela. Recogíamos naranjas para el dueño que las vendía. Un día me caí del árbol y… —Hago una pausa, intentando pensar en la palabra.

—La rama —añade.

—La rama del árbol me cortó la cara. Vimos a un médico, pero había poco material. Por eso la cicatriz es tan fea y se ven las marcas de cuando me la cosieron.

Durante años estuve acomplejado por la cicatriz y lo fea que se veía, las marcas prominentes en ausencia de mi ceja. Cuanto mayor me hacía, más me daba cuenta de que mi aspecto físico era lo último por lo que debía preocuparme, sobre todo porque tenía muchas otras cosas por las que estresarme. Durante mis años en el ejército, me pusieron el apodo de El Ceja porque la cicatriz sólo me dejaba una pequeña parte de la ceja izquierda—una astilla en cada extremo, lo que daba la impresión de que sólo tenía una ceja. Mis oficiales al mando me llamaban El Ceja como insulto. Me alegro de que nunca se me quedara fuera de mi época en el ejército.

—Puntos, las marcas de los puntos. —Su mano aprieta la mía—. Eso debe haber sido aterrador.

Levanto el hombro.

—No me asusté. Mi padre estaba más asustado porque había mucha sangre.

—¿Cuántos años tenías?

—Catorce. —Sus ojos se abren de par en par.

—¿Tu padre te permitió dejar de trabajar después de caer?

Sacudo la cabeza.

—No, muñeca. Tenía que trabajar siempre para ayudar a la familia. Mi padre me dijo que si podía caminar, estaría bien.

Como el mayor de cinco hermanos, era mi

responsabilidad trabajar con mi padre para ayudar a la familia. Cuando cumplí trece años, me ofrecí a dejar de ir a la escuela para poder trabajar con mi padre todo el año, pero mi padre no lo permitió. Me dijo que trabajar para ayudar a la familia era importante, pero que tenía que ir a la escuela para asegurarme de que tenía la educación necesaria para hacer algo por mí mismo. Otra cosa que me dijo fue: Cuba nos lo quitó todo, yo no te quitaré también tu infancia. Palabras que nunca he olvidado. Aunque no fui un gran estudiante, me alegro de que mi padre me permitiera terminar la escuela y ser un niño.

Después de cenar, compartimos un tiramisú y ambos tomamos un *espresso* antes de cruzar la calzada en dirección a la zona de Brickell. El espectáculo es en el *Flamingo Theater Bar*, dentro del complejo residencial *Four Ambassadors*. Cuando se construyeron estos edificios en los años sesenta era un hotel de lujo, por lo que el teatro se encuentra dentro de la zona del vestíbulo. Con el tiempo se convirtió en apartamentos de lujo porque los edificios están a lo largo del Canal Sur de Miami, la masa de agua conectada con la Bahía de Biscayne.

Cuando llegamos al vestíbulo, Rubi y Alain nos esperan sentados en los sofás. Alain saluda a Sol y luego se vuelve hacia mí.

—¿Qué vuelta mi hermano? —me pregunta mientras me abraza. Mientras Alain me habla del nuevo proyecto en el que está trabajando, miro a Sol, que está absorta en una conversación con Rubi.

Mis amigos acogieron a Sol y estoy muy contenta de que lo hicieran. Cuando le dije que quería presentársela estaba preocupada y ansiosa por no encajar o por no gustarles. Me he dado cuenta de que es muy crítica consigo misma y siempre se disculpa o no dice lo que piensa. No sé muy bien por qué Sol es así. Es inteligente, amable y simpática, por no hablar de lo guapa que es. Uno pensaría que tendría más confianza en sí misma de la que tiene.

Nos escanean las entradas y Sol se agarra a mi mano, con los dedos entrelazados, mientras entramos en el teatro. El *Flamingo Theater Bar* es una sala grande, de paredes carmesí y beige con revestimientos tradicionales. El pequeño escenario de la parte delantera tiene una cortina de color merlot como telón de fondo y por toda la sala hay pequeñas mesas redondas con sillas. La pared del fondo tiene estanterías llenas de libros al azar y dos cuadros enmarcados, uno de un bufón y otro del retrato de un hombre que lleva gafas con una nariz de atrezzo, como las que lleva la gente en Halloween.

La sala está más de medio llena y nuestra mesa está cerca de la parte delantera, en segunda fila a la izquierda. El espectáculo empieza en diez minutos, así que llegamos con tiempo de sobra. Cuando llegamos a la mesa, Rubi y Sol se excusan para ir al baño.

—¿Cómo te va con la jeva? —pregunta Alain.

Nos interrumpe un camarero que nos pide las bebidas. Pido un vino blanco para Sol y un agua para mí. Alain se pide un gin tonic y una cerveza para Rubi.

—Es increíble y quiero estar con ella cada minuto de cada día, pero ella aún no lo sabe. —Me muevo en mi asiento para poder ver a Rubi y Sol cuando vuelven de los servicios.

—¿Por qué no?

—Algo la frena. Es como si quisiera avanzar, pero siempre dudara. Quiero asegurarme de que se siente cómoda. No quiero apartarla.

—Bueno, me gusta, mucho. Rubi me dijo que ha hablado con ella las pocas veces que has estado en mi casa y que también le gusta mucho. Si es por Rubi, te casarías con ella.

—Si dependiera de mí, yo también lo haría, hermano.

Alain se inclina y coloca el brazo izquierdo sobre la mesa.

—Vaya, ¿ya? No te veía así desde que vivíamos en Cuba.

—Lo sé. Por primera vez en mucho tiempo, me siento vivo.

Carlos Varela sube al escenario poco después de que Rubi y Sol vuelvan del baño. Me reclino en la silla y paso el brazo por encima de los hombros de Sol, acercándola a mí. Cuando Varela empieza a cantar algunas de las canciones que he tocado para Sol, ella canta con él y se me hincha el pecho.

∗

—¿Te gustó el programa? —le pregunto mientras conducimos por la McArthur Causeway, Star Island iluminada a nuestra izquierda y los rascacielos de Miami Beach iluminando el cielo nocturno.

171

—Mucho. Sonaba increíble y me gustó el teatro porque era pequeño. Parecía un espectáculo íntimo—. Se gira en su asiento hacia mí.

—Era mi primera vez en ese teatro. A mí también me gustó. —Seguimos conduciendo en silencio con la radio puesta y *Whole Lotta Love* de Led Zeppelin sonando por los altavoces.

—¿Quieres pasar la noche en mi casa? —pregunta, mientras estamos en el semáforo de Alton Road.

—¿Qué clase de pregunta es esa?

—Um, no tienes que hacerlo si no quieres —responde, girando la cabeza hacia otro lado.

—Muñeca, claro que quiero quedarme a dormir. —Cruzo la consola y empiezo a dibujar círculos en su muslo.

Gira la cabeza y una sonrisa se dibuja en su rostro, iluminando sus ojos.

Después de encontrar un sitio para estacionar mi coche, caminamos cogidos de la mano hacia su edificio de apartamentos. Es casi medianoche y todo está tranquilo. Cuando nos acercamos a su edificio, oigo pasos detrás de nosotros y me giro para ver de dónde vienen, pero no veo a nadie.

—¿Qué pasa? —pregunta Sol.

—Me pareció oír a alguien caminando, pero no hay nadie. —Sol aprieta mi mano un poco más fuerte.

Capítulo 15

Soledad

—Uf, ese bife que me comí anoche todavía me sienta como una piedra en el estómago —se queja Melida mientras entra en la cocina.

Anoche, después de que Melida aterrizara, fuimos a comer comida cubana. A ella le apetecía comida latina y alguien de su trabajo le recomendó el restaurante. Lo miré en Internet y es un sitio de moda, así que esperaba que la comida no decepcionara, como suele ocurrir. Intenté convencerla de lo contrario, pero no lo conseguí.

La cena fue mediocre, en el mejor de los casos. El servicio era terrible, y nuestra comida salió apenas caliente. No olvidemos que nos gastamos un dineral, simplemente porque estábamos en Ocean Drive, en South Beach. Sabía que iba a ser así, pero no quería arruinar los planes de Melida. Es su fin de semana de cumpleaños así que sus deseos son órdenes. Afortunadamente la cena pasó rápido, o eso me pareció porque pasé la mayor parte del tiempo hablándole de Amaury y de nuestra relación.

—Odio decirlo, pero te lo dije. —Hace una mueca ante mis palabras.

—Sí, sí. Debería haberte escuchado. Ahora lo sé mejor—. Pone los ojos en blanco.

—Los sitios turísticos no suelen ser buenos, ya lo

sabes. —Saco dos tazas del armario y las pongo sobre la mesada—. Sinceramente, me sorprende que eligieras ese sitio. Los sitios de moda no son tu onda habitual.

—Un colega me habló de él, estaba delirando de lo bueno que era. —Melida trabaja en *Gemelli's Liquor Distillery* como Directora de Ventas Regionales de la División de Vinos, una de las mayores destilerías de licores al por mayor de Boston. Cuando estaba en la universidad, empezó a trabajar de camarera en un bar de vinos y restaurante y le encantó aprender sobre vinos. Tanto que consiguió un trabajo vendiéndolo. Siempre habla maravillas de su trabajo y bromea sobre ser catadora profesional de vinos.

—Cuando llegue a casa, le diré que me debe una porque ha sido una mierda. —Hace una mueca.

—¿Quieres que llame a Amaury y cancele nuestros planes para hoy? —le pregunto.

Ella niega con la cabeza.

—Ni se te ocurra. Hace años que no monto en moto acuática y me hace mucha ilusión.

La semana pasada, cuando le dije a Amaury que Melida estaría en Miami este fin de semana, se ofreció a llevarnos a hacer jet ski. Cuando le pregunté si conocía a alguien con motos de agua, me dijo que él se encargaría de todo. Por supuesto, aproveché la oportunidad, sobre todo porque nunca había montado en moto acuática. Cuando se lo comenté a Melida, chilló de emoción.

—¿Seguro? Si no te encuentras bien, podemos ir mañana.

—Sí, me tomaré un poco de Alka Seltzer y estaré

como nueva.

***

—Vaya, qué casa más bonita —dice Melida cuando estaciono en frente de la casa de Amaury junto a su Tahoe. Enganchado a la parte trasera de su todoterreno hay un remolque con dos motos acuáticas. Cuando me dijo que se encargaría de todo, no me di cuenta de que sería él quien llevaría las motos acuáticas. Se me dibuja una sonrisa al pensar en lo generoso que es.

—Totalmente. —Recuerdo que la primera vez que vine me quedé un poco desconcertada. No esperaba que viviera aquí, aunque no sé por qué. Supuse que como soltero viviría en un apartamento en alguna parte, no en una casa grande en este barrio tan bonito—. Y vive solo en esta gran casa.

—Tal vez cambies eso pronto —se burla—. Vámonos. —Melida abre la puerta y luego el maletero para agarrar su bolso.

Antes de salir del asiento del conductor, le envío un mensaje a Amaury para avisarle de que estamos fuera.

Amaury sale por la puerta principal y nos espera mientras caminamos hacia él, con la cara recién afeitada. Cuando se afeita, parece más joven, su piel dorada resplandece. Lleva pantalones cortos y una camiseta negra ajustada, y sus firmes bíceps están a la vista.

—Mel, este es Amaury. Amaury, ella es Melida. —Se inclina y la besa en la mejilla.

—Me alegro de volver a verte, Melida —dice, y

175

luego me rodea la cintura con los brazos, me pega a su torso y me besa.

—Te extrañe —me dice.

—Yo también —respondo.

Mientras seguimos a Amaury al interior de la casa, Mel se inclina hacia mí y me susurra:

—Dios mío, ese acento. Rawwwwrr. —Se ríe.

—Chica, ni me lo digas. —Le aprieto la mano y ella me corresponde.

Cuando llegamos a la sala Florida, Eduardo levanta la vista de la nevera que tiene delante en la mesada de la cocina.

—Hola, chicas —nos saluda. No sabía que estaría aquí, Amaury no me dijo nada de que se uniría a nosotras.

—Hola, Eduardo —le digo, inclinándome para darle un beso en la mejilla—. Esta es Melida, mi mejor amiga.

—Encantado de conocerte, Melida. —La besa en la mejilla—. Amaury me dijo que eres hermosa y tiene razón. —Melida sonríe y luego se gira hacia mí. Sonrío mientras me encojo de hombros.

—Sólo lo invité por su moto acuática —dice Amaury riendo entre dientes.

Melida me mira a los ojos y echa los hombros hacia atrás. Me doy cuenta de que se está volviendo loca por tener que ir con Eduardo.

—Mi hermano tiene una tienda de deportes acuáticos en la avenida Purdy, así que le pediremos dos antes de salir —dice Eduardo. Los hombros de Melida se ablandan ante sus palabras.

—Nunca he montado en moto acuática. ¿Sabré hacerlo? —pregunto.

Amaury desvía la mirada hacia mí y me dice:

—Sí, es casi igual que tu Vespa, salvo que se mueve sobre el agua.

—Las monté en un viaje a Puerto Rico. Son muy divertidas y fáciles de usar —dice Melida.

—¿Cabe la nevera en las motos acuáticas? —pregunto.

—No, pero lo dejamos en el camión y nos llevamos las dos hieleras pequeñas. La guardamos debajo de los asientos —responde Eduardo.

—Y para almorzar iremos a *Raw Bar 2 Go*. Es como un camión de comida en el agua y venden ceviche y otras cosas —dice Amaury, sus ojos se encuentran con los míos.

Me conoce bien, sabe que siempre necesito saber sobre la comida y dónde comeremos.

—Ya sabes que esa era mi siguiente pregunta. —Extiendo mi brazo y él me envuelve en su abrazo.

—Sí, y quiero saberlo todo sobre ti. —Sus labios se posan en los míos. Besarlo cuando está recién afeitado es tan diferente, la piel suave y tersa me atrae y me hace desear más.

***

Amaury entra en un estacionamiento de la avenida Purdy, junto a un parque con vistas al mar. Eduardo sale del Tahoe desde el asiento delantero y cruza el estacionamiento a grandes zancadas hacia un pequeño edificio con una ventana y empieza a hablar con el hombre que hay dentro. Debe de ser su hermano.

—Chicas, voy a poner las motos de agua en el agua. Por qué no van con Eduardo. Necesitamos dos salvavidas —dice mirándome.

—Chalecos salvavidas —añado, mirando a Melida.

—En momentos como éste desearía que mis padres nos hubieran enseñado español —dice Melida. Sus padres son puertorriqueños nacidos y criados en Estados Unidos, por lo que hablaban inglés en casa, y Melida y sus hermanos nunca aprendieron español.

Abre la puerta y la sigo.

—¿Tu hombre está intentando emparejarme con su amigo? —me pregunta.

Me encojo de hombros.

—No lo sé. No sabía que iba a venir hasta que lo vi esta mañana. ¿Te parece bien que venga con nosotros?

—Sí. No está de más que sea guapo. Además, tiene un acento que me hace sentir fuera de lugar —añade, moviendo las cejas.

—Definitivamente es agradable a la vista —añado sonriendo.

Eduardo es un par de centímetros más bajo que yo y tiene el pelo rubio oscuro que le llega a los hombros. Tiene una tez arenosa, que complementa sus profundos ojos azul océano con una nariz ancha y chata, y labios finos.

—Es un buen tipo, por lo que sé al menos. Sólo

lo he visto un par de veces, pero Amaury y él han sido amigos casi toda la vida —le digo.

—Bueno, no busco nada con nadie, pero definitivamente estoy aquí para divertirme. —Ella guiña un ojo.

Cruzamos el estacionamiento hacia donde Eduardo está hablando con el hombre en la ventanilla. A medida que nos acercamos, me doy cuenta de que el hombre es casi idéntico a Eduardo, salvo que es unos cinco centímetros más bajo que él.

—Mi hermano, Luis—. Hace un gesto hacia él y en español Eduardo le dice quiénes somos.

—Hola. Encantado de conocerte —responde el hermano.

—Encantada de conocerte —decimos Melida y yo al unísono.

Minutos después tenemos los chalecos salvavidas en la mano y, junto con Eduardo, nos dirigimos a Amaury, que ya tiene las motos acuáticas en el agua y atadas a un muelle. El sol ya me está calentando la piel y sólo son las diez de la mañana. Agarro la camiseta de manga larga que me traje y me pongo el protector ocular en las gafas de sol. Después de quitarme los pantalones cortos y echarlos al camión, ayudo a descargar las neveras blandas y los otros dos chalecos salvavidas.

Cuando Amaury vuelve de estacionar su Tahoe, caminamos hasta el muelle y Amaury empieza a explicarme el funcionamiento de la moto acuática. Mientras tanto, Melida ya está vestida y colocando sus pertenencias en su moto acuática.

—Aquí está la llave —dice, agarrando un llavero enrollado que está enganchado y cuelga del chaleco salvavidas—. Este es el pito —continúa, agarrando un pequeño silbato rojo entre sus dedos—. Por si te caes y no hay nadie cerca. Con esto… —señala el acelerador del manillar derecho—. Es como vas más rápido.

—¿Dónde está el freno? —le pregunto.

—No tiene freno. Sueltas el acelerador y reduces la velocidad. Si sacas la llave, la moto acuática se apaga. Mata el motor —dice.

—Un interruptor de emergencia, entiendo —respondo.

—¿Listos? —pregunta Melida.

—Sí, hagámoslo —digo.

—En esta zona hay que ir despacio —añade Eduardo, señalando la zona de agua que tenemos delante—. Una vez que pasemos todos los barcos y estemos en la bahía, podremos ir más rápido.

—Les sigo —les digo.

Soy la última en pulsar el botón de arranque y poner el motor en marcha. El bajo rumor de la moto acuática es más fuerte que el de mi Vespa, pero tiene una sensación similar. Puedo sentir las suaves vibraciones de la máquina bajo mi cuerpo mientras salimos lentamente del puerto hacia la bahía. Melida y Eduardo van delante de mí y Amaury va ligeramente detrás y a mi derecha.

—¿Todo bien, muñeca? —pregunta.

Asiento.

—Sí, estoy bien. Es como dijiste, como cuando voy en mi motoneta.

Cuando nos acercamos a la bahía abierta, Melida y Eduardo aceleran sus motos acuáticas y despegan, dejándonos atrás a Amaury y a mí.

—¿Lista, para ir rápido? —pregunta.

—Sí, ¿qué gracia tiene la moto acuática si no podemos ir rápido? —respondo, y giro el acelerador, sobresaliendo, sintiendo el agua fresca salpicar mi piel. Estar en esta moto acuática me produce sensaciones parecidas a las de montar en la Vespa, sólo que ésta añade agua a la mezcla y la hace mucho más emocionante. El olor del agua salada mezclado con la velocidad de la moto acuática aviva mi adrenalina.

Cinco horas más tarde, atracamos las motos acuáticas en el mismo lugar del que despegamos.

—Estuvo increíble —digo—. Llevaba años queriendo probar la moto acuática y me alegro mucho de haberlo hecho por fin. —Subo al muelle y empiezo a sacar mis cosas de los compartimentos.

—Gracias por hacer esto, Amaury —le dice Melida.

—El placer es mío —responde desde detrás de mí.

—Sí, gracias —añado, volviéndome hacia Amaury.

Se inclina hacia mí y me susurra:

—Ya me darás las gracias más tarde, muñeca. —Y luego me da un beso en la mejilla que me produce un cosquilleo en todo el cuerpo.

—¿Esperamos aquí mientras traes el remolque para cargar las motos acuáticas? —pregunta Melida.

—No, lo haremos más tarde. Luis se encargará—
responde Amaury.

Juntamos nuestras cosas y empezamos a caminar
colectivamente hacia el camión, que ya no lleva el
remolque en la parte trasera. Cuando estamos todos
dentro del coche, digo:

—Ya sé que comimos más temprano, pero ya me
muero de hambre.

—Algunas cosas nunca cambian —añade Melida,
riendo.

—Vamos al Palacio de los Jugos —sugiere
Eduardo—. Podemos beber jugo fresco y comer unos
chicharrones.

—¿Qué es eso? —pregunta Melida.

—Trozos de cerdo fritos que están ridículamente
buenos —explico.

—Puede que no hable español, pero sé lo que son
los chicharrones —replica Melida—. ¿Qué dijo antes de
eso?

—Ah, el nombre del sitio que sugirió, pero nunca
he estado allí —le digo.

Media hora más tarde llegamos al estacionamiento
de un restaurante al aire libre. Hay mesas bajo un toldo y,
cuando entramos, es un espacio abierto con muchas
frutas y verduras y un mostrador donde se puede pedir.

En el menú hay nombres de cosas de las que
nunca he oído hablar.

—¿Qué es mamey, maracuyá y guarapo? —
pregunto.

Amaury me lleva de la mano hacia la zona donde

se exponen las frutas y agarra una grande de forma ovalada, luego con el dedo le hace una muesca en el costado, dejando al descubierto un vibrante color rosa intenso en su interior.

—Mamey, una fruta tropical. El batido con esto es lo mejor. —Un batido suena muy rico ahora mismo.

—Esto es maracuyá —dice, agarrando una fruta de la pasión redonda y amarilla.

—Oh, siempre la he llamado parcha. No sabía que tuviera otro nombre —respondo.

—Y el guarapo se hace de esta. —Levanta una caña de azúcar y me la acerca—. Caña de azúcar.

—¿Qué hacen con la caña de azúcar? —pregunto.

—Se pone en una prensa y se le saca el jugo —responde con naturalidad.

—¿Qué le añades? —pregunto, confundida.

—Nada. Vuelve a colocar la caña de azúcar en el estante y nos dirigimos al mostrador donde Eduardo y Melida están pidiendo.

—¿Azúcar pura? Eso suena súper dulce. —Arrugo la nariz.

—No es tan malo.

—¿Qué pediste, Mel? —le pregunto.

—Un jugo de naranja recién exprimido. ¿Tú, qué quieres?

—Quiero probar el jugo de maracuyá.

Amaury pide mi jugo y él se pide un guarapo.

—El guarapo ayuda a ser fuerte —añade Eduardo, y echa la cabeza hacia atrás entre risas.

No entiendo muy bien el chiste, pero es un tema

habitual cuando estoy con Amaury y sus amigos.

—¿Qué quiere decir con que te hace fuerte? —le pregunto a Amaury.

Sus labios rozan mi oreja y susurra:

—En la cama. —Sus palabras me aceleran los latidos del corazón. *¿Qué me pasa?*

—¿Qué dijo? ¿Por qué le hace más fuerte? —pregunta Melida.

—Supuestamente fortalece su virilidad —respondo, levantando el hombro mientras sonrío.

—Bueno, en ese caso, quizá tú también deberías pedir uno, Eduardo —añade Melida, rozándole el brazo.

Capítulo 16

Amaury - Unos días más tarde

Decidimos reunirnos en mi ventanita favorita, donde se pide y se consume el café en muchos locales de Miami, para tomar un cafecito y pastelitos antes de salir a pasar el día en nuestras scooters. Tomar café cubano es una parte integral de mi día, me tomo al menos seis o siete cada día. En Cuba no me permitía el lujo de tomar café, sobre todo porque mi padre no podía permitírselo. Pero una vez en Miami, se convirtió rápidamente en mi bebida preferida.

El café cubano es un expreso endulzado mediante la adición de azúcar a medida que se hierve a través de las muelas de café y la infusión. El cafecito perfecto tiene una espumita gruesa en la parte superior, que es la mezcla perfecta de la espuma espesa de pequeñas burbujas del café recién hecho y el azúcar.

Cuando Sol me preguntó si quería dar un paseo en scooter, me quedé extasiado. Cualquier cosa con tal de pasar más tiempo con esta hermosa mujer. No es tímida, pero es reticente, no habla mucho de sí misma y se guarda los detalles personales de su vida.

Cuando estaciono junto a la moto de Sol, ella está apoyada en su Vespa con la pierna izquierda extendida, toda ella provocándome, desde el tobillo hasta la cadera. Lleva pantalones capri vaqueros de cintura alta, una camiseta de tirantes y chancletas en los pies. Llevar chancletas para montar en la scooter es extremadamente peligroso, pero probablemente ella no lo sabe ya que es nueva en todo esto.

—Hola, muñeca —le digo, y beso suavemente su mejilla, la piel suave y cálida bajo mis labios.

—Hola. —Se levanta la muñeca para ver la hora—. ¡Llegas tarde!

—No, chica. No llego tarde, corro con el horario de Miami —le contesto y le guiño un ojo. Tras apagar el motor, me levanto y me acerco a ella. Huele a canela y voy a tener que preguntarle qué es porque me enciende por dentro y quiero devorarla. Nunca me había gustado la canela hasta que conocí a Sol.

—¿La hora de Miami?

—Sí. Si alguien dice a la una, en realidad significa una quince o una treinta.

Levanta una ceja y me mira.

—Um, si tú lo dices.

—¿Tomas café? —le pregunto.

—Sí. ¿Qué tipo de café tienen aquí?

—Café cubano, cafecito, colada, cortadito o café con leche —le digo.

—Aparte del café con leche, no sé cuáles son los demás —responde arrugando la nariz.

—El cafecito es como el expreso, salvo que los cubanos lo preparan con azúcar. Una colada es lo mismo, sólo que es un poco más grande, para que la gente la comparta. Un cortadito es un café con leche pequeño.

—Oh, bueno en ese caso tomaré un cortadito por favor.

—¿Has probado ya los pasteles cubanos? —le pregunto, señalando la pastelería a mi izquierda.

—No, ¿de qué tipo son?

—Aquí tienen queso, guayaba o guayaba con queso.

—No sé lo que es la guayaba —dice, apartando la vista de la pastelera y encontrándose con mi mirada.

—Aquí le dicen guava, es una fruta muy popular en Cuba.

—¿A qué sabe?

—Es dulce.

—No soy fan de las cosas demasiado dulces, así que quizá no me guste. Mejor pidamos de queso.

—Está bien. Puedes probar el mío a ver si te gusta. —Pido nuestros cafés y pastelitos con la joven que está detrás del mostrador.

—¿Adónde vamos hoy? —pregunta Sol y se gira para apoyarse en la pared.

—Por Collins Avenue hasta Hollywood Beach. Es pintoresco y un bonito paseo en Vespa. Además, hay un bonito paseo marítimo con restaurantes y música en vivo.

—Suena muy bien. Aún no he llegado tan al norte, así que será nuevo para mí.

—Sol, no puedes llevar chancletas para montar en la Vespa. Es peligroso y te puedes hacer daño —le digo señalándole los pies. No quiero que se haga daño.

—¿Ah, sí? —pregunta ella, mirándose los pies—. ¿Pasamos por mi casa para que pueda cambiarme?

La joven nos pone el café y los pastelitos delante,

y yo le acerco el cortadito de Sol.

—Si puedes, sí. Si te paras de repente o algo así, tus pies no están protegidos. Deberías llevar zapatos cerrados o deportivas.

—De acuerdo. Podemos pasar por mi casa, y entraré rápidamente a cambiarlos, si te parece bien.

—Claro que sí —respondo, asintiendo con la cabeza al unísono.

—Este es el pastelito de queso —digo, señalando la larga masa de color marrón dorado con azúcar horneada por encima. Sol extiende los dedos para cogerlo y se lo lleva a los labios.

—Mmm —murmura, mientras mastica—. Qué rico. Está caliente, lleno de queso y la cantidad justa de azúcar.

—Espera a probar éste. —Extiendo el pastel de guayaba y se lo acerco a la boca, donde lo abre y se lame los labios. Maldita sea, es tan sexy.

En lugar de dejar que Sol muerda el pastelito, lo retiro y me inclino para deslizar mis labios por los suyos. No puedo resistirme a su boca, sobre todo sabiendo lo deliciosa que sabe. Agradece mis besos y me devuelve el beso, explorando nuestros labios. Noto cómo crece el bulto de mis pantalones y, de mala gana, me aparto, sintiendo inmediatamente la pérdida de tenerla tan cerca.

—¿Y eso para qué es? —pregunta con voz entrecortada.

Me inclino hacia ella y le susurro al oído:
—Porque me tienes loco.
—Vos también —responde, y me lleva la mano a

la boca, pasándome los dedos por los labios. Quiero gritar ante la confesión de Sol que yo también la vuelvo loca.

—Toma, prueba el pastelito de guayaba. —Le pongo el pastelito en los labios y veo cómo muerde la pegajosa mermelada morada que rellena el hojaldrado exterior. Parte del relleno queda en el pliegue de sus labios y me entran ganas de lamérselo, pero tengo que controlarme.

Verla morder el pastel de guayaba me hace fantasear con su boca sobre mí. Sol frunce el ceño y sacude la cabeza con la boca aún llena.

—¿No te gusta? —pregunto, sorprendido de que no le guste.

—No. Es demasiado dulce. No sé, sabe raro.

—¿Raro? Eres la primera persona que conozco que no le gusta. —Le doy un mordisco al pastelito y está delicioso. La mermelada de guayaba caliente explota en la boca con sabores ácidos y acidulados. El primer bocado es siempre el mejor, y el crujiente y mantecoso hojaldre exterior se desprende dando paso a la pegajosa dulzura de la pasta de guayaba.

Terminamos el café y los pastelitos y nos subimos a nuestras motonetas, en dirección a la casa de Sol para que pueda cambiarse los zapatos.

—Ahora vuelvo —exclama Sol, mientras baja de su scooter y corre hacia su apartamento. El edificio en el que vive es de estilo art déco tradicional, típico aquí en Miami Beach. Es un pequeño edificio de dos plantas de un vibrante color verde menta con ribetes color mango y arquitectura decorativa que adorna sus bordes redondeados, arcos y rígidas ventanas rectangulares. Observo cómo sube las escaleras, abre la puerta y desaparece en el interior.

Sol sale del edificio con unos tenis Converse rojas de caña alta.

—Mejor —digo señalando sus pies.

Después de ponernos los cascos, pero antes de despegar, les digo:

—Recuerda, usa el pito —le digo, pulsando varias veces el botón del claxon—. Muchas veces los carros no ven a los scooters, que es lo más peligroso. Estate atenta y no vayas demasiado rápido, y no te pasará nada. ¿Lista?

—Más preparada que nunca —responde ella, asintiendo rápidamente.

Mientras subimos por la avenida Collins, Sol se siente cómoda montando en su scooter. Cuando me dijo que todavía se pone nerviosa cuando monta, pensé que no sabía montar bien y que por eso dudaba. Creo que se está subestimando porque lo hace muy bien.

Cuando llegamos a Hollywood Beach, entramos en el estacionamiento público para dejar las Vespas. Saco mi vieja y andrajosa sábana del compartimento bajo el asiento y agarro la mano de Sol, entrelazando sus dedos con los míos. Su mano arde. Cada vez que la toco, está ardiendo.

—Tienes las manos hirviendo —le digo.

—¿En serio? —pregunta ella, extendiendo la otra mano y apoyando la palma en su mejilla—. No siento las manos calientes.

—Es lo mismo que la noche que nos conocimos.

Te ardían las manos. Pensé que quizás era porque estábamos bailando, pero más tarde fuera de tu hotel estabas igual.

Se encoge de hombros.

—No me doy cuenta.

—Estás hecha pa' mí, por eso —proclamo, y la miro mientras seguimos caminando hacia la arena. No puedo ocultar lo que siento por ella por mucho que lo intente, estamos hechos el uno para el otro.

—¿Te parece? —responde ella frunciendo los labios.

—No. Lo sé. Tú también lo sabes, pero te haces la difícil. —El resto del paseo hasta la playa transcurre en silencio, y es porque quiero que Sol piense en mis últimas palabras. Quiero que sepa que me he metido en su juego de hacerse la difícil, pero que pronto romperé sus muros.

Cuando nos acomodamos en la sábana para ver cómo rompen las olas, el sol ya quedó atrás y los bañistas empiezan a recoger sus pertenencias. El grupo que está en el escenario detrás de nosotros afina sus instrumentos y se prepara para empezar a tocar.

—Me ha costado una eternidad decidirme, pero por fin le puse nombre a mi Vespa —dice, rompiendo el silencio que se ha prolongado durante los últimos minutos.

—¿Qué nombre le pusiste?

—Roxy. Es roja como el chile y fogosa, tiene una patada cuando la monto, y Roxy me pareció apropiado.

—Me gusta. Súper femenino y sexy, como su dueña —le digo, guiñándole un ojo mientras extiendo la mano para frotar mis dedos por su mejilla, que se tiñe de rojo carmesí al oír mis palabras. Es verdad, Roxy es un nombre femenino y sexy, como Sol—. ¿Tienes pena? —le pregunto.

—¿Pena? —Se encoge de hombros—. Supongo que no estoy acostumbrada a todos los cumplidos.

—Deberías recibir cumplidos todos los días —le digo apartándole el pelo de la cara para disipar sus dudas. Sol se rodea con los brazos y contempla el océano en silencio—. Muñeca, ven —añado, acercándome para rodearla con el brazo y acercarla a mí.

Capítulo 17

Soledad

Amaury me acomoda a su lado y yo apoyo la cabeza en su hombro. Nos sentamos en silencio, observando a la gente que nos rodea mientras juntan sus cosas o se relajan con sus familias. El sonido del mar me tranquiliza como ninguna otra cosa. Hay tanta tranquilidad aquí, a pesar de toda la gente que nos rodea. No sé qué es, pero cada vez que estoy cerca del mar, me invade una sensación de calma que me relaja. Me encanta la playa, y es tan agradable compartirlo con él.

Recibo sus cumplidos con gusto, pero no me resultan familiares. Antes de él, rara vez recibía cumplidos, así que no es algo a lo que esté acostumbrada. La noche que nos conocimos pensé que podría haber sido su intento de ligar, pero por mucho tiempo que pasemos juntos siempre dice algo, y cada cumplido hace que se me calienten las mejillas.

—¿Te gustó el viaje hasta aquí? —pregunta mientras ajusta la manta.

El trayecto hasta aquí fue increíble. La avenida Collins discurre paralela a la playa. Todo el tramo de tres carriles de la avenida está bellamente ajardinado con palmeras y otras plantas y árboles autóctonos, bordeado de rascacielos, hoteles, tiendas, parques, y está repleto de tráfico, lo que me tenía un poco nerviosa.

—Lo hice, pero como estaba prestando atención al scooter, no pude mirar a nuestro alrededor.

—La próxima vez puedes montar conmigo, así verás mejor —dice guiñándome un ojo.

—Me gustaría. —Levanto las rodillas y me recuesto en los codos.

—Te observé en la moto. Vas muy bien —me dice, pasándome el brazo por la pierna.

—He estado montando un poco todos los días. Supongo que está dando sus frutos.

—Sólo necesitas creer en ti misma.

—Tiendo a subestimarme a menudo, así que sé exactamente lo que quieres decir. Estoy trabajando en eso.

—¿Por qué?

—¿Por qué qué?

—¿Por qué no crees en ti misma?

Me encojo de hombros, tiro de un rizo entre los dedos y empiezo a enrollarlo en círculos.

—No sé por qué. —No estoy de humor para hablar de las inseguridades que siento porque mi padre me abandonó.

No deseada.

Indeseable.

Sin amor.

—¿Todo bien? —pregunta, bajando la cabeza para que sus ojos se encuentren con los míos.

Asiento.

—Sí, todo va bien. ¿Por qué no lo sería?

—Estás jugando con tu cabello. —Mantener

ocultas mis emociones se hace más difícil cuanto más nos conocemos.

—Todo bien, lo prometo.

Me mira fijamente, sus ojos fijos en los míos.

—La gente siempre juzga y critica así que es importante que creas en ti misma. No dejes que las acciones o palabras de nadie te hagan cambiar quién eres. —Amaury deja caer suaves besos a lo largo de mi frente.

—Toda mi vida he sido así, subestimando mis capacidades, sin creer en mí misma, y soy mi peor crítica. Pero he intentado mejorar. —Me aparto de él, la intensidad de su mirada es demasiado para mí en este momento.

—¿Tienes hambre? Allí hay una pizzería que me gusta —señala hacia el paseo marítimo—. Si quieres podemos ir a comer ahí.

—Me encanta la pizza y no he probado ninguna buena desde que me mudé a Miami. —Me separo de él y soy agraciada con una sonrisa.

—Me encanta que no te dé vergüenza comer porque me encanta comer.

—Yo también, por eso nunca seré delgada —digo riendo entre dientes.

—No te quiero flaca. ¡Tus curvas me fascinan! —murmura, su aliento me hace cosquillas en la oreja. Me alegro de que a alguien le gusten mis curvas.

—Vámonos —exclama, poniéndose en pie de un salto y extendiendo la mano para ayudarme a levantarme. Es tan enérgico, como si la electricidad corriera por su cuerpo.

Agarrados de la mano, paseamos por el paseo marítimo, atestado de corredores, bicicletas, familias y enamorados de paseo.

—Es bonito, me recuerda un poco a Venice Beach, en California, aunque aquí hay menos gente —digo mientras nos acercamos al restaurante.

****

—Entonces, ¿realmente no te gustó la pizza? —Amaury pregunta, mientras empuja el caballete de su scooter hacia abajo.

Nos sentamos en una mesa exterior en la pizzería que le gusta a Amaury y compartimos una pequeña. Estaba regular, pero no es la pizza que estoy acostumbrada a comer. La mayoría de las pizzas de Boston son deliciosas, aunque mi favorita es la de Regina Pizzeria, con una masa fina y crujiente y un queso pegajoso cocinado a la perfección. Antes de volver a casa escuchamos música en vivo, que no estuvo mal para ser un grupo local.

—No, pero no te lo tomes como algo personal. Estoy acostumbrada a comer pizza en Boston, donde está buena en casi cualquier sitio. —Levanto el asiento para sacar mis cosas.

—Visité Boston hace muchos años, pero no comí pizza cuando estuve allí. Quizá pronto me lleves a tu pizzería favorita —me dice, tirando de mí hacia él.

—Uh, tal vez —respondo, levantando los ojos hacia los suyos y sonriendo satisfecho—. Antes de que se me olvide me alejo de él—. Sigo queriendo conseguir una de esas maletas para la parte trasera de mi scooter —digo, poniendo la mano en la parte trasera de la Vespa.

Hace una pausa y me frota el brazo, su mirada se intensifica.

—Bueno, lo hacemos en los próximos días.

—Sol, ven aquí —me dice, acercando mi cara a la suya. Nuestros labios se encuentran, sus besos son tiernos y su dulzura me derrite por dentro. La barba insipiente alrededor de su boca me hace cosquillas. Recuerdo lo bien que se sentían sus labios en mi piel y deseo que me explore por completo. Solo de pensarlo se me revuelve el estómago.

—Amaury —susurro, separándome de él—. Debería irme, tengo que madrugar.

—No quiero que te vayas todavía —me dice mientras me roza la espalda con los dedos. Yo tampoco quiero irme todavía y sus sensuales palabras me atraen de nuevo hacia él—. Deja que te haga el amor —susurra, y su aliento me hace cosquillas en la oreja.

Que me pida hacer el amor me enciende por dentro y no puedo resistirme. Sus palabras me excitan. Tiro de su mano y empiezo a caminar hacia la entrada.

Dentro de mi apartamento, apenas hemos cerrado la puerta y ya nos estamos desnudando el uno al otro. Yo buscando la hebilla de su cinturón, él tirando de mi camisa para pasármela por encima de mi cabeza. Nos encontramos en mi sofá y cuando mis rodillas tocan los cojines, me dejo caer. Amaury me quita los pantalones, deslizándolos por mis piernas. Alargo la mano hacia él para acercarlo más a mí, pero Amaury me empuja suavemente hacia atrás.

—Recuéstate. —Hago lo que me pide y dejo que él tome la iniciativa.

Capítulo 18

Amaury

Mis hombros se desploman mientras vuelvo a sentarme en el sofá. Hablé con mi papá después de no haberlo hecho en varias semanas. Las llamadas telefónicas con él y el resto de mi familia son una misión casi imposible porque nadie en mi familia tiene teléfono. Pero una de las vecinas a unas tres casas de la casa de mi papá tiene uno y permite que la familia de todos sus vecinos llame y use su teléfono. Por supuesto, cuando enviamos cosas a Cuba, también le enviamos dinero o algo para compensarla. Los teléfonos son raros porque son un lujo y caros de tener. Aunque aquí en Estados Unidos tenemos teléfonos móviles e Internet, la mayoría de la gente en Cuba no tiene acceso a ese tipo de cosas.

Todavía puedo oír las palabras de mi papá repitiéndose en mi cabeza:

—Me tienen que extirpar parte de la próstata. —Tengo un miedo atroz, porque una operación en Cuba no se parece en nada a una operación en Estados Unidos.

Me viene a la mente el recuerdo de mi hermana, que fue al hospital porque le faltaba el aire. Tenía asma y no conseguía controlarla. Al llegar al hospital, la ingresaron y quisieron administrarle líquidos por vía intravenosa, pero utilizaron agujas viejas para administrar los líquidos. El pinchazo le provocó una infección que no se detectó hasta que fue demasiado tarde. La infección se extendió por todo el cuerpo y la mató. Algo totalmente evitable y que nunca ocurriría en la mayoría de los países. Pero no en Cuba, donde los suministros médicos escasean y la atención médica es deficiente en el mejor de los casos.

Los hospitales no tienen los materiales necesarios, no tienen medicinas, y apenas hay condiciones sanitarias, al menos no en los hospitales fuera de las zonas turísticas. Los turistas reciben atención médica de primer nivel, mientras que los ciudadanos cubanos quedan rezagados, en extrema necesidad de atención médica básica. La Cuba turística y la Cuba real, dos naciones insulares diferentes que existen bajo la misma bandera. Cada vez que lo pienso y en cómo nos afecta negativamente me enojo, así que intento bloquearlo.

Me dijo que tiene que esperar tres meses antes de ir al hospital, lo que me da tiempo suficiente para preparar una caja con lo necesario para enviársela. Le pedí que hablara con el médico para pedirle cualquier cosa específica que necesiten para la operación, que puedo enviar desde aquí. Le dije que le volvería a llamar la semana que viene a la misma hora para ver si tenía alguna novedad y así poder empezar a comprar lo necesario.

Suena mi teléfono, deteniendo el tren de carga que pasa por mi cabeza. El nombre de Eduardo aparece en la pantalla y mi corazón se hunde. Esperaba que fuera Sol porque su voz es exactamente lo que necesito oír ahora mismo.

—Dime —digo, contestando a la llamada.

—Oye, ven a la tienda de la Avenida Washington.

Esta mañana cuando llegué la puerta estaba abierta. Forzaron la entrada anoche.

—¿Cómo? —grito. ¡Hijo de puta! Como si las noticias sobre mi papá no fueran suficientes, ahora también esta mierda. Me pongo en pie de un salto y cojo las llaves de la mesa que hay junto a la puerta principal.

Estaciono el Tahoe en el callejón de atrás y abro la puerta trasera de la tienda. Eduardo está hablando con dos policías.

Al echar un vistazo a la habitación, todo está igual que anoche. ¿Qué entraron a robar?

—Este es mi socio, Amaury —dice Eduardo, presentándome a los policías.

—Detective Suárez —dice la mujer, con el pelo negro recogido en una coleta—. Somos de la policía de Miami Beach y este es el detective Vidal. —Señala al joven que está a su izquierda, con un corte de pelo al estilo militar y un lunar oscuro en la barbilla—. ¿Es la primera vez que ve esto?

Asiento.

—Solo lo sé porque me llamó —respondo, señalando a Eduardo.

—Se llevaron unos cascos y dos de los scooters Yamaha que teníamos a la venta, el negro y el azul oscuro. Buscaban dinero en efectivo porque la caja registradora está abierta pero la caja fuerte sigue cerrada —dice Eduardo.

—¿Qué pasó con la alarma? —Pregunto.

—Inhabilitada —responde el detective Suárez. Me paso las manos por el cabello, frustrado por cómo empezó el día, y aún no son las diez.

—¿Tienen cámaras de vigilancia? —pregunta el detective Vidal.

—No —respondemos Eduardo y yo al unísono.

—Necesitamos un nuevo sistema de alarma —digo.

—Sugiero instalar cámaras de vigilancia —añade el detective Vidal.

—¿Se le ocurre alguien que pudiera hacer esto? —pregunta el detective Suárez.

—¿Crees que es alguien que conocemos? —pregunta Eduardo.

—Puede que no directamente. Frecuentemente es un conocido de alguien que sabe que va a cometer el delito. Si ese es el caso, la persona conocida puede no tener conocimiento de que se iba a cometer el delito —explica el detective Suárez.

Sacudo la cabeza.

—No tengo problemas con nadie —afirmo.

Después de hablar un poco más con los agentes, les pregunto si pueden terminar con Eduardo para que yo pueda ir a la otra tienda a ver cómo van las cosas. Hoy no he tenido noticias de mi empleado, lo que me hace pensar que no hay problemas en la tienda de la avenida West. Cuando llego a la tienda de la avenida West, todo parece normal y David está dentro sentado en el mostrador.

***

—¿Todo bien? —le pregunto a David mientras cruzo la

sala de exposiciones.

—Sí, ¿por qué no iba a estarlo? —responde.

Lo pongo al corriente de lo ocurrido en el otro local y David me dice que aquí no había nada fuera de lo normal, que la alarma seguía activada cuando él llegó y que no había nada fuera de lugar.

—UPS nos entregó un montón de piezas, puse las cajas en el garaje —me informa.

—Gracias.

En el garaje abierto, Roxy está sentada a lo largo de la pared del fondo, junto a la entrada de la oficina. La trajimos aquí ayer para poder ponerle la carcasa trasera que Sol ha estado deseando. Espero que la pieza esté dentro de una de las cajas que llegó hoy. Una vez que la encuentre, la fijaré a la parte trasera de la scooter. Sol quiere empezar a usar su scooter más, pero necesita el baul para el espacio de almacenamiento adicional. Es mucho más fácil moverse por Miami Beach en scooter que en carro. Estacionar es difícil y el tráfico es siempre intenso. Con el scooter todo es más rápido y sencillo.

Me viene a la mente la imagen de Sol sentada en el escritorio sin camiseta. La turgencia de sus pechos en su sujetador gris y negro, su piel aceitunada provocándome, su olor como una droga. Detenerme fue una de las cosas más difíciles que he hecho en mi vida, porque ejercer el autocontrol cerca de Sol es duro. Lo quiero todo con ella, pero sé que tiene que ser a su ritmo. Aunque me permite amarla y adorarla, todavía hay algo que la retiene, pero no quiere hablarlo, aunque no se lo he preguntado. Me pregunto si alguna vez me dirá qué le asusta tanto. Tendré que sonsacarle la información uno de los días en que esté generosa consigo misma y le apetezca compartirla.

Una vez localizado el compartimento para Roxy, empiezo a instalarlo. Asegurarlo al ciclomotor me lleva menos de quince minutos. Tenía pensado llevárselo a Sol de inmediato, pero le llevaré a Roxy a casa en otro momento. Ahora mismo, tengo una sorpresa para ella y no hay nada que desee más que ver a mi chica.

Capítulo 19

Soledad

Mi teléfono suena con una notificación de mensaje de texto. Cuando lo agarro, veo el nombre de Amaury en la pantalla.

Amaury: Estoy afuera. Agarra tu casco, y ponte tenis o botas. Y trae algo con mangas largas.

Hojeo el proyecto en el que estoy trabajando y miro el reloj. A la mierda. Mejor me tomo un descanso.

Soledad: ¿Adónde vamos?

Antes de que pueda dejar el teléfono, Amaury responde.

Amaury: Uno de mis lugares favoritos.

Se me hincha el corazón. Me encanta que acaba de aparecer y quiera salir conmigo. En mi armario, busco mis Converse rojas y, tras ponerme los vaqueros, me las abrocho. Me pongo una camiseta blanca de tirantes, agarro una camisa de manga larga, me la ato a la cintura y me enrollo un elástico alrededor de mis largos rizos, asegurándolos en un moño bajo para poder llevar el casco.

Agarro las llaves de la mesada y me cuelgo el bolso en el pecho.

Mientras camino por la vereda, lo veo sentado en una moto. Es negra, con llamas naranjas pintadas en todo el depósito y el manillar está levantado a varios centímetros del cuerpo de la moto.

—¿Es tuya? —pregunto arrastrando los dedos por la pintura.

Asiente, me rodea la cintura con los brazos y me cubre la boca con la suya. Como de costumbre, sus labios son cálidos y suaves. Hoy la barba es más espesa de lo habitual y recuerdo lo que sentí al besarlo recién afeitado.

—Necesitaba verte —dice, sin responder a mi pregunta.

—¿Necesitabas verme? Tanto me extrañas, ¿eh? —le pregunto, burlándome de él. Asiente y, en lugar de responder, sus labios vuelven a chocar con los míos. Es como si buscara algo y creyera encontrarlo en mí.

Echa la cabeza hacia atrás y pregunta:

—¿Te gusta? —respondiendo a mi pregunta anterior sobre la moto con su propia pregunta.

Mis dedos caen sobre mis labios, sintiendo lo hinchados que están por su avalancha de besos.

—Es increíble. Me encanta. No sabía que tenías una moto.

—No la saco tanto como me gustaría, pero ahora que sé que te gusta, podemos sacarla más a menudo.

Me gusta mucho. Es super sexy y elegante.

—Será mi primera vez en una moto. Un scooter es lo más cerca que he estado.

—Te encantará. Es muy diferente a tu Vespa. —Está radiante de orgullo mientras habla de lo diferente que es su moto de la scooter—. Tiene tubos ruidosos y sentirás las vibraciones del motor, y la conducción es mucho más suave que la Vespa. —Se levanta, mueve la pierna y se sienta, se acomoda en el asiento y se pone el casco antes de girar la llave y apretar el acelerador, con el rugido de los tubos haciéndose notar.

Amaury es sexy, desprende confianza y camina con contoneo, y sabe que es un tipo guapo porque nunca duda de sí mismo. Pero aquí, sentado en esta moto, es sensualidad con esteroides. Verle a horcajadas sobre la moto hace que se me acelere la respiración y se me revuelva la barriga. Me dan ganas de sentarme a horcajadas sobre la moto y enrollarme con él.

En lugar de eso, me pongo el casco y me subo detrás de él, rodeándole la cintura con los brazos, con su aroma único haciéndome cosquillas en la nariz. Es como él dijo, puedo sentir las vibraciones recorriendo mi cuerpo. Salimos a la calle, con los tubos de escape resonando en los edificios circundantes.

Bajamos por la calzada mientras el sol se abre paso por el cielo de Miami. Los enormes cruceros atracados en el canal a mi izquierda son un espectáculo para la vista, alineados uno detrás de otro, la gente en las cubiertas son pequeñas motas desde la distancia. Las palmeras que bordean la mediana están quietas, el aire estancado por la densa humedad.

Cuando toma el desvío hacia la I95 Sur, aprieto mis brazos alrededor de su torso. En todos los años que llevo conduciendo habré visto docenas de motos en la autopista y siempre he pensado que era una locura montar en una, pero aquí estoy, a lomos de la Harley de este hombre tan guapo. Es estimulante y aterrador al mismo tiempo. Amaury acelera al integrarse en los carriles de circulación y, cuando los carros nos adelantan por la izquierda, están tan cerca que puedo ver a los pasajeros de dentro y lo que hacen. Respiro hondo para calmar los nervios y vuelvo a desviar la vista hacia la autopista. Quizá si mantengo la vista en la carretera, no me sienta tan nerviosa.

La I95 termina después del centro de Miami y Amaury toma la última salida hacia Rickenbacker Causeway, Key Biscayne. Todavía no he estado en esta zona de la ciudad y estoy emocionada por ver y explorar una nueva parte de la ciudad. Mientras la moto pasa por el peaje y tomamos la curva, a nuestra izquierda se ven los rascacielos frente a la bahía que bordean Brickell Avenue; parece como si pudiera alcanzarlos y tocarlos. A nuestra derecha hay una playa, la orilla llena de gente y perros. La carretera nos lleva a un puente alto, que nos ofrece una vista espectacular del horizonte de Miami. La bahía se extiende hasta el MacArthur Causeway, y el agua está salpicada de yates y veleros hasta donde alcanza la vista.

Al bajar el puente, hay otra playa a nuestra derecha, el agua del océano de un azul intenso y tranquilo. A nuestra izquierda, carteles que indican que hay un restaurante, un puerto deportivo y una empresa de excursiones acuáticas. Los edificios siguen bordeando el lado izquierdo de la isla, el *Miami Seaquarium* a nuestra derecha, una propiedad frente al océano que se extiende casi media milla. Cruzamos otro puente, éste bajo y cerca del agua de color turquesa, antes de ver una señal que nos da la bienvenida a *Crandon Park*. La carretera está bordeada de plantas y árboles a ambos lados, mezclas de palmeras y otros arbustos tropicales, alguna que otra pequeña señal que indica las entradas a diferentes parques de playa a lo largo del camino.

Finalmente, llegamos al pueblo de *Key Biscayne*. Hay edificios de apartamentos a un lado de la calle y un pequeño centro comercial a la derecha con tiendas y restaurantes. Amaury reduce la velocidad de la Harley mientras seguimos conduciendo por el pueblo. Es un pueblo de playa por excelencia, con palmeras en las calles, carritos de golf junto a los coches y rascacielos a lo largo de la playa hacia el este.

Cuando la Harley se detiene, hemos llegado a la garita de entrada al Parque Estatal de Bill Baggs del Cabo de la Florida. Amaury se inclina hacia delante, saca la cartera del bolsillo trasero para pagar la entrada y vuelve a guardarla antes de acelerar y arrancar. La calle es estrecha, de un carril por sentido, de nuevo bordeada de vegetación tropical. No hay carros delante ni detrás de nosotros y la desolación me produce un escalofrío, que se disipa rápidamente cuando Amaury encuentra un lugar para estacionar a la sombra en una zona semillena.

Una vez de pie, me quito el casco y lo coloco sobre el asiento, soltándome el cabello y sacudiéndolo un poco.

—¡Qué viaje tan bonito! Bueno, al menos la parte

después de salir de la autopista —digo, mientras Amaury se quita el casco.

—¿Tenías miedo? —responde mientras cuelga el casco del manillar.

Asiento.

—Un poco. Los carros estaban muy cerca, e iban muy rápido.

—Ven acá, chica. —Me atrae hacia él y me rodea con sus brazos, dejándome caer besos por el nacimiento del pelo—. No tengas miedo.

Aquí, envuelta en sus brazos, no lo estoy. No quiero arruinar el momento con mis miedos, así que me separo de él y le pregunto:

—¿Qué hacemos aquí?

—El Farito está aquí. Es mi lugar favorito en Miami, y la playa aquí es como ninguna otra playa en la ciudad, aguas turquesas como en Cuba.

—¿Hay un faro aquí? ¿En Miami? —pregunto, realmente sorprendida. Cuando estuve investigando sobre Miami antes de mudarme, nunca encontré información sobre un faro.

—Sí. Nuestro último día en el mar pudimos verlo. Nos dio… —Se detiene y se muerde el labio, parece buscar una palabra—. Esperanza.

Una sonrisa se dibuja en mis labios al pensar en esa palabra.

—¡Sí! Esperanza, ¡y mucha alegría! Finalmente, nuestro tiempo en el océano casi había terminado. Cuando los guardacostas nos rescataron el faro estaba muy cerca. Después de que nos rescataran, me quedé mirando el faro todo el tiempo hasta que estuvimos lejos, ya no podía verlo. —Me dedica una sonrisa torcida mientras cierra el motor y saca la llave.

—Sólo puedo imaginarme lo que se siente —digo, aunque no creo que pueda imaginarme nada de lo que él ha vivido. Ni siquiera mi imaginación más salvaje podría conjurar algo cercano a lo que Amaury ha experimentado.

—Dale, vámonos. —Me agarra de la mano, nuestros dedos entrelazados, y empieza a caminar hacia el extremo más alejado del solar, donde empieza a aparecer un letrero azul y blanco con un faro. El cartel está encajado entre postes de electricidad adornados con cuerdas marinas y en el centro se leen las palabras Faro del Cabo Florida.

Atravesamos la verja y, al doblar la esquina del camino de baldosas, Amaury se detiene para que yo pueda contemplar el paisaje. Altas y delgadas palmeras se alinean a ambos lados del camino de piedra, de más de seis metros de altura, con las hojas meciéndose por la brisa del océano. En el otro extremo hay un viejo y elocuente faro de piedra blanca, con la parte superior negra, en claro contraste con el cielo azul que lo rodea.

—Guau —susurro—. Es increíble. Nunca hubiera imaginado que esta gran estructura estuviera aquí.

—Ya sabes lo que sentí cuando lo vi la primera vez.

Levanto los ojos para encontrarme con los de Amaury.

—Nunca sabré lo que sentiste, por mucho que me gustaría. Pasaste cuatro días en mar abierto y arriesgaste tu vida, esperando y rezando para llegar a tierra. Ver este faro después de tu travesía es una sensación irrepetible. No importa cómo lo describas, las palabras nunca le harán justicia.

—A lo mejor —responde, un magro intento de restar importancia a mis palabras.

Seguimos por el sendero hacia el faro y, cuando estamos sobre los ladrillos al pie del mismo, nos detenemos a contemplar el entorno. La alta estructura de ladrillo blanco se eleva sobre nosotros, el Océano Atlántico como telón de fondo, un embarcadero a la izquierda y una pasarela a la derecha que conduce a la cabaña del guardián.

—¿Vienes mucho por aquí?

Levanta un hombro.

—Me gusta conducir mi moto aquí y sentarme en el malecón. —Señala hacia ahí—. No es lo mismo que La Habana, pero en los días que extraño mi casa y mi familia, me encuentras aquí —termina, su tono se suaviza cuando me dice que este es el lugar al que viene los días que extraña a su familia.

Me agarra de nuevo de la mano y paseamos detrás de un grupo de gente. Al final del camino está la cabaña del guarda y caminamos hacia la izquierda, pasando junto a un banco. Amaury se sienta en la pared, acercando las rodillas al pecho para que sus pies descansen en el borde del cemento, y yo hago lo mismo. El agua está relativamente tranquila y las algas se acumulan en el borde del muro.

Está callado, perdido en su entorno y sus

pensamientos, y no quiero entrometerme. Suele hacer esto mucho, normalmente cuando estamos cerca del agua, que parece ser con frecuencia, ya que ambos somos amantes del océano.

No puedo evitar pensar en lo diferente que es de Carmine. Mi ex era impulsivo, ruidoso y rara vez escuchaba lo que yo tenía que decir. Cuando pienso en su comportamiento, frecuentemente era condescendiente y me menospreciaba. Aún me pregunto cómo fui capaz de ignorar lo que estaba a la vista.

Amaury es franco, pero su asertividad no es odiosa ni abrumadora. De hecho, es todo lo contrario, porque tiene un comportamiento tranquilo. Siempre está observando a los que le rodean, escuchando lo que ocurre y asimilándolo todo.

—Esta mañana hablé con mi padre por primera vez en más de un mes —dice Amaury, interrumpiendo mis pensamientos—. Me dijo que está enfermo, que necesita cirugía.

—Oh. —Me giro para mirarle—. ¿Por qué lo van a operar? ¿Estará bien?

—Quitarle una parte de la próstata, y eso espero.

—Quería animarle, así que le hablé de ti y se alegró por mí. Dice que le gustaría conocerte porque pareces increíble. —Amaury arrastra su dedo por mi mejilla, provocándome un escalofrío—. Cuando hablo con él, lo extraño. Al venir aquí me siento más cerca de él. —Sus hombros se hunden y cambia de postura.

El corazón me late en el pecho ante la confesión de Amaury, pero también me siento triste porque no puede ver a su familia. Estiro mi mano en busca de la suya, entrelazo mis dedos con los suyos y aprieto. No sé qué decirle, pero quiero que sepa que estoy a su lado. Nos sentamos en silencio, disfrutando de los sonidos del océano.

—¡No puede ser! Va a llover —dice Amaury, rompiendo el silencio.

—¿Cómo que va a llover, el cielo está despejado y azul? —digo mirando al cielo despejado.

Señalando a nuestra derecha, dice:

—Ahí, ¿ves esas nubes? Eso es una tormenta, lluvia fuerte y viene rápido.

—¿Cómo sabes que es una tormenta?

Se encoge de hombros.

—Aquí en Miami es común porque es un clima tropical y aquí siempre llueve así. —Me resulta extraño porque donde estamos sentados ahora mismo hay cielos azules despejados, pero no muy lejos de la orilla las nubes oscuras y ominosas se mueven hacia nosotros. Nunca había experimentado un clima tropical, como lo llama Amaury, en el que ves avanzar las nubes de tormenta. Es muy diferente de la lluvia general que caería en Nueva Inglaterra.

El viento sopla a ráfagas y, cuando miro hacia arriba, el cielo azul ha desaparecido casi por completo tras las nubes negras que se acercan y los retumbes de la inminente tormenta son cada vez más fuerte.

—Deberíamos irnos, va a llover en cualquier momento —sugiero.

Amaury se levanta de un salto y mira al cielo.

—No creo que lo consigamos sin que nos llueva. Quizá tengamos que esperar a que pase.

Agarrados de la mano, seguimos al pequeño grupo de gente hacia la salida. Hacia la mitad de la pasarela de piedra, el cielo se abre y empieza a llover con fuerza. Los truenos retumban mientras un torrente de agua sigue cayendo del cielo. Estoy empapada y empiezo a sentir frío de estar mojada, mi sujetador ahora visible a través de mi camiseta blanca de tirantes.

Cuando estamos bajo el refugio a la entrada del faro, Amaury pregunta:

—¿Tienes frío?

—Un poco. —Me froto los brazos para intentar entrar en calor.

—Lo sé, tienes los pezones duros —me susurra al oído. Miro hacia abajo y me doy cuenta de que mis pezones se han endurecido y son visibles a través del corpiño y la camiseta de tirantes. Siento que me sube el calor a las mejillas y cruzo los brazos sobre el pecho. Amaury me abraza y yo apoyo la barbilla en su hombro.

Cuando deja de llover, corremos hacia la moto para equiparnos y volver a casa. El estacionamiento está casi vacío, salvo por la moto de Amaury y algunos vehículos dispersos. Me desabrocho el casco de la moto cuando oigo:

—Sol.

Levanto la cabeza y ya no está al otro lado de la moto, sino a mi derecha.

—¿Sí?

Me quita el casco de las manos, lo cuelga del

manillar, me estrecha en sus brazos y me besa suavemente antes de cruzar nuestras miradas.

—Te amo.

Capítulo 20

Al volver del faro, Sol me pidió que la dejara en casa. Los dos estábamos mojados y teníamos frío. Cuando nos detuvimos frente a su edificio, se apresuró a bajarse de la parte trasera de la moto y despedirse. Cuando la invité a cenar a casa de Alain y Rubi porque Rubi hizo tamales, desestimó la invitación y me dijo que iba a ducharse y que tenía que terminar un proyecto en el que estaba trabajando. Me pregunto si es sólo una excusa, porque después de decirle que la amo, su mirada bajó al suelo y su cuerpo se puso rígido antes de zafarse de mi abrazo. Después, Sol estuvo callada el resto del tiempo que estuvimos juntos. Su sonrisa radiante desapareció; sus ojos, serios.

Sol es reticente con sus emociones, y no entiendo por qué. Llevamos saliendo cuatro meses y sigue conteniéndose. ¿Es posible que sea demasiado pronto? ¿Que no me quiera? ¿Que no quiera seguir con esta relación y se esté guardando el corazón? Espero que no, porque lo que siento por esta mujer nunca lo había sentido antes. Normalmente se me da bien leer a la gente, pero Sol es un misterio para mí.

Sin darme cuenta, me encuentro en casa de Alain. Pensaba quedarme en casa, pero necesito compañía esta noche después del día que he tenido. Si no, me volveré loco pensando en Sol y en todas las cosas que no entiendo de ella.

—¿Y la jeva? —me pregunta Alain cuando entro en el patio.

—Yo también me alegro de verte, hermano —respondo. Agarro una botella de agua del refrigerador, me siento y me la bebo de un trago. Menos mal que no bebo, si no hoy sería uno de los días en que bebo mucho.

—¿No viene? —pregunta Rubí. Saca dos tamales de la olla grande del fogón y los pone en un plato para mí.

—No, está trabajando, o eso dice —le digo.

—Parece que se te murió el perro. ¿Qué pasó? —me pregunta Rubi, señalando mi aspecto miserable mientras me pone el plato delante.

Rubi es como mi hermana. Nos conocemos desde que éramos niños en Cuba. Es menuda y rubia, con grandes ojos marrones y labios carnosos. Alain y ella salieron juntos en la adolescencia y rompieron cuando Alain se vino a Estados Unidos. Se casaron, tuvieron hijos y se divorciaron. Tras divorciarse retomaron el contacto y Alain se trajo a Rubi de Cuba con sus dos hijas y desde entonces están juntos. Alain nunca se olvidó de ella, siempre hablaba de cómo la extrañaba y de que son almas gemelas. Están hechos el uno para el otro. Terminan las frases del otro y se adoran. Es el tipo de relación que anhelo. Una relación que espero tener con Soledad, si me acepta.

Levanto el hombro mientras me siento en la silla.

—Hoy fuimos al Farito y antes de irnos le dije que estoy enamorado de ella. Después de decirlo no dijo nada.

Pidió irse a casa y dijo que tenía que terminar un trabajo.

—¿Por eso estás así? —pregunta, agitando las manos mientras habla—. Amaury, a esa chica le gustas mucho. Cuando estuvimos en el concierto de Varela, habló de ti toda la noche. ¿No ves cómo te mira?

—¿Tú crees? —pregunto, sin estar segura de creer lo que Rubi me está diciendo. Cojo la botella de tabasco que hay en la mesa para echarle un poco a mis tamales.

Los tamales cubanos son una de las comidas que más me gusta comer. Se hacen con maíz molido y el relleno cambia según quién los haga. Rubi añade carne de cerdo y pimientos rojos. Luego rellena las hojas de maíz y las ata antes de hervirlas. Es una profesional y están deliciosos. Alain me invita a su casa cuando los hace porque le sobra para todo el grupo. Mi padre los hacía en Cuba, pero los nuestros nunca llevaban carne, porque no teníamos acceso a ella. Los rellenaba con las verduras que encontraba.

—No lo creo. Lo sé —exclama—. Después del concierto, le dije a Alain que algún día se van a casar.

—Es verdad —dice Alain—. Y ya sabes que Rubi es bruja. —Se ríe cuando llama bruja a Rubi. Rubi tiene la extraña habilidad de predecir lo que va a pasar en cualquier situación y con cualquier persona. Es increíble lo certera que es. Se conoce como la bruja de nuestro círculo de amigos.

—Bueno, espero que esta vez también tengas razón. Porque esa chica me tiene loco. Pienso en ella día y noche y quiero estar con ella todo el tiempo. No lo hago porque no quiero espantarla. Ella siempre está entre el sí y el no —digo, explicándoles la situación.

—Invítala a la Fiesta de los Municipios. Es la semana que viene. —La Fiesta es un evento anual que se celebra en un gran salón donde la gente de mi barrio en Cuba se reúne para comer, beber, bailar y recordar. Empezó hace varios años sólo con nuestro barrio, y ha ido creciendo. Ahora no es sólo nuestro barrio, sino también algunos de los alrededores. Hay otras fiestas que se celebran por todo Miami para diferentes zonas de Cuba. Vamos casi todos los años porque es el único lugar donde puedes contar con ver a viejos amigos de Cuba.

—Me gusta la idea —le digo, gustándome la idea de invitar a Sol a acompañarme. Cuando la vuelva a ver, la invitaré, sobre todo porque se va a vestirse elegante y quiero verla con uno de esos vestidos que acentúan todas sus curvas.

Cuando termino de comer, me siento a jugar unas rondas de dominó con Alain, Rubi y Roberto antes de volver a casa. Mientras conduzco por la calzada, decido pasar por casa de Sol. No puedo dejar de pensar en lo que me contó Rubi y Sol está en el primer plano de mis pensamientos. La extrañe esta noche, sobre todo cuando estaba con mis amigos. Ella debería estar conmigo, disfrutando del día a día de una relación. Quiero eso con ella. Lo quiero todo con ella. Cuando llego a la puerta de su edificio, veo que las luces de su piso están apagadas. Miro el reloj de la radio, que marca las diez y siete. Son sólo las diez, pero entre semana se acuesta temprano, así que probablemente sea demasiado tarde para llamarla y no quiero despertarla. Ojalá tuviera una llave; entraría sin hacer ruido, me metería en la cama, me acercaría a ella y la envolvería en mis brazos.

Veo movimiento a mi izquierda, al otro lado de la calle del edificio de Sol. Hay un tipo moreno sentado en la pared del edificio de apartamentos. Lleva jeans y una chaqueta ligera, aunque no es tiempo de chaquetas. No es una cara que reconozca desde que vengo por aquí. No es que deba reconocer a todo el mundo, pero desde que vine por primera vez presto atención a la gente que va y viene de este barrio. Es una mujer que vive sola y, aunque es relativamente seguro por aquí, me preocupa. Decido no despertar a Sol y pongo el Tahoe en marcha. Miro por el retrovisor y veo que el tipo sigue sentado junto a la pared, mirando en dirección al edificio de Sol.

Capítulo 21

Soledad - Una semana después

Estoy trabajando en la traducción de documentos para un cliente abogado que necesita estos contratos traducidos del español al inglés. He estado descifrándolos durante la última semana porque las copias que me dieron no son muy legibles y he estado luchando a través de este proyecto. Por suerte, aún me quedan dos semanas para cumplir el plazo. Me alegro de haber empezado temprano. Mi teléfono me avisa de que recibí un mensaje de Amaury y sonrío al pensar en él. Debe de saber que necesito un descanso del trabajo y lo extraño. Más de lo que me gustaría admitir.

Amaury: ¿Cafecito más tarde?

Apenas nos hemos visto desde el día que fuimos en su moto al faro, lo que hace las cosas un poco raras porque él me dijo que me ama y yo no le he respondido, ni lo hemos hablado. Sé que es mi miedo desbordado por Carmine y por cómo fue todo con él. Puedo oír la voz de Melida en mi cabeza, recordándome que no castigue a Amaury por los pecados de Carmine. Me he mantenido ocupada con el trabajo e inventando excusas para retrasar lo inevitable.

Soledad: Sí. ¿Lugar y hora habituales?

Quedar con Amaury para tomar un café se ha convertido en una especie de ritual entre nosotros. Nunca fui una gran bebedora de café, por lo general sólo tomaba una pequeña taza por la mañana para empezar el día. Pero desde que me mudé a Miami y salgo con Amaury, mi hábito del café ha cambiado. Ahora tomo al menos un cafecito al día, pero en promedio son entre tres y cuatro. Solemos encontrarnos en el local cubano de *Euclid* y la Sexta cuando terminamos de trabajar.

Amaury: Sí. Trae tu traje de baño para ir a la playa un ratico.

Aún recuerdo cuando conocí a Carmine, nos veíamos casi todos los días y nos hicimos inseparables. Me dijo que me quería a las pocas semanas de empezar a salir y yo le correspondí. Si hubiera sabido entonces que se volvería posesivo, controlador y violento, las cosas habrían sido muy diferentes. Ignoré las señales que tenía delante día tras día. Su antipatía por mis amistades, sus continuas críticas hacia ellos y su deseo de aislarme. Su mal genio, su necesidad de controlarlo todo y su asombrosa capacidad para arruinar una buena noche de diversión empezando una pelea innecesaria con desconocidos. Perdí la cuenta de cuántas veces nos avergonzó a mis amigos y a mí en un restaurante o en un club, y durante años lo permití porque guardé silencio al respecto.

Después de colocar el bolso debajo del asiento, introduzco la llave en el contacto de mi Vespa. Cruzo por *Meridian Ave*, mi calle favorita de Miami Beach. Esta calle arbolada se extiende por el corazón de la ciudad, una espina verde entre bloques de edificios. Los árboles de *Beautyleaf* brasileños proporcionan un dosel arbóreo de codiciada sombra contra los largos días de sol. La hermosa calle arbolada es lo que me atrajo a vivir en este barrio de Miami Beach.

Es un día típico de Miami: caluroso y húmedo. A pesar de la densa humedad, montar en la Vespa por la avenida Meridian me da un respiro del aire estancado, el aire cálido soplándome el pelo. Cuando regrese a casa más tarde, me voy arrepentir de no haberme atado el pelo antes de subirme a la Vespa, pero cuando estaba lista para salir me di cuenta de que había olvidado una gomita y no tenía ganas de volver a entrar a buscar una.

Estoy en el semáforo que precede al Café y veo a Amaury apoyado en el mostrador, con el pie izquierdo cruzado sobre el derecho y riendo mientras charla con la dependienta. Incluso desde esta distancia, puedo ver lo guapo que es, con su piel dorada y resbaladiza por el sudor del sofocante calor de Miami.

Estaciono la Vespa en la vereda frente a la ventanita que sirve cafecito cubano. La primera vez que Amaury me invitó a tomar un café, yo esperaba ir a una cafetería, que es a lo que estaba acostumbrada en Boston. Aunque hay cafés tradicionales en Miami, son pocos y distantes entre sí. En cambio, los lugareños de aquí prefieren pedir un cafecito y pastelitos por la ventanita para luego charlar con otros que hacen lo mismo, casi siempre de política cubana.

—Hola, muñeca. ¿Cómo estás? —me pregunta Amaury cuando me acerco a él. Cuando llego hasta él, se inclina y desliza sus labios por los míos, la sensación de suavidad y calor contra los míos despierta las mariposas que residen en mi estómago.

—Ahora mejor —respondo mordiéndome el labio.

Me dedica una sonrisa ladeada.

—Yo también te extrañe, muñeca. —Luego se dirige a la mujer detrás del mostrador—. Dos cafecitos por favor —le pide Amaury. Cada vez que quedamos aquí, nos tomamos un café cubano. Es fuerte, rico y tiene la cantidad justa de azúcar.

—Un pastelito de queso también, por favor —añado. Los pastelitos de queso se han convertido rápidamente en una de mis comidas favoritas.

—¿Como te fue el día? —pregunto y arrastro la punta de mis dedos por su antebrazo derecho.

—Largo y demasiado caluroso El aire acondicionado en el trabajo se descompuso y no podemos arreglarlo hasta mañana.

—No me quiero ni imaginar lo que es no tener aire acondicionado en todo el día en el trabajo con este calor. Creo que me desmayaría. —El calor aquí en Miami es como una sauna. El aire es denso y está cargado de humedad, el sol te abrasa la piel y el sudor te sale por los poros a los pocos segundos de estar fuera.

—Antes no me molestaba porque trabajaba fuera

cuando arreglaba scooters todo el día. Ahora trabajo sobre todo dentro y me acostumbré al a/c y paso calor más fácil. —Toma de la botella de agua que tiene delante.

La mujer coloca dos tazas de expreso ante nosotros, Amaury agarra la suya y se la lleva a los labios, y yo hago lo mismo. Está caliente, con una gruesa capa de crema espumosa sobre el caramelo de café coloreado con burbujas.

—Estaba pensando —digo, volviendo a dejar la taza sobre el mostrador—. ¿Quieres ir a los Cayos este fin de semana y nos quedemos en Islamorada? —Sus ojos se iluminan y me dedica una sonrisa torcida. Desde que me mudé aquí, sólo he conducido hasta los Cayos de Florida una vez. Amaury y yo pasamos el fin de semana en Key West. El trayecto fue espectacular, con las vistas del océano a un lado y del golfo al otro, pero no nos detuvimos. Desde entonces, tengo ganas de volver a Islamorada para alojarme en uno de los resorts del lado del golfo, descansar en la playa y comer marisco local.

Mueve la cabeza de un lado a otro y mi esperanza se aplana.

—Rubi me dijo que este fin de semana es La Fiesta de los Municipios. Es una fiesta para la gente del barrio en Cuba. Solemos ir porque vemos gente del barrio. Iba a preguntarte si quieres venir conmigo.

Estoy algo decaída porque no iremos a los Cayos, pero me entusiasma la idea de ir a una fiesta con él.

—Claro, me encantaría —le respondo, interesada en aprender más sobre su cultura y su vida en Cuba. Qué mejor manera que asistir a una fiesta con gente de su pueblo—. ¿Cuándo es y qué me pongo?

—Pasado mañana a las ocho —responde. Bien, pasado mañana me da tiempo suficiente para encontrar algo que ponerme, ya sea en mi armario o en el centro comercial—. Vístete de fiesta. Te pongas lo que te pongas estarás guapa —me dice, dejándome caer un beso en la punta de la nariz.

—Suena bien. Ahora vamos a terminar para que podamos ir a nadar. Hoy hace mucho calor y estoy deseando refrescarme en el mar.

Estacionamos los scooters en la calle sin salida de *South Pointe Drive* y recorremos el sendero hasta llegar a la arena. Me dejo los zapatos puestos porque aún hace calor y no quiero quemarme los pies. Ante mí se alza una estructura naranja y amarilla, una estructura de socorrismo. Todavía no he estado en esta parte de la playa, pero estas estructuras de socorrismo están repartidas por todo el tramo de 11 kilómetros de Miami Beach, cada estructura con diseño único. El que veo un poco más al sur es de rayas rojas y blancas y parece un faro en miniatura, muy de Nueva Inglaterra.

—Estas casetas de salvamento son una de las cosas que más me gustaron de Miami Beach la primera vez que la visité. Su arquitectura única hace de cada una de las estructuras de color caramelo una obra de arte y una de las principales atracciones turísticas.

—Sí, son lindas. A mí también me gustan. En Cuba las playas también tienen salvavidas, pero eran simples estructuras altas.

Una vez que dejamos nuestras cosas en la sábana

que Amaury ha extendido sobre la arena, nos quitamos la ropa y corremos hacia la orilla del agua. La sensación de frescor del agua golpeando mis pies se extiende por todo mi cuerpo, consiguiendo por fin un respiro del calor agobiante. Es un buen momento del día para estar en la playa porque hace calor, pero no el mismo calor que al mediodía, y el agua es refrescante. Los bañistas están esparcidos por la arena, los niños juegan a lo largo de la orilla con sus cubos y palas, un pequeño grupo de chicos se lanzan el frisbee entre ellos.

Amaury se zambulle en el agua, sale a tomar aire varios metros delante de mí y sacude la cabeza cuando emerge. Sigo caminando hacia él, dejando que el agua me refresque lentamente la piel a medida que me acerco. Cuando estoy a un brazo de distancia, Amaury me agarra por la cintura y tira de mí hacia él, y yo le rodeo el torso con las piernas.

—Oye, tengo ganas de singarte —me susurra al oído—. No te he visto en toda la semana y extraño a mi jeva. —Puedo sentir su erección presionándome. Tener sexo en un lugar público es una línea que nunca he cruzado. Aunque estamos en el agua y lejos de la gente, así que probablemente podamos salirnos con la nuestra.

—Umm, ¿aquí? —pregunto, mirándole a los ojos rebosantes de lujuria.

—Sí. —Sus dedos recorren mi torso hasta llegar al dobladillo de mi bañador—. ¿Quieres? —El bulto de su bañador me aprieta.

—Sí y no. ¿Y si nos pillan? —pregunto, mirando a mi alrededor para ver si hay alguien mirando. Mientras mis ojos vagan, el agua alrededor está tranquila y las personas más cercanas están a lo largo de la orilla, y son diminutas desde esta distancia.

—Estamos solos por aquí, y no parece diferente a como estamos ahora, apretaditos. —Lo que dice tiene sentido, quiero decir que estamos firmemente abrazados, la única diferencia es que él estaría dentro de mí. Puede que me arrepienta, pero ahora mismo estoy ardiendo por dentro y me apetece sobrepasar los límites por una vez. Cuando estoy con Amaury, me encuentro queriendo y haciendo cosas que no son típicas de mí y estoy cansada de ser una seguidora de las reglas. Quiero empezar a colorear fuera de las líneas.

Meto la mano por dentro de sus calzoncillos en busca de él. Con la mano sujeto firmemente su dureza, deslizo la braguita del bañador por encima con la otra mano y lo deslizo dentro de mí, dejando que me sienta. Amaury echa la cabeza hacia atrás y se introduce en mí, siseando. Me agarra por la cintura y se desliza dentro y fuera de mí.

—Amaury —murmuro, la sensación de sus suaves embestidas se extiende por todo mi cuerpo.

—Dime, muñeca —responde él, con los ojos encendidos de lujuria y amor.

—Yo también te amo.

Capítulo 22

Amaury

Sol por fin dijo las palabras que ansiaba oír. Después de decirle que la amaba la semana pasada he estado intentando encontrar el momento adecuado para hablarlo, hablar de sus sentimientos y de lo que le pasa, pero me ha estado evitando. No suelo rehuir las conversaciones, pero con Sol tengo que andarme con pies de plomo. Quiero que sea bajo sus condiciones. Me alegro de haber esperado, aunque me haya parecido una eternidad.

Estamos tirados sobre mi sábana de playa hecha jirones, los naranjas y amarillos descoloridos casi se mezclan con el color blanquecino de la tela. El material desgastado es suave contra mi piel salada mientras tomamos los últimos rayos de sol y disfrutamos de la tranquilidad de la playa a esta hora del día. Quedan algunos rezagados cuando se acerca el crepúsculo, y el cielo rosa y naranja se extiende kilómetros y kilómetros.

Sol tiene la nariz y las mejillas rojas, quemadas por el sol. No la vi ponerse crema de sol cuando llegamos. —¿Hoy no llevas crema de sol? —le pregunto.

—No, ¿por qué? ¿Tengo una quemadura? —pregunta.

Asintiendo, digo:

—Tienes las mejillas muy rojas.

—¿De verdad? No creí que necesitara protección solar porque llegamos a última hora de la tarde—. Se pasa los dedos por las mejillas y la nariz.

—En Miami el sol es demasiado fuerte. Siempre necesitas crema, muñeca. —La arena entre mis pies está caliente y arrastro el pie hacia delante y hacia atrás, escarbando lentamente.

—Creo que tengo aloe en mi apartamento, me pondré un poco cuando llegue a casa.

—Este es mi momento favorito del día —dice Sol, estirando las piernas. Le dibujo círculos en la parte superior del muslo derecho mientras me apoyo en el codo izquierdo para mirarla.

—¿Sí, por qué? —pregunto.

—Los colores del cielo y las nubes. Parecen algodón de azúcar. Las puestas de sol, cuando se pueden ver, son preciosas. Me hacen sentir tan pequeña en el gran esquema de la vida y, sin embargo, es una transición tan pacífica de experimentar.

—Para estar en paz deberías probar el amanecer, es mucho mejor. —Trazo el dibujo del remolino rojo en su bañador.

—Pero es muy temprano. Tienes que salir de la cama cuando todavía está oscuro. —Se ríe. Me acerco a ella y le quito unos granos de arena de la frente.

La arena de la playa de Miami es muy diferente a la de las playas a las que iba de niño. Aquí es gruesa, de color topo pálido y grano grueso. Pero en Cuba la arena blanca se extiende a lo largo de kilómetros y es similar a un suave talco.

—Es mi favorita. Corro todas las mañanas por la arena y contemplo el sol cuando empieza un nuevo día.

—¿Por qué es tu favorita? —me pregunta.

—Me levanto temprano todos los días, desde que era niño. Es un nuevo comienzo y es tranquilo. Puedo pensar mucho en cómo quiero que me vaya el día mientras corro. Además, me gusta escuchar los pajaritos.

—¿El piar de los pájaros? Sí, me despiertan casi todas las mañanas y suelo enojarme. —Se ríe entre dientes. Me encanta verla tan relajada, con sus rizos oscuros sueltos y extendidos a su alrededor como una corona. Tiene los ojos suaves y la piel cubierta de arena. La neblina postorgásmica aún persiste, y volvería a hacerle el amor ahora mismo, pero incluso yo debo reconocer que, aunque sólo hay unas pocas personas aquí, siguen siendo demasiadas.

—Es un buen ritual. El único ritual que tengo para empezar el día es tomarme una buena taza de café. —Frunce los labios.

—Y ahora es cafecito lo que bebes.

Ella asiente.

—Sí. No puedo creer que me haya estado perdiendo el café cubano todos estos años—. Cuando conocí a Sol, bebía café preparado en una cafetera de goteo. Pero, a medida bebía más cafecito, se compró una *Bialetti Moka Express* y me pidió que le enseñara a hacer café cubano. Me dijo que desde que aprendió ya casi no bebe café de goteo, lo cual me parece lógico. Nada sabe mejor que un cafecito cubano.

Sol se mueve para ajustarse la toalla que utiliza

como almohada y cierra los ojos, con sus largas pestañas rozando la piel bajo los ojos. Tiene el cabello suelto y las comisuras de los labios son suaves. Está deslumbrante.

—¿Sabes cuál fue una de las primeras cosas que noté en ti? —Levanto la mano y apoyo los dedos en la punta de su nariz.

—¿Qué cosa? —pregunta.

—Tu aro de la nariz. Es pequeño pero la luz dio en la piedra y brillaba, me llamó la atención.

Levanta los dedos y empieza a girar el pequeño broche de su fosa nasal derecha.

—A veces olvido que lo tengo porque lo he tenido por un largo tiempo.

—Hoy me hiciste el hombre más feliz, ¿sabes? —pregunto, inclinándome hacia ella y acercándome a su boca.

—¿Cómo lo hice? —Sol abre los ojos, marrón mezclándose con verde, y levanta el brazo izquierdo, que apoya en la parte superior de mi espalda.

—Finalmente me dijiste que me amas. Nunca pensé que lo dirías y ¡era una tortura! —Tortura era exactamente lo que sentía al esperar que ella correspondiera a mis sentimientos.

—No pretendía torturarte. Esas palabras son difíciles para mí. — Sus dedos dibujan círculos a lo largo de mi piel. Acaricio su mejilla con el dorso de la mano, su suave piel alivia la mía.

—¿Por qué?

Se encoge de hombros y baja los ojos.

—Simplemente lo son, y quería estar segura de lo

que sentía antes de responder. —Intuyo que no me está contando toda la razón, pero con Sol me he dado cuenta de que no puedo forzar las cosas con ella, necesita decir y discutir las cosas en sus propios términos. Si no, el tiro le sale por la culata y se encierra en sí misma.

—¿Eso es todo, la única razón? —pregunto, aunque ya sé lo que me va a decir.

Asiente, pero sus ojos no se cruzan con los míos. El aire que nos rodea es denso, la humedad se mezcla con la incomodidad. Mis labios se encuentran con los suyos y aprieto su carnoso labio inferior entre mis dientes, chupándolo. La sal del mar se mezcla con su dulzura.

Quiero pedirle que se mude conmigo, pero sé que si lo hago se repetirá la situación. Ella no me responderá, y sólo hará que las cosas vuelvan a ser incómodas entre nosotros. Pensará que vamos demasiado deprisa, y quizá sea así, pero yo ya sé lo que Sol significa para mí.

Es la mujer que amo.

Es la mujer que he esperado toda mi vida conocer.

Es la mujer con la que quiero pasar el resto de mi vida.

En vez de pedirle que se venga a vivir conmigo, le digo:

—Eres mi media naranja.

Sol se separa de mí.

—¿Tu media naranja? —Levanta una ceja, interrogante.

Asiento.

—Sí. Yo soy una mitad y tú la otra. Juntos, somos una naranja entera. —Es cursi, lo sé, pero no puedo evitarlo, así es como me hace sentir. Vuelvo a acercar mis labios a los suyos.

—Es mono, me gusta. —Una sonrisa se dibuja en su cara.

—¿Nos vamos? —pregunto mientras el cielo se oscurece a nuestro alrededor. Ella asiente y se arrodilla, metiendo los brazos por las mangas y luego liberando sus rizos.

Volvemos a los scooters y ella pregunta:

—¿Qué comemos? Tengo hambre.

—No se. ¿Qué quieres comer?

—Quería probar *La Sandwicherie*. ¿Has ido alguna vez? —dice.

—No, no me gustan los sándwiches, pero si tú quieres ir, iremos. —Cualquier cosa con tal de verla sonreír.

Ponemos nuestras cosas en cada uno de nuestros scooters, nos atamos los cascos y salimos a Ocean Drive.

Capítulo 23

Soledad

Compré un par de vestidos diferentes en Macy's porque no estaba segura de cuál quería ponerme. Uno es un vestidito negro muy lindo y el otro es un vestido halter rojo. No me encanta ninguno de los dos, pero es lo mejor que podía hacer con tan poco tiempo. Mientras camino hacia el coche, siento que alguien me sigue, pero cuando me doy la vuelta no hay nadie. Me tomo un momento para evaluar la zona y asegurarme de que no se me escapa algo o alguien. El estacionamiento está lleno, pero no hay gente. Deben de ser restos inquietos de los días en que tenía que vigilar por encima del hombro a cada paso. En cuanto llego a mi coche, tiro las bolsas en el asiento del copiloto y cierro rápidamente la puerta.

***

—Vaya, quiero quitarte el vestido en vez de salir de casa —dice Amaury entrando en mi apartamento. A pesar de haberme pasado unas cuantas horas de compras esta mañana, acabé rebuscando en mi armario y encontré un vestido que sólo me puse una vez para un cóctel el año pasado. Además, es Miami, la tierra del verano interminable, así que me pareció perfecto. Llega a las rodillas, tiene la cantidad justa de brillo para llamar la atención y me abraza en todos los sitios adecuados. Por supuesto, es rojo fuego, mi color favorito, así que lo combiné con un pintalabios a juego y sandalias bajas abiertas.

—Tú también te ves muy bien —le digo, mirándole de pies a cabeza. Amaury me llamó hace unas horas para preguntarme qué color de vestido llevaba. Lleva un traje negro, ajustado a su delgado cuerpo y ceñido en los bajos. Su camisa de color rojo oscuro tiene tres botones abiertos en el cuello, dejando al descubierto su pecho dorado, un mechón de vello pectoral asomando, su cadena de oro brilla cuando le da la luz.

Mientras cruzamos a grandes zancadas el estacionamiento en dirección a la entrada del salón de fiestas, Amaury entrelaza sus dedos con los míos y, al hacerlo, mi nerviosismo disminuye. Estoy nerviosa porque no sé a qué me voy a enfrentar y, aparte de algunos de sus amigos, no conozco a nadie.

—Oye, Sol. Te lo dije, escogiste al cubano equivocado. Deberías haberme elegido a mí, mi reina —dice Alain, riendo entre dientes mientras me besa para saludarme. Me pregunto si alguna vez me acostumbraré a que me llame de otras maneras sólo para fastidiar a Amaury; hoy es mi reina. Tanto Amaury como la novia de Alain ni siquiera se inmutan por lo que sale de su boca. Debe ser un gusto adquirido.

—Hola, Alain. —Me separo de él y me vuelvo hacia su novia—. Hola, Rubi —la saludo, besándole la mejilla.

—Me encanta tu vestido. El rojo es sin duda tu

color, chica —dice Rubi arrastrando los dedos por mi vestido.

—Gracias —respondo.

Después de cenar, Amaury me arrastra a la pista de baile cuando empieza a sonar Willie Colon y me dice que es una buena canción para que practique el baile. Tres canciones después, necesito un descanso y una copa. Estamos en la barra esperando para pedir cuando oigo a una mujer detrás de mí decir:

—Amaury, ¿eres tú?

Amaury se pone rígido y abre mucho los ojos. Tiene los labios flojos y se levanta de donde estaba, apoyado en el mostrador. Me vuelvo hacia la mujer que está a mi izquierda y ligeramente detrás de mí. Tiene el cabello largo y rubio, rizos que le caen en cascada por la espalda, y una chica joven a su izquierda. La chica es joven, delgada y de piernas largas. Tiene los mismos rizos rubios que la mujer, pero lo que más me llama la atención son sus penetrantes ojos verdes. Ojos familiares porque son los ojos de Amaury.

Mi cuerpo se vuelve hacia Amaury que todavía no ha dicho nada.

—¿Quién es? —le pregunto, con la voz temblorosa al salir de mis labios.

—Su esposa —responde la mujer levantando la barbilla y acercándose a mí. Sus palabras me causan un dolor agudo en el pecho, es como si me hubieran apuñalado y alguien estuviera retorciendo la hoja en mi corazón.

Sin reconocer a la mujer ni sus palabras, busco los

ojos de Amaury y le pregunto:

—¿Tu esposa? —Mis palabras son cortantes, pero apenas salen de mis labios. Rápidamente aparta sus ojos de los míos y se me eriza el vello de la nuca. Busco una respuesta en el rostro de Amaury, pero él se niega a mirarme. Se queda boquiabierto mirando a la mujer y su rostro se endurece.

No puedo creer que me esté pasando esto ahora. ¿Está casado? ¿Cómo es posible que hayamos estado saliendo todos estos meses y no me haya dado cuenta? ¿Cómo lo ocultó tan bien? La joven debe ser su hija. Tiene los mismos ojos verde esmeralda de los que me enamoré. ¿Qué coño está pasando ahora?

—¿Yanelis, qué haces tú aquí? —le pregunta a la mujer, con voz temblorosa. Es evidente que la conoce, porque la llama por su nombre mientras le pregunta por qué está aquí.

—Amaury, ¿estás casado? —Vuelvo a preguntar, pero él sigue negándose a que sus ojos se encuentren con los míos.

El silencio entre nosotros es sofocante.

La desesperación que siento se intensifica.

El aire pesado me ahoga.

Antes de alejarme, apoyo la mano en su brazo y le miro una vez más, mi último intento de que Amaury me responda, que me detenga antes de irme, pero no lo hace. En lugar de eso, me mira fijamente a los ojos durante un instante antes de dejarme de lado y volverse hacia la mujer y la niña que debe de ser su hija. Su silencio es sofocante. Las lágrimas arden y amenazan con caer, pero no puedo liberarlas, al menos no todavía.

Me doy la vuelta y salgo por la puerta. Veo un banco a mi izquierda y me siento, respirando hondo e intentando calmar los erráticos latidos de mi pecho. Me cuesta respirar y mantener la calma. No quiero derrumbarme delante de toda esta gente. Con mano temblorosa, agarro el móvil del bolso y llamo a un taxi para que me recoja.

Capítulo 24

Amaury

El lugar a mi alrededor da vueltas y, a pesar de la música alta y la multitud de gente, todo está borroso.

—Amaury, ¿vas a hablar conmigo? —pregunta Yanelis, rompiendo mi trance.

—¿Qué haces aquí?

—¿Qué hago yo aquí? ¿Eso es todo lo que tienes que decir?

—No. Tengo mil cosas que decir, pero es la única que puedo decir ahora mismo. —Se le pone rígida la columna vertebral y cruza los brazos en señal de desafío. La joven que está a su derecha sólo puede ser mi hija. No tengo ninguna duda de que esta hermosa señorita es mi hija. La niña que nunca supe que existía hasta este momento. No hay duda de que esos ojos son los míos, los esmeralda pálidos que me miran con confusión y dolor.

—¿Cómo te llamas? —le pregunto, acercándome un poco más a ella.

—Analía —responde, y retuerce sus manos, una dentro de la otra.

Analía. Yanelis y yo habíamos hablado de los nombres de los niños, si algún día los teníamos, y Analía era como le había dicho que llamaría a nuestra hija. La punzada en mi corazón aumenta al verla. Es alta, tiene las piernas largas y delgadas y me llega a los hombros. Puede que tenga mis ojos, pero su cabello es rubio y rizado como el de su mamá.

—Hola, Analía. Encantado de conocerte, soy Amaury. —Le tiendo la mano, sin saber si debo inclinarme también para besarla, por miedo a asustarla o a cruzar una línea que no veo.

—Sí, Mima dice que eres mi papá —responde tendiéndome la mano mientras mira a su mamá.

—Eres hermosa. —Esboza una sonrisa tímida y baja los ojos al suelo. Son las únicas palabras que puedo decir en este momento. No sé cómo asimilar la sorpresa de saber que tengo una hija. ¿Debería enojarme? Pero cómo si fui yo quien se fue de Cuba sin decir una palabra. ¿Tenía derecho a saber de ella?

—Yanelis, ¿podemos hablar? —Hago un gesto detrás de mí—. En privado —le pido.

Asiente y le dice algo a Analía antes de caminar a mi alrededor.

—¿Por qué le dirías a Sol que eres mi mujer? —Pregunto, mientras voy detrás de ella.

—¿Eso es todo lo que te importa? —replica, girándose para mirarme.

—Sí. No —digo, sacudiendo la cabeza—. Pero teniendo en cuenta todo lo que está pasando ahora mismo, es lo primero que quiero saber.

Mueve la cabeza y suspira—: ¡Increíble! Te enteras de que tienes una hija y no te importa.

—Claro que me importa. —Dejo caer la cabeza hacia atrás y cierro los ojos, inhalando profundamente para recuperar la compostura. Tengo que estar tranquilo, me recuerdo. Tengo que mantener la calma porque hay demasiada gente alrededor como para perder los nervios ahora mismo. Cuando por fin me he calmado, miro a Yanelis a los ojos y le pregunto:

—¿Cuántos años tiene?

—Doce.

—Entonces, ¿estabas embarazada cuando me fui?

Ella asiente, reconociendo mi afirmación.

—¿Por qué nunca me lo dijiste? ¿Escribiste, enviaste un mensaje con alguien o se lo dijiste a mis padres?

—Porque te odiaba por haberme dejado, por abandonarme en Cuba. Se suponía que íbamos a estar juntos para siempre. —Una lágrima se escapa y se desliza por su mejilla derecha. Aunque soy la causa de su dolor, de lo que siente, no me arrepiento de la decisión que tomé. Nunca me arrepentiré de la decisión de huir de Cuba en busca de una vida mejor, aunque haya perdido tanto.

—Yanelis, siempre me dijiste que nunca te irías de Cuba. Tus padres estaban involucrados con el gobierno, y tú no querías irte. Sabías que no podía quedarme, que no me quedaría, y que sólo era cuestión de tiempo.

—Pero creía que me querías. —Sus brazos se extienden hasta apoyarse en los míos.

Yanelis y yo nos conocimos en un concierto de rock en La Habana cuando teníamos veintiún años. Yo acababa de terminar mis tres años de servicio militar y era mi primer concierto después de tres largos años de servicio obligatorio que solo pueden describirse como una tortura.

Éramos inseparables. Pasábamos las noches juntos en casa de mis padres o de los suyos. Pero su padre era un militar de alto rango y por eso su familia vivía bien, muy diferente a la mía, como es típico en Cuba. A medida que nuestra relación crecía, hablábamos de nuestro futuro, que para mí incluía conversaciones sobre vivir fuera de Cuba. Ella nunca estuvo de acuerdo, e insistía en que podíamos casarnos, tener hijos y criarlos allí. Pero yo me negué a aceptar, no quería criar a mis hijos en las mismas condiciones en las que yo me había criado. Quería darles más a mis hijos. Y vaya que me salió bien porque, al final, mi hija se crio en Cuba sin mí.

—Yo te quería. Pero quería más mi libertad. No podía seguir viviendo allí, me estaba matando, mi alma se estaba muriendo. —Mis palabras la hieren, puedo ver el dolor en sus ojos mientras el agua se encharca a su alrededor y se desliza por sus mejillas dejando vetas negras. Traga saliva, intentando recuperar la compostura.

—Descubrí que estaba embarazada unas semanas después de que te fueras. Estaba muy brava contigo. Durante semanas pregunté a todos nuestros amigos y a tus padres si sabían qué te había pasado, si alguien tenía noticias. Finalmente, meses después de que te fueras, alguien del barrio me dijo que estabas en Guantánamo esperando para vivir aquí en Miami.

—¿Cuánto tiempo llevas en Miami?

—Casi un año. Mi padre falleció hace varios años y entonces mi mamá y yo decidimos venir aquí. Él es la única razón por la que nunca nos fuimos, la razón por la que siempre te dije que no me iría.

—¿Planeabas encontrarme, hablarme de Analía? ¿O es sólo porque nos vimos aquí esta noche?

—Quería encontrarte. Ella sabe de ti. He compartido fotos con ella de cuando eras joven. Ha estado ansiosa y emocionada por conocerte. —Debería alegrarme de lo que me dice, de que nuestra hija sepa quién soy y quiera conocerme. Pero estoy furiosa porque me he perdido doce años de su vida. ¿Pero de quién es la culpa? ¿Mía? ¿De Yanelis? ¿O es sólo otra cosa que el régimen comunista cubano me ha quitado? Veo una silla vacía y la acerco para sentarme, dejando caer la cabeza entre las manos.

La vieja alfombra bajo mis zapatos es de un rojo intenso y está manchada, los tirones en ella crean un dibujo de círculos. No puedo creer que tenga una hija de doce años. ¿Soy capaz de ser padre? Mejor aún, ¿puedo ser uno bueno? ¿Y si lo hago fatal? ¿Y si me odia?

—Quiero ver a Analía, pasar tiempo con ella. Conocerla —digo, mirando a Yanelis, que está a mi lado.

—Claro.

—Dale —digo, y me pongo en pie.

Antes de que pueda empezar a caminar hacia Analía, Yanelis me agarra del brazo, tirando de mí hacia ella. Me mira fijamente a los ojos.

—¿Y nosotros? —pregunta con tono suave.

—No hay un nosotros, Yanelis. Nuestra relación terminó el día que me subí a la balsa.

—Pero aún te amo, siempre te he amado.

—Eso fue hace mucho tiempo —resoplo,

apartando el brazo de ella y sacudiendo la cabeza.

—Amaury, al menos deberíamos intentarlo, ¿no? Nos amábamos y la única razón por la que nos separamos fue porque tú viniste aquí. No tuvo nada que ver con nosotros. Piensa cuánto le gustaría a Analía tener a sus padres juntos. —Se acerca más a mí, suaviza la voz.

Le pongo las manos en los brazos, la acerco a mí porque tiene que escuchar lo que voy a decirle.

—Escúchame —le digo en un susurro bajo—. ¡Olvídate! Podemos ser buenos padres sin estar juntos. —Yanelis tiene que entenderlo. Nos amamos hace mucho tiempo, pero yo soy un hombre diferente al que era en Cuba y nuestra relación pertenece al pasado. Sacudo la cabeza y doy un paso atrás, poniendo más espacio entre nosotros. Tenemos que centrarnos en ser buenos padres en hogares separados.

Antes de que Yanelis pueda seguir con el tema, pregunto:

—¿Cuándo podré verla, mañana? —Quizá pedir ver a Analía mañana sea poco realista, pero ahora que sé de ella, quiero saberlo todo. Hacerlo todo. Serlo todo.

—No se. Ya veremos. De verdad, no me imaginaba esta conversación así.

Cierro las manos en puños apretados.

—¿No? ¿Qué esperabas? ¿Cómo te imaginabas que acabaría esta conversación? —replico. No es hasta que veo que la mujer que está a unos metros de nosotros me mira con los ojos muy abiertos cuando me doy cuenta de que estoy hablando alto.

Ella levanta los hombros y tuerce los labios.

—No es tu rechazo.

—Yanelis. No puedes esperar aparecer y estar en mi vida de nuevo. Hace doce años que no nos vemos ni hablamos. Tengo mi vida aquí. Estoy enamorado de otra persona.

—Entonces ya, ¿eso es todo? ¿No nos quieres cerca?

—No cambies mis palabras —replico, inclinándome hacia ella mientras mi tono sigue subiendo. Está tergiversando mis palabras y ya veo a dónde quiere llegar—. Tú y yo hemos terminado, pero quiero una relación con Analía.

—¡Ya veremos! —Sale corriendo hacia donde está Analía, apoyada en la pared, esperando a que volvamos, y yo me escabullo detrás de ella.

—¡Ya veremos! ¿Qué significa eso? —grito para que me diga qué tiene planeado.

—¡Vámonos! —Agarra a Analía del brazo y la arrastra hacia la salida.

—Espera. —Saco la cartera del bolsillo trasero, agarro una tarjeta de visita y se la doy a Analía. Tengo que hacer algo para que sepa que quiero verla, que quiero conocerla, que quiero ser su padre. No creo que su mamá lo impida, pero la verdad es que ya no sé quién es Yanelis y no puedo arriesgarme.

—Este es mi número de celular —le digo, señalando mi número en la tarjeta—. Estaré esperando tu llamada. Quiero verte, hija mía. —La abrazo y la rodeo con mis brazos para que sienta el amor que ya siento por ella. Ella me devuelve el abrazo y el corazón me estalla en el pecho—. Te amo, mi niña —le digo antes de soltarla, asegurándome de que ya sabe que la quiero. Mientras Analía se aleja, nos miramos fijamente hasta que desaparece entre la multitud.

No me gusta la bebida, pero esta noche me dan ganas de empinarme una botella de ron. En lugar de eso, busco una silla y me enfurruño. Esta noche ha sido un torrente de emociones. Mientras pienso en los años perdidos, mis padres empiezan a agolparse en mis pensamientos. Nunca conocieron a Analía. Ella no sabe que tiene abuelos que la quieren. Tías, tíos y primos que habrían dado cualquier cosa por pasar tiempo con ella. Cuanto más lo pienso, más me enojo por lo mucho que se perdió Analía. Por lo mucho que nosotros, sus padres, le fallamos.

—¿Oye, mi hermano, qué paso? —pregunta Alain, interrumpiendo mis pensamientos. Obviamente está preocupado por lo alterado que parezco en medio de una fiesta.

—No sé —digo. Porque la verdad es que no tengo ni idea de qué coño ha pasado—. Todo mi mundo se hizo añicos. Todo lo que creía saber cambió de repente.

—¿Qué quieres decir? ¿Dónde está Soledad? —pregunta mirando a su alrededor.

Mis hombros se hunden con resignación.

—Se fue cuando conoció a Yanelis, que se presentó como mi mujer. —Dejo caer los ojos al suelo y me avergüenzo de cómo he manejado la situación.

—¿Cómo? ¿Yanelis está aquí en Miami?

Le cuento los sucesos de la noche a Alain, que se

queda con la boca abierta mientras escucha la historia. La incredulidad es algo digno de contemplar.

—Hermano. Puedo ser terrible en las relaciones y dar consejos sobre las mujeres, pero tengo dos hijos y esto es lo que sé. Aquí, en la Yuma, puedes ir a la corte y asegurarte de ver a tu hija. Yanelis no puede impedir que la veas. No es eso lo que debe preocuparte. —Sus palabras me tranquilizan. No había pensado en eso, pero la verdad es que lo que más me preocupa es que Yanelis diga mentiras sobre mí y Analía la crea.

—Yanelis la envenenará —le digo—. Sus mentiras son lo que temo.

Alain estira la mano para apoyarla en mi hombro.

—Te daré el teléfono de la abogada que me ayudó. Llámala el lunes. —Asiento, la derrota me pesa.

—Tienes que encontrar a Sol. Hacer las cosas bien con ella —dice Alain—. No seas come mierda, esa mujer es especial —me desprecia, recordándome lo increíblemente mujer que es Sol y lo gilipollas que puedo llegar a ser yo.

Tiene razón. Sol es la mujer que amo. La primera mujer que he amado desde que estoy en este país.

¿En qué estaba pensando al dejar que se alejara de mí como lo hice? Debería haber hablado con ella, escuchar lo que decía, explicarle lo que estaba pasando. En lugar de eso, me quedé paralizado, le di silencio por respuesta y la descarté como si no significara nada para mí. ¿Adónde fue? Empiezo a buscarla entre la gente de la pista de baile, los grupos reunidos junto a las mesas o la barra, contando viejas historias y riendo. No veo a mi bella Sol. Claro que no está aquí. Despúes de mi comportamiento, ¿por qué iba a estar aquí?

***

Conduzco lo más rápido que puedo hacia el apartamento de Sol. He llamado a su teléfono, pero salta el buzón de voz. Espero que esté en casa, tengo que disculparme con ella, explicarle lo que pueda. Todo esto me abruma, pero no puedo imaginar lo que sintió ella al verlo.

Por supuesto, hay tráfico en la calzada a la playa, es un sábado por la noche. ¡Pinga! Mientras avanzamos por la carretera de tres carriles, me siento inquieto, nervioso. Cada minuto que pasa, es un minuto para que Sol deje entrar pensamientos negativos. Para que crea que le he mentido, para que se sienta poco querida y no deseada.

Treinta minutos después estoy frente al apartamento de Sol. Ni siquiera me molesto en buscar estacionamiento y pulso la luz de emergencia, dejando el Tahoe estacionado en doble fila. Ya me ocuparé de eso más tarde. Subo corriendo por el pasillo y me asomo a sus ventanas. Están oscuras. ¿No ha vuelto a casa? ¿Está dormida? Subo los escalones de dos en dos hasta llegar a su puerta. Quiero golpear fuerte, pero tampoco quiero asustarla. Además, es tarde y si hago demasiado ruido sus vecinos pueden despertarse o llamar a la policía.

—¿Sol, estás ahí? Soy Amaury. Por favor, abre la puerta. —Apoyo la oreja en la puerta de madera, pero no oigo nada. Hay tres cristales en la parte superior central de la puerta, pero el otro lado está oscuro. O está dentro y me ignora o no está en casa. Espero que sea lo segundo, porque pensar que me ignora me eriza la piel. ¿Pero adónde habrá ido? Llamo varias veces más—. Sol, por favor. Tenemos que hablar, por favor.

Mis súplicas se quedan en silencio y mi corazón se acelera. Pensar que puedo perder a Sol es demasiado para mí, una mezcla de rabia y miedo que corre por mis venas. Saco el móvil del bolsillo y le envío un mensaje.

Amaury: Estoy en tu casa. Tenemos que hablar. ¿Dónde estás?

Miro incesantemente el móvil con la esperanza de haberme perdido la notificación de un mensaje de texto entrante, pero ella no ha respondido. Tras dos horas de espera en la silenciosa oscuridad, no hay rastro de ella y doy por terminada la noche.

—¡Pinga! —grito, golpeando el volante con las manos antes de arrancar.

Capítulo 25

Anoche, después de huir de la fiesta, llegué a casa, me cambié y salí a dar una vuelta en mi scooter. Necesitaba aire fresco para despejar la mente. Después de dar vueltas sin rumbo por Miami Beach durante más de una hora, acabé en el Big Pink para comer algo reconfortante. Hacen unos batidos y un budín de pan buenísimos, y necesitaba ahogar mis penas. Además, no podía estar en casa. El poco tiempo que he vivido en este apartamento está lleno de recuerdos de Amaury. Resulta que fue una buena decisión no estar en casa porque me envió un mensaje de texto mientras me esperaba fuera de mi casa. No puedo lidiar con él, al menos no todavía.

Estoy tumbada en la cama, no puedo obligarme a apartar las sábanas y despertarme mientras mi mente se arremolina con preguntas para las que no tengo respuesta. ¿Cómo es posible que tenga mujer? ¿Cuál será su historia, alguna excusa poco convincente como que ya no vivimos juntos y por eso no importa? No puedo imaginar lo que se le ocurrirá. ¿Qué me pasa que los hombres me encuentran indigna y fácil de mentir? ¿Cómo es que nunca me doy cuenta? Tomo las peores decisiones cuando se trata de hombres. Debo haberlo heredado de mi mamá, porque ella ha tenido muy mala suerte con ellos toda su vida.

Muchas veces le preguntaba a mi mamá por mi papá y por qué no vivía con nosotros. Nunca hablaba mucho de él y rara vez respondía a mis preguntas. Dejé de preguntarle por él porque se enojaba y acabábamos discutiendo. Solía estar resentida con ella por eso, pensaba que había tenido mucho que ver en que yo fuera huérfana de padre. Cuanto mayor me hago, más me doy cuenta de que probablemente no sea así, pero la verdad es que nunca lo sabré. Todavía me molesta no saber nada de él, y ella se niega a hablar de él. Por suerte, entre el padre de Melida y mi tío Carlo, tuve figuras paternas que me demostraron amor, pero no fueron sustitutos del amor que aún desearía haber recibido de mi padre. A pesar de su presencia, seguía sintiéndome indeseada y como si fuera una mercancía dañada. Esos sentimientos aparecen de vez en cuando y arrojan sombras sobre mi autoestima.

Mi mamá tenía dos trabajos para mantenernos, así que no la veía mucho y pasaba mucho tiempo en casa de mis tíos o en casa de Melida. Ver a mi mamá trabajar incansablemente limpiando casas durante el día y sirviendo mesas algunas noches a la semana me enseñó que tengo que ser autosuficiente, aprender a valerme por mí misma y trabajar duro para hacer y tener las cosas que quiero. Crecer con una mamá soltera me enseñó a ser madura y a fijarme objetivos.

No estoy segura de si el haber crecido sin un padre es la razón por la que soy incapaz de leer a través de las cortinas de humo que levantan los hombres, pero sí sé que tengo que mejorar en eso. No puedo seguir dejándome engañar a mí y a mi corazón como lo ha sido.

Entre dormir poco y llorar casi toda la noche, me siento fatal, como si me hubiera atropellado un camión. Esta mañana no hay suficiente cafeína para sacarme de mi bajón. Después de tomarme tres tazas de café, me doy un baño y me sumerjo en el agua tibia con aroma a lavanda, deseando deshacerme de esta sensación que me invade.

Engañada.

Destrozada.

Abatida.

Me siento sola y esos sentimientos se intensifican mientras me remojo en la bañera caliente. Resulta muy apropiado, teniendo en cuenta que me llamo Soledad. He aprendido a sentirme cómoda en mi propia piel y a disfrutar de la soledad y la tranquilidad que la acompañan. Durante un tiempo parecía que todo iba bien con este traslado a Miami, pero ahora no estoy tan segura. Extraño a mis amistades, más de lo que me gustaría admitir. Extraño a mi mamá, y extraño a mi familia. Aparte de Dayi, la única amiga que he hecho desde que me mudé aquí, no tengo a nadie, y ahora mismo el aislamiento es agobiante.

Mientras permanezco acostada, intentando deshacerme de los pensamientos negativos que se agolpan en mi mente, unos fuertes golpes resuenan en el apartamento.

—Sol. Abre la puerta, por favor. Sé que estás en casa. Sólo quiero hablar, por favor. ¡Abre la puerta! —Vuelvo a apoyar la cabeza en la bañera y siento cómo las lágrimas se deslizan por mis mejillas. Al cabo de un minuto, vuelve a empezar—. Sol, por favor. Merezco la oportunidad de explicarme. —Suena tan desesperado como me siento yo.

El sonido de su voz abre de nuevo la herida, haciendo que las lágrimas broten por mi cara. ¿Merece una oportunidad para explicarse? Después de oír que tiene esposa, ¡no se merece nada! Esas palabras han sonado una y otra vez desde anoche, como un disco rayado que toca las mismas notas una y otra vez. Sé que abrir la puerta y escuchar lo que tiene que decir es probablemente lo correcto, pero me he quemado demasiadas veces y necesito estar emocionalmente preparada para la conversación que inevitablemente tendremos.

El trabajo me tiene en Fort Myers durante la próxima semana. Tengo que interpretar en un juicio federal, y no podría llegar en mejor momento. Necesito la distracción lejos de aquí, lejos de mi apartamento, y lejos de Amaury. Cuando vuelva, me ocuparé de este lío. En cuanto oigo que cesan los golpes, salgo de la bañera, me visto y hago la maleta. Es mejor que me vaya temprano, así no estaré en casa cuando Amaury venga más tarde, como estoy segura qué hará.

Al bajar las escaleras, entra en mi campo de visión. Amaury está apoyado en su moto, con la cabeza gacha. Cuando oye mis pasos, levanta la cabeza, se quita las gafas de sol y me mira. Incluso desde lejos, veo que tiene los ojos enrojecidos e hinchados. Parece que ninguno de los dos durmió mucho anoche.

—Muñeca, tenemos que hablar. —Tiene razón, tenemos que hacerlo, pero no puedo. No estoy preparada para escuchar lo que tiene que decir. Necesito tiempo lejos de él para aclarar mis ideas y procesar las últimas veinticuatro horas.

—No me llames así. —Levanto la barbilla y ajusto las correas del bolso que llevo al hombro.

—Sol, te pido por favor, tienes que escucharme. —Se levanta y se acerca a mí, a lo que mi respuesta es retroceder dos pasos.

Me trago el nudo en la garganta y fuerzo las palabras.

—Amaury, en primer lugar, ¡no tengo que hacer nada! En segundo lugar, sabía… —Alzo las manos—. Que había una razón por la que me contenía contigo. Por fin bajé la guardia y te dejé entrar, y me explotó en la cara. Debería haberlo sabido. No quiero verte. —Lo esquivo y corro hacia mi carro estacionado al otro lado de la calle—. Si alguna vez estoy lista para verte, te lo haré saber—. No me doy la vuelta, pero oigo sus pasos detrás de mí.

—Lo siento. Nunca quise hacerte daño. Créeme, por favor. —Eso es ridículo. Quiere hacerme creer que no pretendía hacerme daño, y aun así miente sobre su matrimonio. Resoplo y sacudo la cabeza. Siento que se está gestando la ira y, antes de decir algo de lo que me arrepienta, abro el carro, meto el bolso en el asiento de atrás, abro la puerta del conductor y subo—. Al menos merezco la oportunidad de explicarme —me grita mientras cierro la puerta. ¿Está escuchando lo que dice?

Después de arrancar el motor, abro la ventanilla y grito:

—¿Te lo mereces? No te mereces una mierda

después de lo que pasó anoche. ¡Imbécil! Ahórrate las mentiras que vas a soltar y vuelve con tu mujer. —Pongo la música a todo volumen, pulso el botón para cerrar la ventanilla y salgo del estacionamiento. No sé qué canción suena en los altavoces, pero no importa, necesito algo que lo ahogue. Veo que Amaury sigue hablando, pero ya no lo escucho más. Mientras conduzco por la avenida *Euclid*, puedo verlo por el retrovisor a través de las lágrimas. Giro en la calle Catorce y de nuevo en Meridian y me detengo hasta que recupero la compostura.

***

El viaje a través de Alligator Alley fue monótono: poco que ver, sin cobertura y sombrío, con un profundo dolor en el pecho.

El tiempo pasa tan lento.

Incluso apagué la radio. Me regodeé en el silencio y dejé que se repitieran los últimos meses para ver si había ignorado voluntariamente alguna señal, algo que aparentemente se me da bien.

Tras localizar el juzgado, conduzco hasta mi hotel, a una media hora de distancia y con vistas al Golfo de México. La semana pasada, cuando Lily me asignó este trabajo en el juzgado federal, quién iba a pensar que una breve estancia frente al mar era justo lo que necesitaba. Y pensar que estuve a punto de invitar a Amaury a acompañarme, pero nunca llegué a hacerlo. El universo actúa de forma misteriosa y aquí estoy, gracias, señora Universo. Me registro, dejo mis cosas y me dirijo a la

257

cantina.

Con una margarita en la mano, deambulo por la arena y estiro las piernas en la tumbona que bordea las tranquilas aguas. Mi mano libre encuentra el móvil. Veo seis mensajes de Amaury, los ignoro y marco el número de Melida.

—¿Qué tal, zorra? —dice Melida cuando contesta.

—Hola, Sol —dice Jestine de fondo.

—Hola, chicas —respondo, cerrando los ojos. Lo que daría por estar con ellas ahora mismo. Me consolarían y me ayudarían a salir de esta espiral de autocompasión antes de que me abrume.

—Estoy en la playa de Fort Myers tomando una margarita.

—¿Está contigo el cubano sexy? —pregunta Jestine.

—¡Uf, no! Y eso es una cosa buena.

—¿Qué pasó? —pregunta Melida.

Cuento todo lo sucedido anoche y esta mañana.

—¡No te puedo creer! ¿Está casado? —exclama Melida.

—¿Estás segura? —añade Jestine.

—Sí. Sus palabras exactas fueron su esposa. No hay forma de confundirlas. Ni siquiera pudo mirarme a los ojos cuando intenté preguntárselo. ¡Me ignoró! Ni siquiera tuvo las pelotas de responderme. Si eso no es una admisión de culpa, ¡no sé lo que es! —exclamo—. ¡Me dice todo lo que necesito saber!

—Vaya, te quedas con todas las buenas, ¿verdad?

—bromea Melida.

—En serio, no sé qué coño me pasa —suspiro y lamo un poco de sal del borde de mi copa.

—Quizá haya algún malentendido —interviene Jestine.

—¿Qué malentendido, Jess? Oí las palabras. No lo negó en el momento y me ignoró. Es como si yo no estuviera allí. ¡No hay nada que malinterpretar! Lo siento, no quiero ser brusca contigo, pero estoy enojada y amargada por toda esta situación. —Lamo más sal del borde y engullo un poco más.

—Hablando de fracasados —dice Melida—. Krissa dijo que Carmine estaba en el restaurante del hotel la semana pasada con un grupo de gente. Cuando la reconoció, se levantó de la mesa, se acercó a ella y le dijo: "Sé que mi chica se mudó a Miami. Dile que la veré muy pronto" y luego volvió a su mesa. —Se me erizan los pelos de los brazos y me recorre un escalofrío que me hace mirar instintivamente a mi alrededor.

—¿Qué?

—Bueno, no es exactamente un secreto que te mudaste. Además, ese segmento de noticias en el que estabas fue noticia nacional, se emitió en todas partes una y otra vez durante días. Probablemente alguien te vio y se lo dijo —añade Melida.

—Te dije que se asustaría y que no deberíamos haber dicho nada todavía —dice Jestine.

—¿Cómo que no tenías que haber dicho nada? ¡Claro que tenías que decírmelo! ¿Qué coño, Jess?

—No quise decir eso. Lo que quise decir es que

deberíamos haber obtenido más información antes de decírtelo porque ahora estás flipando.

—Deberías contarme siempre todo lo que tenga que ver con Carmine. Está enfermo y parece que me busca, así que sí, ¡estoy flipando! —Me levanto de la silla y me dirijo hacia el bar para tomar otra copa. Decido disfrutar de las vistas y cenar desde la comodidad y seguridad del balcón de mi habitación en lugar de aquí abajo en la playa. Aunque sé que Carmine no está aquí, sólo oír que me está buscando es suficiente para preocuparme.

—Lo siento, claro que te lo diríamos. Sólo queremos intentar obtener más información sobre lo que sabe —se suaviza la voz de Jestine.

—Lo sé. Lo siento. Cuando se trata de Carmine, todo me asusta. Si oyes o averiguas algo, házmelo saber, y gracias por decírmelo, ahora puedo estar más alerta.

—Bueno, volvamos al cubano, ¿qué vas a hacer? —Melida cambia de tema.

Dentro del vestíbulo encuentro un banco frente a los ascensores y me siento, colocando mi bebida en la repisa a mi derecha. —No lo he pensado. Quiere hablar conmigo, pero no estoy dispuesta a escuchar lo que tiene que decirme. Llevamos juntos unos seis meses y no he visto ninguna señal de alarma. Está haciendo que no confíe en mí misma ni en mis instintos. Primero Carmine los jodió, ¿ahora Amaury también? —Hago girar un mechón que cuelga de mi hombro mientras miro fijamente las plantas artificiales que me rodean.

—Por si sirve de algo, creo que hay algo más en

la historia por lo poco que sé de él. Lo conocí cuando te visité por mi cumpleaños y me pareció genuino. Y eso es mucho viniendo de mí, porque ya sabes que me doy cuenta enseguida de las patrañas de los demás. Además, no me gusta mucha gente —dice Melida, riendo entre dientes.

—Cierto. Me alegro de que seas mi amiga y no mi enemiga —respondo—. Tengo que entrar al ascensor para subir a mi habitación, así que tengo que colgar —les digo a las chicas.

—Te quiero, Cariño —dice Jestine.

—Te quiero Sol, y te extraño más de lo que sepas —dice Melida.

Capítulo 26

Amaury

Ayer Sol se alejó de mí y pude sentir cómo mi corazón se astillaba a cada paso que daba. La traición se extendía por su hermoso rostro. Sus ojos hinchados por la falta de sueño y demasiadas lágrimas. Todo era culpa mía y ojalá pudiera volver atrás y cambiar las cosas. Debería haber sido sincero con ella desde el principio, contarle la verdad sobre mi pasado, pero como mi pasado estaba en Cuba, creí que no importaba. Nunca imaginé que Yanelis aparecería como lo hizo, con mi hija a cuestas.

A pesar de haber dormido sólo unas horas, en cuanto despunta el día empujo las sábanas hacia atrás y me dirijo a la playa para correr por la mañana, un ritual que mantuve después de cumplir mis tres años de servicio militar en Cuba.

Unas semanas después de cumplir dieciocho años, me enviaron a empezar el servicio militar, aunque no tenía elección porque era obligatorio. Mi padre había sido miembro del régimen castrista y creía que servir en el ejército me haría un hombre, me ayudaría a orientarme y a tener un propósito. A mí me parecía una mierda, sobre todo porque odiaba al gobierno y luchar con ellos iba en contra de todo lo que yo representaba.

Durante tres largos años viví el rígido día a día de levantarme antes del amanecer, hacer la cama hasta el punto de que mis comandantes pudieran hacer rodar una moneda por ella y lustrarme los zapatos todos los días. Mientras estaba alistado me sentía miserable y me escapaba siempre que se presentaba la oportunidad, que era al menos una o dos veces por semana. Salía antes de medianoche y tenía que volver antes de las seis de la mañana para pasar lista, aunque muchas veces no lo conseguía porque había perdido un autobús o estaba liado con una chica en algún sitio. Las veces que me pillaban, me castigaban teniendo que hacer guardias extras, o tareas de limpieza. Pero lo que más me dolió fue cuando me revocaron los permisos de fin de semana y tener que cumplir varios meses más allá de mi fecha de finalización original. Echando la vista atrás, aquellos años me enseñaron disciplina, lealtad y honradez, porque tuve que aprender a confiar en mis hermanos de armas al igual que ellos tuvieron que aprender a confiar en mí. También me enamoré de correr porque era el único momento de mi servicio en el que podía estar solo.

Corriendo por las mañanas canalizaba el odio que sentía hacia mis oficiales al mando, que nos trataban como alimañas, y el odio que sentía hacia el gobierno, que me había despojado de mis libertades. Durante mis carreras soñaba despierto con huir de la isla y vivir libremente en Estados Unidos; mis pensamientos y mis sueños eran lo único que el gobierno cubano no podía arrebatarme.

Después de dejar el servicio militar, seguí corriendo por las mañanas porque me marcaban el ritmo del día. En Cuba corría por las playas siempre que tenía ocasión. Era mucho más agradable que correr por cualquier barrio. Ahora, en Miami Beach, golpeo religiosamente la arena todas las mañanas y veo cómo sale el sol, dando vida a un nuevo día. Hay algo en el amanecer que me reconforta el alma: el olor de un nuevo día, el aire fresco y el trinar de los pájaros al comenzar una nueva jornada.

Una vez que estaciono el carro en el estacionamiento casi vacío de la calle Cuarenta y Seis, me aprieto los cordones y troto a paso ligero hacia la arena. Esta mañana el océano está turbulento y las nubes de tormenta gris oscuro surcan el cielo no muy lejos de la orilla. Es como si la madre naturaleza calmara mi alma y se compadeciera de mí. Las olas rompen a un ritmo incesante, igual al latido errático de mi pecho.

Normalmente, encuentro la paz corriendo en paralelo a la costa. La quietud de las primeras horas de la mañana junto con el sonido de los pájaros al despertar y el océano me tranquilizan, pero hoy no.

El océano se enfurece.

El cielo retumba.

Mi corazón truena.

No puedo culpar a nadie más que a mí mismo, pero estoy muy enojado. Me arden las piernas porque corro más de lo normal. ¿Cómo he llegado hasta aquí? Es como si mi vida pasada en Cuba nunca dejara de influir en mi vida actual.

Sin darme cuenta, me encuentro en la playa de South Pointe. La última vez que estuve aquí con Sol hicimos el amor en el agua, y ella me dijo que me amaba.

Parece que fue hace toda una vida, cuando todo iba bien. La cagué y no sé si alguna vez me perdonará. Si le hubiera dicho la verdad desde el primer día, probablemente hoy estaríamos en un lugar muy diferente. Probablemente me habría despertado con sus suaves rizos extendidos sobre mis almohadas mientras dormíamos enredados en las sábanas. Mirando atrás, no sé por qué se lo oculté. Pensé que decírselo la alejaría, pero nunca imaginé que se enteraría por alguien que no fuera yo y que sería peor. Mentiras que atan.

Ocho millas después, no me siento mejor que cuando me levanté. Me doy un chapuzón rápido en el agua para refrescarme antes de volver a casa para empezar el día, que ya sé que va a ser largo.

***

Estoy trabajando en una Vespa Rally vintage del setenta y seis que compramos hace unas semanas en una venta de bienes y que empecé a desmontar la semana pasada. Dar a estas bellezas clásicas el cuidado que necesitan suele ser terapéutico para mí. Como mi carrera de hoy no me ayudó mucho, espero que trabajar en esta dama roja sí lo haga. Aunque ver la Vespa roja sólo me recuerda a Sol. ¡Maldita sea!

—Oye, hermano, qué vuelta —grita Eduardo desde el otro lado del garaje. Baja el volumen de la música y pasa cerca de mí—. Cada vez que la veo, me fascina. No me puedo creer que tengamos esto en nuestro taller —exclama arrastrando la mano por el guardabarros trasero.

Lo ignoro y continúo con lo que estoy haciendo. Hoy estoy desquiciado y no quiero desquitarme con quien no tiene la culpa.

—¿Tienes el moño virao? —me pregunta. Sí, estoy de puto mal humor, ¿no se da cuenta? Me crujo el cuello y suelto un gruñido.

—Pásame los alicates —le digo.

Me las da y, mientras las cojo, las agarra con fuerza.

—¿Qué hiciste ahora? Cuando estás así es porque la has cagado.

Claro que sabe que pasa algo. Me conoce de toda la vida y ocultarle algo es imposible, sobre todo porque llevo el corazón en la manga.

Cuando tenía diecisiete años, salía con una mujer llamada Yenifer, fue mi primer amor. Yenifer tenía veinte años y, en mi cabeza, tenía todo nuestro futuro planeado. No sabía que yo no era más que un juguete para ella. Un día quise darle una sorpresa, falté a clase y me presenté en su casa con un ramo de flores que había cogido por el camino. Cuando llegué, la vi en la cama con un tipo y me quedé sin habla. En lugar de enfrentarme a ella, observé cómo ella y el tipo seguían acostándose. Yenifer le contó al tipo las mismas cosas que me contaba a mí cuando estábamos juntos. Resultó que era su novio y yo su diversión del momento. Fue la primera vez que me rompieron el corazón. Cuando Eduardo me vio más tarde ese mismo día, intenté ocultárselo, pero fracasé. Esa noche recorrimos La Habana en bicicleta y él no cejó hasta que le conté lo sucedido.

—Yanelis está en Miami —le digo. Normalmente Eduardo hubiera estado en la fiesta en la que estábamos cuando sucedió todo, pero no pudo asistir porque su hijo tenía una función en la escuela y fue a la presentación.

—¿Cómo? —exclama, sorprendido por mis palabras.

Cuento los acontecimientos del sábado por la noche hasta que Sol me dejó plantado en medio de la calle como un perro callejero.

—No puedo creerlo, mi hermano —me dice en voz baja. Yo tampoco puedo creerlo y aún no se me ha pasado el susto.

Esta nueva realidad que es mi vida es algo en lo que tendré que aprender a navegar. No sé nada de Analía ni de Yanelis desde el sábado, y me preocupa. No quiero que Yanelis envenene a Analía con mentiras sobre mí. He llamado a algunas personas para ver si alguien sabe el número de teléfono de Yanelis o dónde puedo encontrarla, pero hasta ahora no he tenido suerte. Añade a Sol a la mezcla y es lo que los cubanos llamamos un arroz con mango, ¡básicamente un lío!

Para empeorar las cosas, Sol ha estado ignorando mis llamadas y mensajes. Está fuera por trabajo y no sé dónde está, o me presentaría e intentaría arreglar las cosas. Todo lo que puedo esperar es que Sol me escuche y entienda la verdad, que la amo.

Capítulo 27

Soledad - Seis días después

La última semana ha sido buena para mi alma. El trabajo ha mantenido mi mente ocupada durante todo el día y luego he podido terminar cada jornada con una preciosa puesta de sol y la arena entre los dedos de los pies. Ojalá también pudiera decir que he aceptado que Amaury está casado y que él y yo ya no estamos.

Había estado protegiendo mi corazón desde que Carmine me jodió la cabeza. Cuando me mudé a Miami, era reacia a abrirme a Amaury, pero él se abrió camino con sus dulces palabras, un acento marcado que me acaricia la piel como una pluma y un lento hacer el amor que me enciende desde lo más profundo. No había esperanza de escapar de él ni del hechizo en el que me había metido hasta la semana pasada, cuando una joven con sus vibrantes ojos verdes me miró fijamente mientras estaba junto a su esposa.

Su esposa. La idea de que esté casado me destroza.

El juicio en el que estaba trabajando terminó tarde anoche, así que me quedé una noche más. Después de desayunar tarde, hago la maleta y busco el coche en el valet.

Antes de irme, decido enviarle un mensaje a Dayi y pedirle que nos veamos para cenar.

Sol: El juicio terminó y estoy conduciendo de regreso a MIA.

¿Cena esta noche?

Casi al instante, Dayi responde.

Dayi: SÍ, CLARO para ponerse al día.

No sabe lo que pasó con Amaury, así que me pregunto en qué nos estamos poniendo al día.

Sol: Perfecto. ¿Las Vacas? Me apetece un bife.

Las Vacas Gordas es sin duda mi asador argentino favorito de Miami Beach, aunque cuando voy suelo cenar con Amaury. También me encanta el nombre, Las Vacas Gordas. Incluso la decoración del restaurante se asemeja a vacas blancas y negras. El bife es delicioso y hacen las mejores papas fritas que he probado. Más frescas, imposible. Una cortadora de papas las corta en tiras y las fríe hasta dejarlas crujientes. Tanto si las pides normales como a la provenzal como llaman los argentinos a las papas fritas con ajo fresco y perejil ¡están fenomenales!

Dayi: Bistec y vino. Suena como una noche perfecta. ¿Nos vemos a las siete?

Echo un vistazo al reloj y veo que es poco más de mediodía. Incluso con el tráfico de Miami, tengo tiempo de sobra.

Sol: Nos vemos entonces.

Tardé casi cuatro horas en llegar a casa. Una vez en el sur de Florida, el tráfico era intenso. Fue un lento ir y venir hasta que llegué a la playa. Pensaba que el tráfico de Boston era intenso, pero el de Miami es mucho peor. Además, ¡los conductores de aquí son terribles!

Después de llegar a casa, deshago la valija y me relajo en el sofá hasta que llega la hora de quedar con Dayi para cenar. Hace más de una semana que no agarro mi libro de *Crepúsculo* y necesito saber qué pasa con Bella y Edward.

Dos horas más tarde me doy cuenta de que estaba tan absorta con mi libro que perdí la noción del tiempo y ahora voy a llegar tarde. Me lavo rápidamente, me pongo unos jeans, una camiseta de tirantes, una chaqueta vaquera y me pinto los labios. Después de cerrar, me pongo el casco y arranco la Vespa. Cómo extrañaba mi Roxy. Veinte minutos después la estaciono junto a otros ciclomotores.

Sol: Acabo de estacionarme. Voy a ir pidiendo una mesa y vino.

El hombre de la puerta me reconoce y me sienta en una mesa cerca de la ventana.

Dayi: Nos vemos en quince.

Aquí estaba yo corriendo para llegar a tiempo, y Dayi llega tarde. Debería haber sabido que corre con horario de Miami. Cuando Dayi entra en el restaurante ya estoy bebiendo mi vino.

—Hola, chica —me dice, saludándome con un beso.

—Lo siento, ha sido una semana dura y este vino me estaba llamando. —Doy un sorbo a mi copa mientras ella se acomoda en su asiento.

—Salud. —Nuestras copas chocan y bebemos.

—Entonces —le digo—. ¿Qué es eso de que tengo muchas cosas de las que ponerme al día? ¿Qué me perdí? —pregunto.

—No te perdiste nada. Por lo visto, soy yo la que está perdida —bromea, dando un sorbo a su vino.

Levanto una ceja, preguntándome de dónde ha oído el cotilleo.

— ¿Vos qué sabes?

—¿Qué pasó con Amaury?

—¿Cómo sabes que pasó algo con él?

—Chica, por favor, no actúes como si nada hubiera pasado. —Sus manos se agitan mientras habla—. Vino a la oficina el jueves preguntando por ti. Dijo que no te había visto ni hablado contigo desde el sábado pasado y que estaba preocupado.

—¿Pasó por la oficina? —Me sorprende oír esto. No pensé que Amaury sería ese tipo—. ¿Hizo una escena? ¿Lily dijo algo?

Nunca olvidaré el día en que Carmine se presentó en mi oficina de Boston. Yo estaba trabajando hasta tarde en un proyecto con Mona, y él se presentó sin avisar, irrumpiendo por los pasillos como si fuera el dueño del lugar. Por suerte, estaba a solas con Mona. Estaba muy avergonzada. Después de calmarlo y marcharme con él, Mona empezó a preguntarme regularmente por mi relación con Carmine. Nunca tuve el valor de aceptar sus ofertas de ayuda ni de contarle toda la verdad.

Menea la cabeza.

—No, estaba tranquilo, sólo preguntó por ti. Estuvo allí unos cinco minutos. Lily ni siquiera lo vio. —Gracias a Dios, ni siquiera puedo imaginar lo que haría si hubiera causado una escena o molestado a Lily. Amaury no parece un tipo que causaría una escena. Pero ¿cuánto lo conozco realmente?

—¿Eso es todo?

—Sobre su visita, sí. Pero hay más en la historia, ¡así que habla! Estoy esperando a oír todos los chismes. —Su entusiasmo por que la ponga al corriente de los cotilleos es bonito, aunque me da pavor volver a contar que me han destrozado el corazón.

El mesero nos interrumpe para tomarnos la orden, y yo pido lo de siempre, enrollado, un bife de entraña de medio kilo y papas fritas para compartir con una provoleta, queso provolone a la plancha, para empezar.

Le cuento a Dayi lo que pasó el sábado por la noche y cómo salí de allí con el rabo entre las piernas.

—Espera, ¿está casado? —pregunta con los ojos muy abiertos.

—Sí. Déjame a mí encontrar al tipo casado. Tomo

las peores decisiones cuando se trata de hombres.

—¿Está casado, casado o casado a lo cubano? —pregunta, con las manos animadas mientras habla.

La copa de vino se cierne sobre mis labios.

—Umm, ¿cuál es la diferencia?

—¡Chica, si está casado casado, estás terminada porque es un cabrón de mierda! Si está casado a lo cubano, entonces no está realmente casado y no hay nada de qué preocuparse.

—Estoy confundida. ¿Qué diablos significa eso? —Nos sirvo más vino a los dos porque esta conversación no está resultando fácil.

—Chica. Cuando tenemos una relación seria, los cubanos solemos llamarnos marido y mujer, aunque no estemos casados. —Es la primera vez que oigo que una pareja se llama de esa manera, aunque no estén casados, pero eso no significa que no ocurra. Si algo he aprendido desde que me mudé a Miami es que no sé mucho sobre la cultura latina fuera de la mía.

—¿Qué? ¿Por qué?

Sus hombros se levantan con incertidumbre.

—¡Simplemente lo hacemos! —exclama, dando un largo sorbo al vino.

—Oh. Bueno, no sé si es su esposa real o no. No lo negó ni siquiera me miró a los ojos, lo que es básicamente una confirmación si me preguntas. Además, no me quedé el tiempo suficiente para averiguarlo, y no he hablado con él desde entonces.

Mi teléfono vibra sobre la mesa y lo giro para ver quién llama. Otra vez un número desconocido. Cada vez recibo más llamadas de este tipo, pero nunca dejan un mensaje. Un escalofrío me recorre la espalda. Lo silencio y vuelvo a dejarlo boca abajo.

—¿Es él?

Sacudo la cabeza y tiro de mi copa de vino, luego paso el dedo de un lado a otro por el borde.

—No. Número desconocido.

—Tienes que averiguarlo —añade.

—¿Averiguar quién es el número desconocido? —pregunto, enarcando una ceja.

—No. ¡Hola! Estamos hablando de Amaury. ¿Estás bien? —pregunta, torciendo los labios.

—Sí, estoy bien. Lo siento, mi teléfono me distrajo, pero tienes razón. El domingo pasado vino a mi casa, pero yo estaba tan disgustada que no quería verlo. Necesitaba espacio para asegurarme de tener la cabeza despejada antes de tener la conversación, de lo contrario diría y haría cosas de las que me arrepentiría. Además, no quería dejar que se librara de la situación con un discurso suave. Luego me fui a trabajar, pero lo llamaré pronto para que podamos tener por fin nuestra conversación.

—Parecía preocupado. Tenía ojeras cuando lo vi.

—Entonces, ¿crees que es posible que no estuviera legalmente casado con esta chica?

Dayi desliza su copa de vino por la mesa.

—¡Claro que sí! Conozco más parejas casadas estilo cubano que casadas de verdad.

—Él me dijo que me amaba antes de que todo esto pasara. Yo también le creía. Después del sábado, ya no sé qué creer.

—Mira, sólo lo he visto un puñado de veces, pero parece de fiar. ¡Mi medidor de mierda es fuerte!

—Melida dijo lo mismo —le digo.

Dayi cambió el tema de conversación de mi drama con Amaury a un drama en la oficina el otro día con la gente de la suite de al lado y cómo podían oír todo lo que ocurría. Algo sobre uno de los empleados que fue sorprendido robando. Sinceramente, mi cabeza no estaba en la conversación, lo cual es terrible por mi parte. No quiero que Dayi piense que sólo me preocupo por mí.

La cena estaba deliciosa y mientras estamos saliendo, Dayi dice:

—Vamos al *Purdy Lounge*. Aunque sea sábado por la noche, allí se está bien. —Una parte de mí quiere dar por terminada la noche, pero decido quedarme un rato más.

—Iré un rato. Ha sido una semana muy larga. —La sigo en el corto trayecto desde el restaurante hasta la avenida West, donde encontramos estacionamiento y caminamos las dos cuadras que nos separan del bar.

—Espero que Oscar esté trabajando en el bar esta noche. Estoy enamorada de él. He estado esperando a que me invite a salir, pero hasta ahora, nada. Puede que tenga que dar el primer paso.

—¿Por qué no le pides salir entonces?

—Uno de estos días. Quiero conocerlo mejor antes de hacerlo. —Una vez dentro, encontramos un sitio cerca del extremo del bar y nos acurrucamos en el espacio libre.

El Purdy Lounge es un bar y club nocturno local

que no tiene el típico ambiente de South Beach. La mayoría son locales, con noches que van desde música en directo y reggae hasta noches de juegos. Es el bar favorito de Dayi y entiendo por qué. El público es relajado y nada pretencioso, un marcado contraste con el resto de discotecas de South Beach.

—Hola, Dayi. Me alegro de verte. —La sonrisa de Oscar se extiende por su cara, su pelo negro azabache acentúa su piel pálida.

—Hola Oscar, esta es mi amiga, Sol. Tomaré una margarita. Sol, ¿qué tomas?

—Agua con hielo, por favor. Ya he bebido bastante vino y necesito llegar pronto a casa.

—¿Agua? Qué aburrida.

—Alguien tiene que ser responsable —le digo, dándole un codazo con el hombro—. Pero en serio, tengo que volver a casa en la motoneta y nos hemos bebido dos botellas de vino en la cena.

Después de que Oscar vuelve con nuestras bebidas, está charlando con Dayi y mi mente divaga hacia Amaury. No puedo dejar de pensar en mi conversación anterior con Dayi y en que tal vez no esté legalmente casado. Agarro el móvil y le envío un mensaje a Amaury. Escribo y borro varias veces, insegura de qué escribirle y decido hacerlo simple.

Sol: Hola.

Antes de que pueda apagar el teléfono, su respuesta aparece en mi pantalla.

Amaury: Hola. Estaba esperando noticias tuyas. ¿Te
encuentras bien?

Sol: Sí. ¿Y vos?

Amaury: No he estado bien. Te extraño. Tenemos que
hablar.

Sol: Sí, sin duda. ¿Estarás por aquí mañana?

Amaury: Sí. ¿A qué hora?

Sol: ¿A primera hora de la tarde?

Amaury: Sí, iré al mediodía.

Sol: Hasta mañana.

Amaury: Hace demasiado tiempo que no te veo
muñeca. ¡Te amo!

No sé cómo responder a las últimas palabras de
Amaury, así que no lo hago. Me doy cuenta de que
probablemente eso le preocupa, pero necesito proteger
mi propio corazón.

—Dayi, voy a dar por terminada la noche. —
Deslizo el taburete hacia atrás y agarro mi bolso del
respaldo.

—¿Ya? Acabamos de llegar —exclama.

—Estoy cansada, y, además, estás aquí para ligar. No quiero estorbar. —Le guiño un ojo—. Hasta luego. —Le doy un beso en la mejilla y me abro paso entre la gente.

Cuando llego a mi edificio, veo que mi carro estacionado en la vereda tiene una llanta pinchada y se me acelera el corazón. Después de estacionar la moto, me acerco al coche y veo que las cuatro ruedas están rajadas.

Capítulo 28

Amaury

Antes de ir a casa de Sol, tengo que dejar este paquete en la agencia. Es un lugar en Hialeah que visito una vez al mes para enviar artículos de primera necesidad a mi familia. Mis paquetes habituales incluyen bolsas de café, vitaminas, medicamentos sin receta, jabón, champú, acondicionador y pasta de dientes, así como ropa interior o calcetines. Este paquete de ayuda también incluye cosas para que mi padre se lleve al hospital para la operación: sábanas, una manta, una almohada y una funda de almohada, agujas de varios tamaños solicitadas por el médico de mi padre y un pijama cómodo para que se lo ponga durante su estancia en el hospital. También le enviaré algo de dinero en efectivo para que pueda comprar víveres en el mercado negro.

A menudo me pregunto cómo sobreviven tantas familias con la escasez que hay en la isla. Muchos cubanos tienen familia en Miami y hacen lo que yo hago, pero hay muchos cubanos en la isla que no la tienen. Tienen que vivir con lo poco que tienen o hacer trueques con vecinos o turistas para conseguir lo necesario. Odio pensarlo porque me enfurece cada vez que lo hago.

Cuando llego al barrio de Sol, no hay estacionamiento cerca de su apartamento. No me sorprende, ya que es domingo. Estaciono en un garaje cerca de Collins y camino las cuatro cuadras que me separan de su edificio. Cuando me acerco al edificio color menta, veo a un hombre moreno subiendo las escaleras hacia el piso de Sol. Espero que se dirija a la puerta de enfrente, pero no lo hace. Llama a su puerta y me detengo en seco. ¿Qué coño pasa? ¿Quién es este tipo?

En lugar de continuar, me apoyo en la farola y espero a ver cómo se desarrolla todo esto. Sol sigue sin contestar y el tipo vuelve a llamar. Veo que la puerta se abre de golpe y luego se cierra rápidamente, Sol le grita al hombre que se vaya. ¡Mierda! Se abre paso a empujones hasta la entrada y ya no oigo la voz de Sol. Me bajo de la farola y corro hacia el edificio.

El tipo pudo entrar, pero no cerró la puerta del todo tras de sí y yo me abro paso hasta su apartamento, dejando la puerta entreabierta. Oigo la voz del hombre desde el dormitorio de Sol y me apresuro a atravesar el pasillo para llegar hasta ella. Está clavada en la cama, con las manos alrededor del cuello.

—¡Zorra! ¿Creías que no te encontraría? —grita. Sol patalea con las piernas y ya no grita, con la cara roja por la falta de aire.

Le agarro del brazo y tiro de él hacia atrás, sacándolo de la cama y girándolo hacia mí. Le doy un puñetazo justo debajo del ojo izquierdo, que se tiñe de rojo vivo. Cuando pierde el equilibrio, lo empujo al suelo, me siento a horcajadas sobre él y le rodeo los bíceps con los dedos para sujetarlo.

—¡Llama al 911, AHORA! —grito.

El tipo intenta zafarse de mí y, como está

restringido, me escupe a la cara:

—¡Vete a la mierda!

—Qué singao que eres —le digo, antes de asestarle otro puñetazo con el puño en la nariz, haciendo que le brote sangre de las fosas nasales. Bien, quizá así se calle unos minutos. ¿Qué clase de hijo de puta sin carácter se aprovecha así de una mujer? Si no quisiera pasar el resto de mi vida entre rejas, lo estrangularía, del mismo modo que él estaba haciendo con Sol.

—Llamé. Dijeron que enviarían a alguien. La comisaría está a unas cuadras, así que espero que sean rápidos. —Sol está exasperada y, cuando levanto la vista, tiene el pecho agitado y los ojos desorbitados, con los rizos desordenados y la cara roja. El tipo aprovecha mientras estoy distraído e intenta darme un rodillazo en la espalda, pero debido a la posición en la que estamos su esfuerzo no tiene mucha fuerza. Vuelvo a golpearle en la cara, dándole de nuevo cerca del ojo, que ya empieza a hincharse.

—¿Quién es? —le pregunto.

—Es mi exnovio, Carmine —responde, tirando de un rizo y enrollándolo alrededor de sus dedos. Se me acelera el corazón al pensar que este imbécil es su ex. Tengo tantas ganas de hacerle daño, pero sé que no debo hacer nada hasta que llegue la policía.

Vuelvo a mirarle a la cara y me doy cuenta.

—Eres el tipo que vi fuera hace un par de semanas.

—¿Qué? —grita Sol.

Sin apartar los ojos de Carmine, le digo:

—El día que estuvimos en la playa de South Pointe. Después fui a casa de Alain, y tú no viniste conmigo. Conduje hasta aquí después, pero estabas durmiendo. Lo vi fuera, sentado en la pared de enfrente.

—Soy tan estúpida —susurra Sol.

Por suerte, oigo sirenas a lo lejos.

—Sol, sal fuera y reúnete con la policía —le ordeno. Hace lo que le digo y sale corriendo de la habitación.

—Tienes suerte de que no te mate, come mierda.

Vuelvo a oír voces: Sol, una mujer y un hombre.

—Mi novio lo tiene inmovilizado en mi dormitorio —dice.

—Amaury, ¿qué haces aquí? —pregunta el hombre. Cuando giro la cabeza, reconozco al hombre como el agente Joe Torres. Lo conocí hace unos años cuando tuvimos un incidente en la tienda de la avenida West. Resulta que es del pueblo de al lado, en Cuba, y tenemos amigos en común. No somos amigos, pero si amistosos ya que nos encontramos a menudo aquí en la playa.

—Llegué y lo vi entrando a la fuerza. Subí corriendo y la estaba estrangulando en la cama. Le di un puñetazo para controlarlo —relato.

—Señorita, ¿por qué no me acompaña a la otra habitación para que pueda tomarle declaración? —le dice la menuda agente rubia a Soledad. Ella asiente y la sigue fuera del dormitorio.

—Amaury, por favor, levántate, yo me encargo a partir de aquí —dice Torres. Me levanto y retrocedo dos pasos, situándome junto a la ventana y es cuando noto salpicaduras de sangre en mi camisa.

—¿Cómo te llamas? —pregunta mirando a Carmine.

—Carmine —responde. Le fulmino con la mirada, la sangre alrededor de su nariz secándose.

—¿Tienes apellido, Carmine?

—Coretta. —Me mira con desprecio, curvando el labio.

Joe se acerca a Carmine mientras le saca las esposas del cinturón.

—Tiene derecho a guardar silencio —le dice Torres, cogiéndole la muñeca y colocándole unas esposas alrededor. El agente continúa leyendo a Carmine sus derechos mientras le coloca las esposas a la espalda.

—¡No te quiero ver más por aquí, oíste! —exclamo. No sé si me entiende, pero ahora mismo estoy furioso. Si vuelvo a verlo por aquí, no sé si podré contenerme la próxima vez.

Los sigo fuera de la habitación. Torres y Carmine siguen fuera y yo me siento junto a Sol, que está en el sofá hablando con la mujer, en cuya placa dice Cruz. Cuando Sol termina de relatar los hechos, la agente le pide que se levante porque quiere hacer fotos. Sol hace lo que le piden y se coloca cerca de la ventana.

Es ahí donde veo el enrojecimiento de la parte superior de sus brazos y cuello, excepto que la zona del cuello tiene enrojecimiento en forma de dedos de Carmine. La zona de su mejilla izquierda es de un rojo intenso, muy diferente del tenue enrojecimiento de la parte derecha de su cara. La ira vuelve a agitarse en mi interior. ¿Qué habría pasado si yo no hubiera estado aquí? ¿Habría causado daños graves? ¿O algo peor? No puedo pensar en los y si… porque sólo va a enfurecerme y yo enojado no resuelvo nada.

Cuando la agente Cruz termina de hacer fotos a Sol y Sol dice que su declaración está completa, la agente me pide mi declaración. Vuelvo a relatar los hechos tal y como los vi suceder, y ella sigue tomando notas mientras escucha.

—Recuerde, si necesita atención médica, acuda inmediatamente a urgencias —dice el agente Cruz.

—Gracias, oficial. Estoy bien, sólo asustada.

— Está bien. Tiene mi información de contacto por si la necesita. Por favor, cuídese. —Se da la vuelta y sale de la unidad, cerrando la puerta tras de sí.

Cuando lo hace, me giro y me encuentro cara a cara con Sol. Me rodea el cuello con los brazos.

—Gracias, Amaury. —Empieza a temblar, puedo oír sus gemidos, las lágrimas que me humedecen.

—Ya estás bien.

—Creo que quería matarme —dice, jadeando entre lágrimas.

—Pero, no lo hizo. Y ahora está detenido —respondo, estrechando mi abrazo. Mis manos frotan la parte baja de su espalda, un intento de calmar los nervios de Sol.

—No quiero estar aquí. ¿Podemos ir a tu casa, por favor?

—Claro que sí —respondo, agradecido de que

quiera estar en mi casa en vez de quedarse aquí. Así puedo vigilarla. Tengo un sistema de alarma en mi casa y cámaras de vigilancia. No estoy segura de que Carmine sepa dónde vivo, pero espero que no importe, ya que está entre rejas.

—Listo. Necesito empacar algunas cosas, mi computadora, ropa de trabajo, cosas así. Sólo por unos días. ¿Te parece bien? —Levanta la mirada para encontrarse con la mía, sus ojos castaño claro desorbitados y enrojecidos por las lágrimas que ha estado llorando.

—El tiempo que necesites —le digo. Y lo digo en serio; puede quedarse todo el tiempo que quiera. Si de mí dependiera, le diría que se mudara. Pero primero tenemos que arreglar el lío de la otra noche con Yanelis. Le acaricio la cara, dejo que mis dedos se detengan en la línea de su mandíbula.

—Dame unos minutos. —Se separa de mí y desaparece en el pasillo.

—Si necesitas ayuda, dímelo. Esperaré aquí —le digo.

✳✳✳

Una hora más tarde llegamos a la entrada de mi casa. Llamé a un amigo mío para que remolcara su carro a su lote para cambiarle los neumáticos y lo recogeremos en unos días cuando esté listo.

Mientras descargo su maleta del maletero le digo:

—Te llevo a buscar a Roxy más tarde. Así podrás moverte hasta que tu carro esté listo.

—Gracias, Amaury. Te prometo que sólo estaré aquí unos días hasta que decida lo que voy a hacer —dice, pasándose el pelo por detrás de las orejas.

—Muñeca, puedes quedarte el tiempo que necesites. ¿Oíste? —Agarro su cara entre mis manos y la beso, saboreo su sabor, la dulzura de su piel mezclada con la salinidad de sus lágrimas.

Me deja explorar su boca, me devuelve los besos, sus manos suben y bajan por mis bíceps. De repente se separa de mí.

—Para, por favor.

—¿Por qué?

—¿De verdad me estás haciendo esa pregunta, Amaury? —Sol cruza los brazos sobre el pecho y se aparta de mí.

—Muñeca, te amo. Sé que tenemos que hablar, pero eso no cambia lo que siento por ti. —Le tiendo el brazo, pero ella pone más distancia entre nosotros. Me duele el corazón porque está levantando una barricada después de que yo me esforzara tanto por derribarla. Sé que me ama, lo sentí cuando me besó, en su tacto.

Me paso las manos por el pelo.

—Sol, por favor. Dime cómo arreglar esto.

Capítulo 29

Soledad

¿Arreglar esto?

—No estoy segura de que podamos, Amaury. —Se me aprieta el corazón al oír esas palabras.

Amaury abre los ojos de par en par.

—¿Cómo? —Me sostiene la mirada, buscando respuestas.

El latido de mi corazón aumenta. ¿Está hablando en serio? ¿Actuando sorprendido como si no tuviera ni idea de lo que estoy hablando?

—Me mentiste. Estás casado. Si no hubiéramos ido a la fiesta, nunca habría sabido que tienes esposa.

—Yanelis no es mi mujer —dice, su tono plano.

—¿Por qué diría entonces que lo es? ¿Qué gana?

—En Cuba, estuvimos juntos muchos años antes de irme. Siempre hablamos de matrimonio, pero nunca nos casamos.

—Entonces, ¿mintió? —Frunzo los labios, recordando mi conversación de ayer con Dayi.

Asiente.

—Siempre nos llamamos marido y mujer, pero eso lo hace todo el mundo, casado o no. —Me está diciendo exactamente lo que me explicó Dayi.

—¿Por qué no me lo dijiste? Te lo pedí y me ignoraste—. Se me escapa una lágrima y me la quito de un manotazo.

—Shock. Estaba en shock. No entendía lo que estaba pasando en ese momento. Me dejó sin palabras—. Sin palabras es correcto, literalmente no me dijo nada esa noche, ni siquiera pudo mirarme.

Trago saliva, no preparada para oír la respuesta a la pregunta que estoy a punto de hacer.

—¿La amas?

—No. —Su cabeza tiembla—. La amé hace mucho tiempo. Yo era otra persona viviendo otra vida. —Sus hombros se desploman y la camisa salpicada de sangre me distrae momentáneamente de sus palabras.

—No entiendo por qué no me lo dijiste.

—Porque cuando me fui de Cuba, la dejé a ella. Fue el fin de nuestra relación. No sabía que tenía una hija. —Sus ojos se encuentran con los míos y son solemnes.

—¿No tenías ni idea?

De nuevo, niega con la cabeza.

—¿Recuerdas cuando te conté cómo me fui de Cuba? No se lo conté a nadie, ni a mis padres. A nadie, especialmente a Yanelis. No se lo contamos a nadie porque era peligroso y no queríamos que nos detuvieran otra vez. Cuanto menos gente sepa es mejor. —Recuerdo nuestra conversación de la primera cita, y tiene sentido. No lo entiendo, pero tiene sentido.

Asiento para que sepa que le escucho.

—El padre de Yanelis era un hombre importante en el gobierno. Cuando le hablaba de La Yuma y de venir aquí, siempre decía que no. Su familia vivía bien en Cuba. Cuando la volví a ver la semana pasada, me habló de

Analía. Estaba embarazada cuando me fui, pero yo no sabía nada—. Se pasa las manos por la cara— Tengo una hija y soy un extraño para ella.

Cuando pienso en lo que acabo de enterarme, parece imposible que pueda explicar lo que pasó y que yo le perdone. Pero si nunca estuvo casado, ¿hay algo que perdonar? La dejó sin saber que estaba embarazada. La dejó con la idea de que era el fin de su relación. ¿Qué debía esperar exactamente que me dijera, si en su mente había terminado hacía tantos años?

—Perdóname, Sol. No quiero hacerte daño. Créeme. —Quiero creerle, pero ahora mismo estoy agotada por lo que pasó con Carmine. Honestamente, no pensé que tendríamos esta conversación ahora.

—Estoy cansada, Amaury. Quiero acostarme y descansar. ¿Podemos terminar esta conversación más tarde?

Él asiente.

—Puedes dormir en mi habitación, no te molestaré.

—No, está bien. Dormiré en una de las habitaciones libres.

***

Un timbre me despierta y, cuando miro a mi alrededor, no reconozco dónde estoy. Me froto el sueño de los ojos y aún me duele la cara por la bofetada de Carmine. A mi derecha, la ventana tiene cortinas grises oscuras que cuelgan de la barra negra. La luz se cuela por la parte entre los paneles de tela. Las paredes de esta habitación son blancas, con un cuadro de una calle bordeada de palmeras en una pared y el Malecón de La Habana en otra. Estiro los brazos detrás de la nuca y ruedo los tobillos. Mientras me despierto, recuerdo cómo empezó el día, el incidente con Carmine y cómo Amaury apareció en el momento justo.

El reloj de la cómoda marca las dieciocho cincuenta y cuatro. No sé leer la hora militar. ¿Qué hora es? ¿Cuánto tiempo llevo dormida? Retiro las sábanas, me levanto y hago una rápida parada en el baño. Cuando veo mi reflejo en el espejo, ni siquiera me reconozco. El lado izquierdo de mi cara está rojo e hinchado, aparecen marcas rojas en mi cuello, huellas de las manos de Carmine. Se me saltan las lágrimas al contemplar las secuelas de todo lo que he permitido que Carmine me hiciera a lo largo de los años. *Podría haber muerto*, me susurro.

Cuando salgo del dormitorio, el pasillo de arriba está silencioso y vacío. Las paredes blancas están cubiertas de obras de arte, como todo el primer piso. El suelo de madera está frío bajo mis pies descalzos y cruje cuando avanzo por el pasillo. Cuando bajo las escaleras, oigo la voz de Amaury. Está hablando con alguien, pero su voz es baja, así que no consigo entender lo que dice. Sigo su voz hasta que lo veo estirado en el sofá de la sala Florida, con una camisa azul fresca, unos jeans oscuros, los pies sin calcetines apoyados en el reposabrazos.

—Mañana te busco a las cinco —dice. Me pregunto con quién estará hablando. No debería escuchar a escondidas, pero me pica la curiosidad.

—De acuerdo. Te quiero. Pásame a la mima. —Mima. Recuerdo que así llama a su mamá, pero ¿por qué diría tu mima si está hablando con su mamá?

—Sí, le dije cinco. Gracias, Yanelis. Chau. —Tras finalizar la llamada, deja caer el teléfono sobre la mesita y suelta un largo suspiro. Extiende los brazos y los coloca bajo la cabeza. Desde este ángulo, capto el lado derecho de su cara, la barba incipiente de días sin afeitarse, que me recuerda la aspereza de su vello facial cuando me explora con la boca. Un cosquilleo me recorre el cuerpo.

—Hola —digo, y me acerco a él arrastrando los pies.

Se da la vuelta y se levanta, una sonrisa se dibuja en su rostro cansado. Parece que se ha duchado, la sangre ya no salpica sus brazos.

—¿Dormiste bien? —me pregunta con una sonrisa ladeada.

Asiento.

—Increíblemente bien. Casi se me olvida dónde estaba—. Una sonrisa tímida se dibuja en mi cara.

—¿Qué hora es? —pregunto.

Levanta la muñeca para mirar el reloj.

—Las siete y cinco.

Se hace el silencio, las palabras no dichas se arremolinan en el aire a nuestro alrededor mientras nos miramos desde la distancia.

Amaury da un paso hacia mí, pero se detiene bruscamente.

—Sol. Háblame, por favor. Dime que estaremos

bien. Te amo y te necesito. —Es hermoso, incluso con las ojeras de la falta de sueño.

Me duele el corazón. Yo también lo amo y lo necesito. Quiero que estemos bien.

—¿No más secretos? —le pregunto.

Mueve la cabeza.

—Lo prometo. —Su promesa es todo lo que necesito ahora. Ha sido un hombre de palabra y confío en que me diga la verdad.

Cierro la brecha que nos separa y lo rodeo con mis brazos, chocando mis labios con los suyos. Son cálidos, la suavidad de sus labios contrasta con el vello rasposo que crece alrededor de su boca. Me abre la boca y su lengua se abre paso.

Sin separar nuestros cuerpos, alejo mi cara de la suya y digo:

—Estaremos bien. —Busco el botón de sus jeans y se los bajo por la cintura. Lleva unos calzoncillos negros ajustados, la punta sobresaliendo de la parte superior, reluciente por su excitación. Su nariz recorre mi escote, aspirando mi aroma. Lo empujo para que se siente en el sofá y me quito los pantalones. Me dejo los pantis puestos. Recuerdo que una vez me dijo que le encantaba hacerme el amor con ellas puestas porque le daba más placer.

Cuando está sentado, caigo a horcajadas sobre él, sacándole de los calzoncillos. Me levanto para colocarme sobre él, pero me detiene.

—El condón, en el bolsillo de mis jeans —dice, señalando sus pantalones esparcidos por el suelo.

Ignoro sus palabras y dejo que me llene. Acerco
mis labios a su oreja, rozando la piel, y susurro:
—Te amo.

Capítulo 30

Amaury

—Debes tener hambre —digo subiéndome los jeans. No estoy seguro de si Sol comió hoy antes de ir a su casa y luego, después del incidente con Carmine, vinimos aquí y se quedó dormida. Me muero de hambre, así que estoy casi seguro de que ella también.

Está tirada en el sofá, sólo lleva la ropa interior. Una de las cosas que me gusta de ella es que es sencilla. Se pone lo que la hace sentir cómoda. Su sujetador es rosa, su ropa interior negra. Creo que nunca la he visto con un conjunto a juego. Ahora mismo, su piel está radiante.

—Me muero de hambre. Esta mañana sólo me tomé un pan tostado con el café sin esperar que el día saliera como salió—. No creo que nadie esperara que este día empezara como lo hizo. Estoy agradecido de que no terminara como Carmine quería y tengo a mi chica aquí en mi casa. Me inclino, atraigo sus labios entre los míos y los chupo. Aunque le hice el amor y dejé que mi cuerpo le demostrara lo mucho que significa para mí, con ella nunca es suficiente. Es adictiva y cuanto más la tengo, más la deseo. Su olor me vuelve loco. Soy como un perro en celo.

Me vuelvo a levantar.

—Podemos pedir comida a domicilio, si quieres. Si no, anoche hice frijoles negros, podemos comerlos con un poco de arroz, tostones y pollo a la parrilla. No tardaré mucho en hacer la cena. Tú eliges. —Me encanta cocinar y comer en casa tanto como sea posible, así que espero que diga que nada de comida para llevar.

—Prefiero no pedir nada. Estuve fuera toda la semana y he comido fuera todos los días. Hace tiempo que necesito una comida casera. Además, nunca he probado tus frijoles negros y siempre hablas maravillas de ellos. —Me regala una hermosa sonrisa, con el lado izquierdo de la cara aún enrojecido.

—Listo. Empiezo a cocinar ahora y la cena estará lista en treinta minutos. —Cojo mi camisa del respaldo del sofá y me la pongo por encima de la cabeza.

Sol se reúne conmigo en la cocina unos quince minutos después.

—¿Puedo ayudar en algo? —me pregunta.

—Sí. Pon los platos ahí—. Señalo el armario del fondo de la cocina—. Podemos comer aquí en la mesada, si quieres.

—La barra está bien, así también es más fácil —responde.

Casi hemos terminado de cenar y tengo ganas de preguntarle por Carmine. Pensaba que ya habría sacado el tema, pero no lo ha hecho. Me pregunto si está tratando de evitar el tema. Veamos si puedo sacárselo.

—Creo que necesitas clases, para aprender a protegerte —digo.

Ella asiente.

—Cuando dejé Carmine, había pensado en tomar clases de defensa personal, pero nunca llegué a hacerlo.

Luego me mudé a Miami y lo olvidé. Supuse que había dejado Boston y que estaba a salvo. No me había dado cuenta de lo lejos que llegaría, aunque debería haberlo imaginado. Ahora las clases de defensa personal parecen una gran idea. Buscaré una clase.

—Mi amigo tiene un lugar, lo llamo mañana. Es ex militar y muy bueno.

—Gracias.

Empujo el taburete hacia atrás y me levanto, cogiendo mi plato para ponerlo en el fregadero.

—Y ahora, ¿qué pasa? ¿Qué te dijo la agente Cruz?

Sol termina de masticar lo que tiene en la boca.

—Me dijo que me llamaría el Fiscal del Estado porque, aunque declaré ante la policía, tendré que contárselo otra vez. Supongo que a ti también te llamarán, ya que viste parte de lo que pasó.

—Les diré todo. ¿Cuánto tiempo estará en la cárcel?

Su hombro se levanta en señal de incertidumbre.

—No lo sé. Le pregunté a la agente, pero me dijo que tenía que preguntarle al Fiscal. Lo que sí sé es que podría pagar una fianza para salir de la cárcel mientras avanza el caso.

Cruzo mi mirada con la suya y atravieso la cocina, acortando distancias.

—No quiero que te quedes sola en tu casa, Sol. Por favor, quédate aquí hasta que termine.

—Umm, eso podría ser mucho tiempo —dice, volviéndose hacia la ventana mientras tira de un rizo entre los dedos.

—Sol, no importa —le digo, poniendo el dedo en su barbilla para que vuelva a mirarme—. Quiero que vivas conmigo. —Los ojos de Sol se abren de par en par mientras hablo, pero sigo manteniendo la mirada firme, haciéndole saber que hablo en serio. No me importa el tiempo que tarde porque quiero vivir juntos.

—Déjame pensarlo —responde. Veo que sus pensamientos se arremolinan porque está callada, con los labios ligeramente fruncidos. Si tuviera que adivinar, probablemente está tratando de convencerse de que las cosas están sucediendo demasiado rápido, pero al mismo tiempo no quiere volver a su apartamento después del incidente de hoy. Sé que eso es lo que yo pensaría si estuviera en su lugar.

—No tomes una decisión de inmediato. Tómate tu tiempo.

—Nunca había pasado tanto miedo en mi vida —dice—. Cuando vi la cara de Carmine al otro lado de mi puerta me sorprendió. Me puse demasiado cómoda, bajé la guardia y él lo sabía. Estaba esperando el momento oportuno para aparecer. No tuve fuerzas para empujar la puerta y él entró. El miedo se apoderó de mí cuando me agarró de los brazos y me empujó hacia el dormitorio. No sabía qué quería, ni por qué estaba allí. Cuando le pregunté, me dijo: 'Cállate, puta de mierda, hoy soy yo quien habla', y luego me dio una bofetada. —Su mano se levanta, descansando sobre la zona roja de su mejilla—. Estúpidamente, accedí. —Tiene la mirada perdida en la pared mientras habla.

Estoy a punto de intervenir cuando vuelve a hablar.

—Pensé que iba a morir hoy. Me estaba asfixiando. Si no hubieras aparecido, me habría matado.

Necesito abrazarla, recordarle que está a salvo.

—Pero estás aquí. No pienses en eso. Piensa en que lo arrestaron.

Ella me corresponde y me rodea con sus brazos antes de separarse, con nuestros ojos fijos el uno en el otro.

—Gracias por lo de hoy. Por todo lo que has hecho por mí.

¿Habla en serio? ¡Haría cualquier cosa por ella! ¿Cómo es que aún no lo sabe?

—Haría todo por ti. —Arrastro el pulgar por su carnoso labio inferior.

—¿Sabes por qué apareció, qué quería?

Ella sacude la cabeza.

—Como dije, es mi exnovio. Estuvimos juntos casi dos años. Al final, se estaba volviendo abusivo y me escapé antes de que fuera peor.

Los latidos de mi corazón se aceleran y la rabia se agita en mi interior.

—¿Cómo qué abusivo?

Se remueve en su asiento y se queda mirando por las puertas francesas que dan a mi patio trasero.

—No me gusta hablar de todo lo que viví. Además, pensé que nadie quiere oír lo débil que fui.

—¿Débil? Muñeca, tú no eres débil. —Alargo la mano para tocarla, sentir su piel. Sol permanece quieta, con los ojos fijos en algo que hay en el patio.

—Al principio, no era físicamente abusivo. Sólo era controlador y emocionalmente abusivo. Nunca confiaba en lo que yo le decía. Revisaba mi teléfono, me interrogaba cada vez que llegaba a casa. —Sus ojos están quietos y miran fijamente a la nada mientras los recuerdos se derraman.

Trago saliva. Escucharla contar lo que pasó con ese imbécil me enfurece, y aún no ha llegado a la parte del maltrato.

—Cuando él y yo empezamos a vivir juntos, yo no era muy buena cocinera, pero él esperaba que yo cocinara, y limpiara, básicamente que hiciera todo en la casa. Si hubiera dependido de él, habría estado embarazada y a su merced. —Los dedos índices de Sol avanzan y retroceden en un lento movimiento repetitivo a lo largo de la mesada—. La primera vez que preparé un plato de pasta que él quiso, probó un bocado, me dijo que no valía nada como mujer y tiró la comida, con plato y todo. Luego me gritó y me insultó durante todo el tiempo que estuve limpiando después de hacer la cera y, cuando terminé, se fue a comer algo. Fue la primera vez que experimenté su rabia.

Mientras Sol recuerda, se le escapa una lágrima, se la limpia y se aclara la garganta.

—Creo que se sintió envalentonado porque después de la primera noche empezó a montar escenas cuando salíamos. Si alguien me miraba, empezaba a pelearse con él. Le arrestaron más veces de las que puedo recordar, y según él siempre era culpa mía.

Ajusto la mandíbula. Escuchar lo que me está contando es increíble, parece surrealista que tuviera que vivir con una persona así y, sin embargo, aquí está contando su historia.

—Llegó un punto en que mis amigas dejaron de querer salir conmigo si él venía, que era exactamente lo que él quería. No paraban de decirme que debía dejarlo, pero yo hacía caso omiso de todas sus súplicas. Me llamaba puta por vestirme de una forma que atraía a los hombres. Decía que los provocaba a propósito para llamar su atención. —Ella se remueve en su asiento y empuja su plato hacia atrás.

—La primera vez que pensé que iba a hacerme daño fue cuando volví tarde a casa del trabajo. Me acusó de acostarme con cualquiera y, cuando le dije que me quedé tarde en el trabajo, agarró un cuchillo y se acercó a mí, clavándolo en la pared, a pocos centímetros de mi cara. —Lágrimas empiezan a correr por su rostro al recordar, pero su voz se mantiene firme, plana.

—Cada vez que se portaba mal, después se disculpaba, me decía que me quería, me trataba como a una reina. Era un círculo vicioso de bombardeo de amor, aplastamiento del alma, bombardeo de amor, abuso, y así sucesivamente. Cada vez que se producía el abuso, aumentaba su gravedad con respecto a la vez anterior. Cada vez me convencía de que me quería y de que nunca me haría daño.

Escuchar a Sol hablar de su pasado me impacta. Es la primera vez que oigo a una superviviente hablar de lo que ha vivido. Quiero abrazarla y protegerla, pero no ha terminado. No sé si está bien que la abrace. Además, necesita desahogarse, soltar todo lo que lleva dentro.

—No fue hasta que me abofeteó cuando tuve una llamada de atención. El día que me abofeteó fue porque habíamos salido a cenar con unos amigos suyos. Estaba contando una historia sobre unos amigos comunes y, estúpidamente, le aclaré algo, lo que él interpretó como que le estaba corrigiendo y avergonzándolo delante de sus amigos. Me dirigió una mirada severa mientras estábamos en la mesa y lo supe. Sabía que cuando llegáramos a casa algo iba a pasar, sólo que no sabía qué. Ni siquiera llegamos a casa. En cuanto llegamos al carro, me dio una bofetada con la mano abierta.

¡Hijo de puta! Pensar que el hombre que había inmovilizado hoy la hizo sufrir así.

—Sabía que tenía que irme porque nunca mejoraría. Vivía con miedo día tras día. Caminaba sobre cáscaras de huevo. Rara vez salía si no era con él y ni siquiera quería trabajar por miedo a hacer algo mal y no saberlo. Sólo hablaba cuando me hablaban y básicamente dejé de ver a mis amigas y a mi familia. Era una extraña viviendo dentro de mi propio cuerpo. No me reconocía. Planeaba mi huida todos los días, en cada momento en que estaba despierta. Pensaba en cómo lo haría, cuándo lo haría, adónde iría y qué me llevaría.

—¿Cuánto tiempo hasta que te fuiste?

—Pasaron ciento cincuenta y ocho días entre el día en que tomé la decisión y el día en que me fui. Fueron los ciento cincuenta y ocho días más largos de mi vida. Cada día me despertaba preguntándome si sería el último.

—Soledad. —Me acerco a ella, la estrecho entre mis brazos y la envuelvo en mi amor.

—La bofetada fue la última vez que me pegó, aunque sí tuve que soportar maltrato verbal y emocional, así como sus diatribas, que incluían tirarme mierda o zarandearme. —A Soledad se le saltan las lágrimas; tiembla y solloza. No tengo palabras para consolarla, así que la abrazo fuerte, haciéndole saber que ahora está a salvo.

—Yo fui una de las afortunadas.

Capítulo 31

Soledad - Dos meses después

—Necesito un minuto antes de entrar —digo. Amaury está en el asiento del conductor y Melida detrás, con la mano apoyada en mi hombro. El Tahoe está estacionado en la esquina frente al Tribunal de lo Familiar, en el centro de Miami.

—Todavía tenemos tiempo —dice—. Tu audiencia no empieza hasta dentro de cuarenta minutos. —Después de que Carmine me atacara, solicité una Orden de Protección contra la Violencia Doméstica después de que el Fiscal del Estado mencionara que era algo que podía averiguar. El Fiscal del Estado me explicó que, aunque inicialmente se le había denegado la fianza, el abogado de Carmine estaba presentando una moción para una Audiencia Arthur, que es otra audiencia en la que volvería a solicitar la fianza. Así que, aunque Carmine estaba detenido, era posible que fuera puesto en libertad en el futuro, dependiendo del resultado de la segunda audiencia. La idea de que lo pongan en libertad me aterroriza.

—Muñeca, respira —me dice Amaury con la mano en el muslo. Cuando solicité la orden de protección, Amaury me acompañó al juzgado. Sobre la base de mi solicitud, se dictó inmediatamente una orden de protección y se fijó una audiencia definitiva para un par de semanas más tarde. Entonces contraté a una abogada para que me representara en la audiencia final porque estaba muy nerviosa y necesitaba toda la ayuda posible. Consiguió un aplazamiento porque dijo que se necesitaba más tiempo para la audiencia final. Se volvió a programar para hoy.

—Me angustia testificar mientras Carmine me mira fijamente. —Tiro de un rizo entre los dedos mientras miro fijamente el alto juzgado que tenemos delante. Mi abogada me explicó que esta audiencia es un poco diferente a la causa penal, que aún está pendiente. Me explicó que en esta la carga de la prueba es menor que en la causa penal y que debemos demostrar que corro peligro inminente de sufrir daños, razón por la cual es necesaria una orden judicial. La abogada me explicó que me haría preguntas sobre nuestra historia, sobre su comportamiento cuando vivíamos juntos y sobre los hechos ocurridos en mi apartamento de Miami.

—Sol, escúchame —dice Melida. Me muevo en el asiento y la miro a los ojos—. Carmine te ha infundido miedo durante demasiado tiempo. Ya declaraste ante la policía y el fiscal. Piensa que esto es como volver a hacerlo—. Mis ojos se desvían y se posan en una pelusa blanca de su vestido, cerca del hombro. Estiro la mano para quitarla—. Piensa en esto como una práctica para cuando tengas que testificar en el juicio penal. Recuerda que, pase lo que pase, él ya no puede hacerte daño. Estás en un tribunal, hay un alguacil. Hay un juez. Estás a salvo. —Las palabras de Mel son tranquilas y ecuánimes, está haciendo todo lo posible para calmarme, para que deje de pensar demasiado en lo que está a punto de ocurrir—. Hoy tienes todo el poder. Sólo recuerda usar tu voz para ejercerlo.

Trago saliva y suelto una profunda exhalación, asintiendo.

—Listo, vámonos. Mi abogado ha dicho que en seguridad puede haber mucha cola, y no quiero llegar tarde. —Alcanzo el picaporte de la puerta y, cuando salgo del carro, Amaury está allí esperándome, envolviendo mi mano en la suya. Melida está a mi izquierda, con la mano agarrada a mi antebrazo. El mes pasado, cuando le conté lo del juicio, me dijo que vendría a apoyarme. Voló anteayer.

Pasamos por el control de seguridad del juzgado y subimos en ascensor hasta la planta veintiuno. Cuando entramos en la sala de espera, busco a mi abogada y la veo a la izquierda con un traje azul marino. Silvia González tiene el cabello oscuro y gafas de montura oscura. Recuerdo haberla visto varias veces en el tribunal cuando hacía de intérprete y siempre me impresionó su comportamiento en la sala.

—Hola, Soledad. Amaury —me dice, tendiéndome la mano primero a mí y luego a Amaury.

—Hola, señora González. Esta es mi amiga Melida. Está aquí como apoyo moral.

Silvia extiende su mano, encontrándose con la de Melida.

—Silvia María González. Un placer conocerte, Melida.

—Lo mismo digo —responde Melida.

—Sentémonos aquí. —La señora González hace un gesto hacia una pequeña habitación a su espalda—. Así podremos hablar en privado mientras esperamos a que llamen nuestro caso.

Todos tomamos asiento alrededor de la pequeña mesa.

—Amaury, no podrás estar dentro de la sala hasta que seas llamado como testigo.

Mi corazón se acelera ante sus palabras.

—¿Por qué no puede estar dentro? —le pregunto.

—Es un testigo y es casi seguro que el abogado de Carmine invocará la regla del secuestro. Eso significa que los testigos que van a testificar no pueden sentarse dentro de la sala hasta que sea el momento de su testimonio. Después de que testifique, puede quedarse dentro. Así se evita que el testimonio del testigo se vea influenciado por lo que ocurre en el caso.

Mi mirada se cruza con la de Amaury.

—Está bien, muñeca —dice, apoyando su mano en mi hombro—. Melida estará dentro todo el tiempo. —Asiento.

—Lo más importante es decir la verdad —afirma González—. Tómate tu tiempo. Escucha atentamente la pregunta y contesta sólo a lo que te pregunten. Puedes pedir que te repitan la pregunta si no la entiendes. Y Sol —dice, su mirada se encuentra con la mía—. No mires a Carmine en absoluto mientras estés declarando. No me quites los ojos de encima cuando te interrogue. Cuando te interrogue su abogado, si no te sientes cómoda mirando a su abogado, mira al frente.

—De acuerdo. —Tiro de un rizo con los dedos, con los nervios acumulándose en mi vientre.

—Recuerda, la abogada de Carmine te interrogará. Su trabajo es abogar por su cliente, así que sus preguntas pueden no ser fáciles de escuchar. No dejes que te ponga nerviosa. —Asiento. A principios de semana estuve en la oficina de Silvia preparando la vista de hoy. Me hizo algunas preguntas como si me estuviera interrogando, preparándome para las preguntas que podrían hacerme.

—Estás temblando —dice Melida. Me miro la mano y veo los temblores—. Recuerda que ya no puede hacerte daño. —Me agarra la mano y me la aprieta.

—Caruso y Coretta —anuncia un hombre.

—Somos nosotros —dice la señora González—. Amaury, ven con nosotros para que le diga al alguacil que eres testigo y luego puedes tomar asiento en la sala de espera.

Antes de cruzar la puerta, Amaury tira de mí hacia un lado y me agarra la cara entre las manos.

—Te amo. Eres fuerte y todo va a salir bien. —Sus labios rozan los míos y entonces me giro para atravesar las puertas de la sala.

El interior de la sala es pequeño, hay aproximadamente tres filas de bancos a nuestra derecha detrás de un muro bajo. Hay dos grandes escritorios delante de la zona donde se sienta la juez, y una mujer está sentada a la izquierda detrás de una computadora. Todo el mobiliario es de madera oscura, en contraste con el color pálido de las paredes. Encima de donde se sentará la juez hay un cartel que dice: Los que aquí trabajamos sólo buscamos la verdad. El alguacil desaparece por una puerta detrás de la mujer. A lo largo de la pared de la derecha hay un estrado. Me alegro de que estemos en esta sala en la que la silla del estrado no está de frente, sino al otro lado de la sala. Así será más fácil ignorar a Carmine cuando testifique.

Notoriamente ausente de la sala está Carmine.

Tras tomar asiento en el escritorio grande más cercano a nosotros, mi abogada saluda al abogada de Carmine y entablan una conversación trivial. Su abogada lleva un traje pantalón negro y el pelo largo peinado hacia atras. Me giro para ver a Melida justo detrás de mí y le tiendo la mano.

— Tú puedes, Sol —me dice—. Te quiero.

Se oye el chirrido de una puerta y me giro en mi asiento. La puerta del fondo de la sala se abre y entra un agente de policía, seguido de Carmine, que lleva un uniforme naranja que le queda mal, dos tallas más grande de lo que es. Detrás de Carmine hay otro agente. Pero lo que más llama la atención son las esposas que lleva en las manos, unidas a las que tiene en los tobillos. Levanto los ojos para encontrarme con los suyos y le sigo hasta que se gira y se sienta en su silla. Los dos agentes se quedan a un lado, cruzados de brazos y apoyados en la pared. No estaba preparada para ver a Carmine con grilletes. Casi me siento mal por él, pero sé que no debería. Está donde está por sus propias decisiones.

Llevo años trabajando en los tribunales, pero es la primera vez que estoy aquí por mi propio caso y no como intérprete. A pesar de los años de experiencia, me siento como si fuera la primera vez que estoy en un tribunal. Los nervios que siento son como ningún otro, se me revuelve el estómago. Silvia me pasa un bloc amarillo por la mesa junto con un bolígrafo.

—Esto es para que tomes notas. Si te surgen preguntas o dudas, escríbemelas. Si oyes algo que quieras señalarme, escríbelo.

—Todos de pie —dice el alguacil.

La jueza aparece por la puerta, sube los escalones y se sienta.

—Pueden sentarse. Señora secretaria, por favor, llame al caso para que conste en el acta. —Trago saliva y mi ritmo cardíaco aumenta. Tiro de un rizo entre los dedos y le doy vueltas.

Los abogados están hablando, pero ahora no puedo concentrarme, no entiendo lo que dicen. Pienso en mi testimonio, me recuerdo a mí misma que debo mantener la calma porque Carmine ya no puede hacerme daño.

—Me gustaría llamar a Soledad Caruso —dice Silvia. El corazón me palpita mientras atravieso la sala a grandes zancadas hasta el estrado. Una vez allí, la secretaria me toma juramento y me siento. Miro a Melida, que me mira articulando solo con la boca—: Te quiero. —Mi abogada empieza a hacerme preguntas, mi nombre, mi ocupación y como conozco a Carmine. Está tranquila, su voz firme me guía y me mantiene con los pies en la tierra. Recuerdo mi conversación con ella cuando me explicó que empezaría con preguntas básicas, que me haría sentar las bases y que iría subiendo hasta llegar a la razón por la que estamos en el tribunal. Me dijo que esto era necesario por motivos legales, pero que también me ayudaría a calmar los nervios porque me sentiría cómoda testificando.

—Señorita Caruso, ¿podría decirnos qué pasó que la llevó a presentar un requerimiento judicial? —Trago saliva y respiro hondo. Este es el momento.

Decir mi verdad.

Enfrentarme a mi miedo.

Para reclamar mi poder.

—Carmine tocó a mi puerta —digo, removiéndome en el asiento—. No hay mirilla en la puerta de mi apartamento, así que abrí de golpe para ver quién era. Cuando me vio la cara, empujó la puerta con la mano y puso el pie en el umbral. No tuve fuerza suficiente para empujar la puerta y entró en mi apartamento.

La señora González da dos pasos hacia mí y pregunta:

—¿Qué pasó una vez que estuvo dentro de su apartamento?

Me tiemblan las manos y entrelazo una con otra en un esfuerzo por calmarlas. Agradezco que estén ocultas tras el estrado.

—Me agarró de los brazos y me empujó hacia el dormitorio. Le pregunté por qué estaba allí y me dijo: "cállate, puta de mierda, hoy soy yo el que habla" y luego me dio una bofetada. —Lágrimas resbalan por mis mejillas mientras relato el momento.

—¿Qué ocurrió después? —pregunta la señora

González.

Vuelvo a respirar hondo, me quito las lágrimas de los ojos y empiezo a hablar. Describo cómo me empujó a la cama, se sentó a horcajadas sobre mí y me rodeó el cuello con las manos, presionando la piel bajo sus dedos. Me tiembla la voz, pero sigo hablando. Describo cómo sus piernas me inmovilizaron los brazos a los lados y cómo pataleaba. Las lágrimas no dejan de caer mientras sigo contándole a la jueza cómo me faltaba el aire. Sentía que me asfixiaba y por mi mente pasaban pensamientos de muerte. Describo cómo Amaury me quitó de encima a Carmine y de repente pude volver a respirar. Vi como Amaury neutralizó a Carmine y me hizo llamar a emergencias. Me muestra las fotos que tomó la policía, y las que yo tomé con mi teléfono un par de días después, cuando los moretones morados hicieron su aparición.

—¿Fue la primera vez que el señor Coretta le puso las manos encima? —pregunta la señora González.

Muevo la cabeza.

—Por favor, responda sí o no, señorita Caruso. Su respuesta debe ser verbal para que el acta quede clara —instruye la jueza.

Dejo de mirar a mi abogada y miro al juez.

—No, no era la primera vez—. Lágrimas siguen cayendo por mis mejillas.

La señora González pregunta:

—Háblenos de la primera vez que el señor Coretta le puso las manos encima.

Respondo contándoles la primera vez que me abofeteó cuando aún vivíamos juntos.

La señora González me hace preguntas para guiarme a través de la historia de mi relación con Carmine, me hace explicar lo celoso que era, cómo controlaba mis llamadas telefónicas, cómo empezaba peleas con extraños al azar, aparecía en mi trabajo y cómo abusaba de mí emocional y verbalmente. Me hace explicar al tribunal por qué me mudé a Miami, cómo intenté alejarme de él, cómo intenté empezar de nuevo.

—No hay más preguntas —dice la señora González. Me quito las lágrimas de las mejillas, vuelvo a respirar hondo para prepararme para las preguntas que me va a hacer el abogado de Carmine.

—Señora Ventura, contrainterrogatorio —le dice la juez a la abogada de Carmine.

—Señorita Caruso, ¿necesita un momento? —pregunta la abogada de Carmine.

Sacudo la cabeza.

—No, estoy bien —respondo levantando la barbilla.

—Usted le abrió la puerta al señor Coretta, ¿correcto? —pregunta la señora Ventura.

—Sí, pero en cuanto le vi, intenté cerrarla. —Mi corazón palpita con fuerza. La señora Ventura me hace unas cuantas preguntas más antes de decir—: No hay más preguntas.

—¿Redirigir, señora González? —pregunta la juez.

—No, Señoría —responde ella.

—Señorita Caruso, puede retirarse. —Me levanto y miro a Melida a los ojos, enrojecidos por las lágrimas.

No tiene ni idea de lo importante que es para mí que ella
este aquí, apoyándome, y lo mucho que significa que se
ofreciera a estar aquí antes incluso de que yo se lo pidiera.
Es una de las personas más importantes de mi vida y no
estoy segura de haberle expresado nunca cuánto.

Cuando tomo asiento, Melida susurra detrás de
mí—: Estoy orgullosa de ti, Sol. —Silvia me agarra la
mano con la suya por debajo de la mesa y me la aprieta,
antes de ponerse de pie.

—Me gustaría llamar a Amaury Mejía —dice. El
alguacil sale de detrás de la mujer del mostrador y se dirige
a la sala de espera. Un minuto después, Amaury entra en
la sala, empuja la puerta batiente y cruza hacia el estrado.

En cuanto Amaury entra en el estrado, presta
juramento y toma asiento. Sus ojos se cruzan con los míos
y sonríe. Luego sus ojos se desvían hacia donde está
sentado Carmine, y sus labios carnosos se colocan en línea
recta. Veo cómo se le mueve la mandíbula al crujir el
cuello.

La señora González se levanta. Tras pedir a
Amaury que diga su nombre para que conste en acta, le
pregunta:

—¿Como conoces a Soledad Caruso?

—Es mi novia.

—¿Como conoce al señor Coretta? —pregunta.

—Sólo lo vi una vez. Fue el día que lo vi entrar a
la fuerza en casa de Sol. —Amaury continúa describiendo
cómo vio lo que pasó desde la calle y luego entró
corriendo en la casa. Cómo me vio inmovilizada bajo
Carmine. Cómo lo neutralizó y le dio tres puñetazos que

salpicaron de sangre todo el lugar.

Cuando la señora González termina sus preguntas, la señora Ventura sólo hace dos preguntas. Cuando ambas abogadas terminan, Amaury se levanta y cruza la sala, con nuestros ojos fijos todo el tiempo. Lo oigo sentarse detrás de mí, junto a Melida.

—No hay más testigos —dice la señora González.

—Señora Ventura, ¿tiene algún testigo? —pregunta la juez.

—No hay testigos, Su Señoría —responde—. Debido al caso criminal pendiente, por consejo de su abogado, el señor Coretta hará valer su derecho a guardar silencio de la Quinta Enmienda en este momento.

Por supuesto que no quiere decir nada, cobarde sin carácter.

—Señor Coretta —dice la jueza—. Debo informarle que tiene derecho a testificar si así lo desea. O puede optar por hacer valer su derecho a guardar silencio de la Quinta Enmienda, representado por su abogada. Sin embargo, si elige permanecer en silencio, el tribunal puede tomarlo como una inferencia negativa. ¿Comprende estas opciones?

—Sí, Juez —dice Carmine.

—¿Cuál elige, señor Coretta?

Los ojos de Carmine se desvían hacia el papel que tiene delante.

—Siguiendo el consejo de mi abogada, opto por hacer valer mi derecho a guardar silencio según la Quinta Enmienda.

—Muy bien, señor Coretta. Gracias.

La jueza está leyendo sus notas, con el ruido de sus papeles. Su bolígrafo se mueve mientras revisa los papeles que tiene delante. El silencio en la sala es desconcertante. El corazón me retumba en el pecho y me pregunto si mi abogada puede oír los golpes. ¿Qué estará pensando la jueza? ¿Qué ocurrirá a continuación? Levanta la cabeza y mira hacia nuestra mesa.

—Basándose en las pruebas presentadas por la demandante —dice, desviando la mirada hacia la otra mesa—. El tribunal considera que la demandante ha cumplido con su obligación y voy a dictar una orden judicial permanente por tiempo indefinido.

La señora González me aprieta la mano y acerca su cabeza a la mía. —Felicidades, Sol —susurra. — Un interdicto permanente por tiempo indefinido significa que no puede acercarse a ti, nunca. No puede ponerse en contacto contigo, enviarte un mensaje directamente o a través de un tercero. —El corazón me palpita en el pecho y los ojos se me llenan de lágrimas.

—¡Lo has conseguido! —susurra Melida.

—Señorita Caruso —dice la jueza. Levanto la vista y la miro a los ojos—. Le pedimos que abandone el juzgado. El señor Coretta se quedará para que se le entregue una copia de la orden judicial antes de ser puesto de nuevo bajo custodia. Puede retirarse. Señora González, por favor, quédese para que le entreguemos una copia de la orden judicial, que luego podrá enviar a su cliente. Se levanta la sesión.

—De acuerdo, Juez. Gracias. —Empujo la silla hacia atrás y me levanto.

—Señoría —dice mi abogada, levantándose de su silla—. Voy a acompañar a mi cliente a la salida y volveré en breve, ¿me permite?

—Sí, señora González, no hay problema. —Junto con Melida y Amaury, salimos a la sala de espera y cuando nos detenemos, Amaury me tira en un abrazo. No dice nada, me abraza tan fuerte que casi somos una sola persona. Se me saltan las lágrimas. Por primera vez desde que todo empezó con Carmine, me siento ligera.

Me separo de Amaury y miro a mi abogada.

—Señora González —le digo—. ¡Gracias! No habría podido hacer esto sin usted. Su actitud calmada en todo momento me mantuvo con los pies en la tierra y me guio. No hay palabras para expresar mi gratitud.

—De nada, Sol —dice, extendiendo la mano para encontrarse con la mía. La abrazo. No sé si es apropiado o no, pero me siento bien. Ella me devuelve el abrazo, posa sus manos en mi espalda, me aprieta y luego se separa.

—Listo, nos vamos. Sé que tiene que volver a la sala.

—Te enviaré un correo electrónico cuando tenga una copia de la orden judicial. Además de eso, hemos terminado con este caso. Gracias por permitirme representarte. Lo has hecho muy bien hoy. Disfruten del resto del día. —Se da la vuelta y desaparece de nuevo dentro de la sala.

Amaury, Melida y yo caminamos hacia el ascensor y mientras esperamos a que llegue, Melida dice:

—Sol, estuviste increíble. —Extiendo sus dos

brazos y agarro sus manos entre las mías—. Si te soy sincera, me preocupaba que te pusieras tan nerviosa que no supieras qué decir, ¡pero estuviste increíble! Mantuviste la calma, te dejaste guiar por la señora González y dijiste tu verdad. Ahora ya no podrá volver a hacerte daño.

—Todavía está el caso criminal, Mel.

—Cierto, pero ya sabes lo que tienes que hacer.

Epílogo

Soledad - Seis meses después

Desde que fui atacada por Carmine, mi vida ha cambiado, gran parte de lo cual se atribuye a que me inscribí en un gimnasio llamado *Florida Defensive Training* donde el amigo de Amaury, un ex militar de operaciones especiales, dirige un programa centrado enteramente en tácticas de defensa personal y diversos cursos relacionados con la defensa. He estado yendo tres veces por semana. Tomar estas clases no sólo me ha demostrado que era un blanco fácil, a la espera de convertirme en la víctima de alguien, sino que me ha enseñado que soy mucho más fuerte de lo que nunca imaginé. Las técnicas que estoy aprendiendo probablemente me habrían ayudado cuando me atacaron.

—¿Qué tal la clase de hoy? —me pregunta Amaury cuando entro en la cocina. Aquí huele bien, y cuando destapo la olla, veo que hay frijoles colorados cociéndose a fuego lento.

—Bien. Hoy trabajamos en maniobras para ayudar a escapar a alguien que ataca, pero con una sola mano. Tuvimos que intentarlo con ambas manos, la dominante y la de apoyo. Mi lado izquierdo necesita trabajo —exclamo, y me río entre dientes.

—¿Qué, no hay beso para mí? —pregunta fingiendo decepción.

Me apoyo en el mostrador.

—Hmm, déjame pensarlo un minuto.

Se acerca a mí y me agarra por la cadera, tirando de mí hacia él.

—Quiero devorarte —me dice, y luego me besa con fervor. Baja la nariz hasta justo debajo de mi oreja y la recorre por el escote hasta la clavícula, aspirando mi aroma—. Mmm. Ese olor tuyo es único, y no me canso de él. —Amaury siempre, y digo siempre, hace lo mismo, ya estemos viendo la tele, sentados en la playa o tumbados en la cama. Cuando le pregunto qué es lo que le gusta de mi olor o a qué huele, no puede describirlo, excepto para decir que es un poco dulce, un poco salado y todo Soledad, ¡lo que sea que eso signifique!

Otro cambio es que Carmine sigue entre rejas. Aunque tengo la orden judicial permanente, me siento más segura sabiendo que está encerrado. Le denegaron la fianza en su segunda audiencia. Antes de la segunda audiencia de fianza, perdí mucho sueño pensando en Carmine libre con la capacidad de aterrorizar, ya fuera a mí o a otra persona. Afortunadamente, ¡la fianza fue denegada! La última vez que hablé con la Fiscal, me dijo que irá a juicio, lo que significa que se arriesga a cadena perpetua.

Fue acusado de robo con agresión, que en Florida son delitos graves castigados con cadena perpetua. Es demasiado engreído para aceptar una declaración de culpabilidad, aunque tengo entendido que el Estado no le ha ofrecido ninguna. Por supuesto, ir a juicio significa que tengo que testificar de nuevo sobre lo que pasó en mi apartamento. Mentiría si dijera que no tengo miedo, aunque ya lo haya hecho una vez. Estoy muy nerviosa porque la próxima vez que testifique será en presencia de un jurado. Tendré que contar mi historia a desconocidos que no sean la juez.

Al principio, era reacia porque ya tengo en vigor la orden judicial permanente. Me sentía mal por tener que testificar y posiblemente ponerle entre rejas durante años. Sin embargo, la señora González explicó que la medida cautelar permanente sería por tiempo indefinido, pero que en el futuro Carmine podría tratar de modificarla o disolverla sobre la base de un cambio sustancial. Además, Melida, Jestine, Krissa, Dayi y Amaury se apresuraron a recordarme que él no está en la cárcel por mi culpa, sus acciones y sus decisiones son suyas y él es responsable de las consecuencias.

He soportado suficiente dolor a lo largo de los años a manos de Carmine y ahora tengo el poder de ponerle fin. Acabar con su reino de terror. Cuando lo discutíamos, Amaury dijo algo que nunca olvidaré. Si está en la cárcel, no puede lastimar a nadie más. Estás protegiendo a una de sus futuras novias. Entre la posibilidad de que Carmine archivara algo y lo que dijo Amaury, me convencí de que tenía que testificar.

—Tengo que ducharme; ¿quieres acompañarme? —pregunto.

Uno de los mayores cambios en mi vida es que por fin estoy aprendiendo a confiar en mis instintos y a confiar en mi relación con Amaury. Después del ataque seguimos viviendo juntos. Al principio, pensé que sólo me quedaría unas semanas. Pero a medida que pasaban los días, me sentía más ligera de lo que me había sentido en mucho tiempo. El peso de mi relación con Carmine se había disipado después de testificar en la audiencia de medidas cautelares. La noche que compartí mi historia con Amaury fue la primera vez que se lo conté a alguien que no fuera Mel, Jess y Krissa. Fue un momento decisivo para mí. Después de la audiencia, decidí buscar un terapeuta porque hablar me hacía sentir bien. No me había dado cuenta de lo entumecida que me había vuelto a toda la situación, simplemente empujandola hacia abajo y pretender que nunca sucedió fue desastroso para mí. Cuanto más hablaba, más tenía que decir. Fue catártico. Entre la audiencia, la terapia y la defensa personal, empecé a sentirme fuerte y segura de mí misma, dos cosas que nunca había sentido al mismo tiempo.

—Claro. Te estaba esperando para que nos duchemos juntos. —El baño del dormitorio principal tiene una gran ducha doble con potentes chorros y una presión increíble. Se ha convertido rápidamente en una de nuestras actividades favoritas para hacer juntos.

La invitación de Amaury a que me fuera a vivir con él quedó en el aire, ninguno de los dos hablamos del tema, aunque me di cuenta de que estaba en el primer plano de sus pensamientos. Pero fue paciente conmigo, comprendió mis reticencias y que tenía que tomar la decisión por mí misma. No quería que fuera de golpe. Llevo en casa de Amaury desde el día en que me atacaron, pero tardé tres meses en aceptar oficialmente que nos fuéramos a vivir juntos.

—¿Cuál es la diferencia? —me preguntó Melida

cuando le hablé de nuestro acuerdo.

La diferencia es que durante los tres primeros meses seguí pagando el alquiler de mi antiguo apartamento. Mantenía mi habitación separada de la de Amaury aunque la mayoría de las noches compartíamos su cama. Desde fuera puede parecer lo mismo, pero para mí no lo era. Seguía teniendo mi propio espacio, y eso era importante para mí. Si Melida, Jess o Krissa hubieran vivido en Miami, me habría quedado con una de ellas y no con Amaury.

—¿Por qué no vuelves? —me preguntó mi mamá unas semanas después del incidente. Nunca le había hablado de Carmine ni de cómo me había tratado. No quería que se preocupara por mí innecesariamente. Y para ser sincera, no quería que me juzgara. Después de lo que pasó en Miami, finalmente me sinceré con ella porque estuve a punto de morir, y ella no habría sabido la verdad. Prometí ser abierto y honesto con ella sobre todo a partir de ese momento.

—Porque Miami se siente como en casa, aunque mi familia y la mayoría de mis amigos siguen viviendo en Boston —fue la respuesta que le di a mi mamá. Siento que pertenezco a Miami, el ambiente latino de la vida cotidiana es omnipresente en todos los aspectos de la comunidad. El ambiente latino era algo que anhelaba mientras vivía en Boston. Además, estoy enamorada de Amaury y no quiero separarme de él.

Apago la estufa y subimos. Mientras nos desvestimos, digo:

—Recuerda que nuestro vuelo sale mañana a

Boston a las dos y media.

De todos los cambios que han ocurrido en mi vida, creo que el mayor es que ahora tengo que compartir mi tiempo con Amaury con su hija Analía. Al principio me preocupaba que compartir a mi novio con una hija recién descubierta cambiara la forma en que me quería. Por supuesto, era ridículo que yo pensara eso. Amaury cambió, pero no en el mal sentido. Estaba más feliz que nunca. Su corazón se ensanchó porque siempre hay sitio para más amor. Al principio, Amaury empezó a pasar tiempo con Analía, pero sólo esporádicamente. Yanelis se lo ponía difícil, así que contrató a la señora González para que le ayudara y ahora tiene un horario permanente, reconocido por los tribunales. Ahora pasa la mitad de la semana en casa de Amaury.

Al principio, Analía se mostraba reacia conmigo, hablaba muy poco y, en general, me ignoraba. Pero con el tiempo, se abrió, se sintió más cómoda y se dio cuenta de que yo no era el enemigo. Analía es inteligente, amable y divertida, y tiene muchos rasgos de la personalidad de su padre. Hacen algunas de las mismas cosas raras, como meter el helado en el microondas antes de comérselo, arrugar la nariz de la misma manera y soltar el mismo bufido cuando se ríen.

Vi a Amaury crecer como padre, algo por lo que estaba nervioso y sigue estándolo. Incluso ahora siente mucha culpa por haberse perdido tantos años de la vida de Analía, pero le animé a que fuera sincero con ella, sobre cómo llegó a Estados Unidos antes de saber de ella. Analía nos dijo que sabía todo lo que su papá le había contado porque su mamá le había hablado de su historia, de su relación hasta que Amaury se fue de Cuba. La noche que Amaury lo supo, lloró de alivio y alegría. Estaba extasiado de que su hija comprendiera las circunstancias de su separación.

A menudo observo a Amaury y Analía desde lejos y el vínculo que ha surgido entre ellos en el poco tiempo que llevan conociéndose es increíble. Analía siempre está haciendo preguntas sobre su familia en Cuba, curiosa por conocer a sus abuelos, tíos y primos, así como su herencia y el viaje de su padre a través del océano. Como es de esperar, Amaury se apresura a compartir, a darle a su hija todo lo que pide y más.

—Ya hice la maleta —responde.

—Bien. Estoy deseando comer en mis restaurantes favoritos contigo. —Se ríe al oírme hablar de comer fuera. Sabe cuánto me gusta la comida y me da el gusto.

—Estoy feliz de hacer la vida contigo —responde Amaury.

Nota del autora

Esto debe leerse después de leer el libro ya que CONTIENE SPOILERS

Me casé a la temprana edad de diecinueve años, creía saberlo todo sobre la vida y no escuchaba a nadie. No le dije a nadie que me iba a casar y mis padres se pusieron furiosos. Conocí a mi marido a los dieciocho y me enamoré perdidamente. No fue hasta después de casarnos cuando nuestra relación empezó a deteriorarse.

La historia de Soledad es parecida a la mía, una que no he compartido con la mayoría de las personas de mi vida. He mantenido en silencio mi historia de maltrato doméstico. Hasta ahora. Sentí que había llegado el momento de contarla. El maltrato doméstico tiene muchas capas, y nunca es igual para cualquiera que sea víctima o superviviente. Atraviesa todas las barreras raciales y socioeconómicas. Ocurre todos los días, a veces en los lugares más inesperados. Sin embargo, es algo de lo que rara vez se habla, pero debería hacerse.

Esta historia es sólo mi perspectiva y mi experiencia personal, ficcionalizada a través de la historia de Sol y Carmine. Su historia no pretende definir el maltrato doméstico, los maltratadores, las víctimas o los supervivientes. En cambio, decidí compartir mi historia porque compartir una historia personal a menudo ayuda a otros en situaciones similares a sentirse menos solos y a sentirse vistos. Ayuda a empoderar a otros para que encuentren su voz y hagan un cambio.

Después de dejar mi relación abusiva, viví en Boston durante algún tiempo, pero mi ex no me lo puso fácil y es una de las razones por las que decidí irme y mudarme a Miami. Antes de mudarme a Miami en el dos mil tres, la visité con la intención de encontrar un barrio para vivir y familiarizarme con la nueva ciudad en la que viviría. Fue durante esa visita que conocí a mi ahora esposo de una manera similar a como se conocieron Sol y Amaury.

Mi marido Alexis (Alex) es cubano, y es un balsero cubano. El viaje de Amaury a través del océano es el viaje de mi marido. Las desgarradoras historias de Amaury sobre la vida en Cuba, son historias contadas por mi marido, su familia y sus amigos. Mi marido cruzó el estrecho de Florida con su hermano y seis amigos. Salieron de Cuba el dieciocho de agosto del noventa y cuatro, sin saber qué les deparaba el futuro. Cuatro días más tarde, fueron rescatados por la Guardia Costera de Estados Unidos y pasaron dos días en un portaaviones de la marina estadounidense antes de ser trasladados a la bahía de Guantánamo (Cuba) para vivir como refugiados mientras esperaban a ser procesados para entrar en Estados Unidos. Fue allí donde se enteraron de que Fidel Castro había anunciado que—quien quisiera irse, podía irse—y de que el Presidente Bill Clinton daba una conferencia de prensa para abordar la crisis de los balseros cubanos. Miles de cubanos se lanzaron a mar abierto en busca de una vida mejor. Mi marido, su hermano, sus amigos y miles de personas más arriesgaron sus vidas para vivir libremente en Estados Unidos. Afortunadamente, la balsa de Alex llegó sana y salva. Sin embargo, hubo muchos que perecieron en aguas abiertas. Pero, como le dirán muchos refugiados cubanos, los que murieron, murieron libres.

Alex y yo llevamos juntos veinte años A todos los que hemos conocido (y conocemos) les fascina la historia que cuenta de su viaje a Estados Unidos. De cómo vivía en la pobreza en Cuba y de cómo Estados Unidos le dio una nueva oportunidad en la vida, le dio libertad, la posibilidad de trabajar y ganarse la vida decentemente, y de que nunca le faltaran las necesidades básicas.

Amor en el 305 se me ocurrió durante una conversación que tuve con mi marido, y empecé a escribir. Contar nuestras historias de supervivencia, cada una muy diferente de la otra. Cada uno de nosotros superó sus circunstancias y se hizo más fuerte. Ambos comprendemos el papel que desempeñan nuestras circunstancias pasadas en la formación de nuestro carácter y personalidad, y cómo no podemos dejar que nuestro pasado defina nuestro futuro. Tanto él como yo estamos agradecidos cada día.

Hoy trabajo como abogada y parte de mi práctica legal se dedica a representar a mujeres sobrevivientes de abuso doméstico en procesos judiciales civiles, para obtener medidas cautelares civiles de protección contra la violencia doméstica y en tribunales de familia. Trabajo codo con codo con No More Tears USA, una organización sin ánimo de lucro del sur de Florida dedicada a salvar vidas de supervivientes de abusos domésticos y tráfico de seres humanos. Este es uno de los trabajos más difíciles que hago, pero también el más gratificante. Nunca acudí a los tribunales para protegerme de mi agresor doméstico porque estaba demasiado asustada. Por eso, defiendo a mis clientes de la misma manera que habría defendido a la versión más joven de mí misma: con todo mi corazón.

Recursos

Si usted o alguien que conoce es víctima o superviviente de malos tratos domésticos, existen muchos recursos para ayudarle.

En el sur de Florida (condados de Miami Dade, Broward y Palm Beach), No More Tears USA ayuda a los supervivientes a llegar a un lugar seguro y les asiste en la transición, incluido el pago de la representación legal. https://nomoretearsusa.org/ o 1 954 324 7669

Organizaciones nacionales:

Línea directa nacional contra la violencia doméstica: www.thehotline.org o 1 800 799 SAFE (7233)

Coalición Nacional contra la Violencia Doméstica: https://www.ncadv.org/resources

Además de los recursos mencionados, a menudo la administración local dispone de recursos de ayuda, ya sea el condado o la ciudad en la que te encuentres.

Si desea más información sobre los balseros cubanos, visite

https://www.theatlantic.com/photo/2014/11/20 years after the 1994 cuban raft exodus/100852/

https://www.c span.org/video/?59689 1/news conference cuban refugees

http://balseros.miami.edu/

https://www.thenationalnews.com/world/the 1994 cuban raft exodus 1.659541

https://flashbackmiami.com/2014/08/13/cuban rafter crisis/

https://www.hrw.org/report/1994/10/02/cuba repression exodus august 1994 and us response

Agradecimientos

A mis lectoras Alfa Janet Aznar y Akilah Harris, gracias a las dos por sus consejos sobre las primeras versiones de Amor en el 305. Silvia María González, ¿dónde estaría esta historia sin ti? Tu inestimable participación, comentarios, críticas constructivas y orientación sobre el aspecto jurídico penal de esta historia han sido vitales para su éxito. Aunque soy abogada, sé poco de derecho penal, y tú te aseguraste de que los detalles fueran precisos. Gracias por ser tan generoso con su tiempo, su sabiduría y su experiencia.

A mis Beta Readers: Kristie Puentes, Pamela Fero, Sarah Troxel, Diana Castrillon, y Courtney Montiero, gracias por todos sus comentarios al leer una primera versión. Su opinión es inestimable y les estoy muy agradecida. ¡Las quiero, chicas!

Para publicar un libro hace falta trabajar en equipo, y yo no podría haber escrito, publicado y comercializado este libro sin un equipo increíble. Empecé con fuerza y **Murphy Rae** creó la impresionante portada que destila vibraciones de Miami Beach. Cuando el trabajo me consumió, me retrasé en la escritura y la publicación de este libro se retrasó un año. Tuve que hacer muchos cambios de última hora. Mi editora inicial estaba ocupada, así que **Virginia Tesi Carey** hizo un hueco en su apretada agenda para acomodarme. ¡Gracias, V! **Alyssa García**, de Uplifting Author Services, también me hizo un hueco en su apretada agenda para formatear el manuscrito y dejarlo bonito para los lectores electrónicos y la imprenta. Mis correctoras, Courtney DeLollis y Amy Briggs, su mirada fresca captó cosas que muchos de nosotros pasamos por alto y ayudaste a convertir el producto final en lo que es. **Kiki** y todo el equipo de **The Next Step PR**, gracias por su paciencia esperando a que termine este libro para que puedas ayudar a comercializarlo y presentarlo al mundo. Mi asistente, **Jonathan,** es un regalo de Dios. Jonathan, sin ti no sé dónde estaría ni cómo funcionaría cada día. Eres increíble y aunque te lo digo todo el tiempo, ¡¡¡gracias!!!

Mis historias se basan en las experiencias reales que he vivido, y esas experiencias casi siempre fueron con una o todas mis amigas de toda la vida, **Jessica**, **Kristen**, **Lucia**, **Melissa**, **Jenny** y **Donata**. Las quiero a cada una de ustedes sin medida y gracias por permitirme ficcionar nuestras aventuras.

La vida me mantiene ocupada. Añadir la escritura de ficción a la mezcla me quita tiempo para mi familia, mi mamá y mis hermanos. Todos son muy pacientes conmigo y me animan sin medida.

A mi marido, **Alexis**, que me ve despierta a altas horas de la noche tecleando cuando quiero escribir un párrafo más. *Gracias por tu apoyo y paciencia.* En particular, gracias por compartir siempre tus historias de la vida en Cuba. Tus historias, y las de **Ángel Núñez** y **Roger Acosta**, son la única razón por la que pude escribir la historia de Amaury como lo hice. Amaury es una creación de cada una de sus experiencias. Espero haber hecho justicia a su historia porque, al igual que Sol, nunca llegaré a comprender realmente lo que vivieron y lo que seintieron mientras sus balsas flotaban a través del océano abierto. *Espero que algún día Cuba sea libre y que ustedes lo puedan ver.*

Y lo que es más importante, a mis lectores. Les estoy muy agradecida. Gracias por elegir mis libros. No hay palabras suficientes para expresar mi gratitud.

Sobre la Autora

Shelly Cruz es abogada y dirige su propio bufete en Miami, Florida. Nació y creció en las afueras de Boston, Massachusetts, de la mano de una feroz madre argentina y un estricto padre puertorriqueño. Cuando no está investigando y redactando documentos jurídicos, disfruta expresando su creatividad escribiendo ficción. Es una amante del amor, el romance y las relaciones, razón por la cual escribe romance perversamente sexy. En su tiempo libre, a Shelly le encanta leer, viajar y montar a lomos de la motocicleta Harley Davidson de su marido mientras disfruta del camino abierto.

A Shelly le encanta recibir noticias de sus lectores, envíale un correo electrónico: shellycruzwrites@gmail.com

Facebook:
https://www.facebook.com/shellycruzwrites

Instagram:
https://www.instagram.com/shellycruzwrites/

Goodreads:
https://www.goodreads.com/author/show/20726422.Shelly_Cruz

Twitter: https://twitter.com/shellycwrites

Pinterest:
https://www.pinterest.com/shellycruzwrites/

9 781735 843773